30 数字·影像

中国改革开放30年

Digits and Images

30 Years of Reform and Opening-up in China

主　编/党国英　袁毅平
副主编/吴祚来　王砚峰

法国普瓦提埃大学孔子学院参与策划

国家新闻出版总署推荐纪念改革开放30周年百种重点图书

江西美术出版社

总策划

黄　鹤　陈　政

顾　问（以姓氏笔画排序）

王志国　卢福财　孙　晶　李建德　彭道斌

主　编

党国英　袁毅平

副主编

吴祚来　王砚峰

撰　稿

党国英　吴祚来　许力平　王砚峰　靳丹丹

参与策划

法国普瓦提埃大学孔子学院

英文翻译

尤佳娟

摄　影（以姓氏笔画排序）

James Zeng Huang　Li Xiaobing　Meeg Yongmin　ssz50　Wang Jianmin　大　山　与风同行
马宏杰　广　土　王文澜　王艺忠　王　征　王子瑞　王　瑞　王茂桓　王豫明　方不割　韦　晔
丰　彩　邓中元　石宝琇　冯　磊　许培武　叶健强　刘博智　刘兆明　刘志纯　刘宪标　刘德望
朱　明　朱宪民　江式高　江勇兵　安　哥　孙日绚　孙　军　许　国　许海晗　吉国强　任　悦
任锡海　吴　峻　邢　健　杜宗军　张　波　张申生　张叠峰　李一民　李江松　李江树　李振盛
李爱民　李　颢　宋建春　宋健浩　肖　韦　肖殿昌　劳秋金　陈　文　陈冬华　陈华平　陈美群
陈　锦　沈　扬　杨　寰　何龙盛　邱建国　周一渤　周泽明　金太和　林　磊　侯恕望　国　良
国　华　查振旺　贲道春　胡武功　俞方平　闻　子　姜　健　翁乃强　原铁林　袁　苓　袁家骅
倪少康　秦　颖　徐晋燕　徐　峰　徐建中　梁汝雄　蒙敏生　耿云生　聂　鸣　顾　棣　黄一鸣
黄小兵　黄松辉　康学松　康泰森　曾　年　曾　璜　凌　军　董力男　蒋　铎　谢光辉　谢海涛
傅　光　赖祖铭　萧云集　萧若驹　解之诚　詹晓东　黎　枫　樊甲山　颜文斗　颜长江

图片支持：www.fotoe.com　CNSPHOTO

特约编辑

金　绮

责任编辑

李一意　萧　亮　邱建国

编辑助理

李国强

装帧设计

揭同元＋同异设计事务

序　言

30年改革开放是一个思想解放的过程

高尚全

今年是改革开放30周年。从1978年十一届三中全会召开到现在正好是30个年头了。今年中央要隆重地庆祝改革开放30周年。为什么要隆重庆祝呢？因为十一届三中全会是不寻常的一次会议，这次会议在我们党和国家历史上特别重要；也因为它实现了以我国政治生活中阶级斗争为纲转向以经济建设为中心，走上社会主义现代化建设的历史转变。当时的背景是什么呢？

第一个背景，在思想政治上的拨乱反正。通过1978年的真理标准的大讨论，打破了“两个凡是”，为十一届三中全会做了思想理论上的准备。当时真理的标准讨论是耀邦同志组织的。小平同志在1978年12月13日中央工作会议上高度评价了真理标准讨论，指出目前进行的“关于实践是检验真理的唯一标准”的讨论，实际上也是要不要解放思想的讨论。

第二个背景，平反了冤假错案，端正了组织路线。耀邦同志后来当了中央组织部长，准备了大量的材料，在中央开会的时候给大量的干部平反。这就为十一届三中全会做了组织上的准备。

第三个背景，经济上的左倾路线使我国国民经济处于停顿状态。万里同志在改革之初是安徽的第一书记，他曾发问：安徽省是农业大省，但为什么出去要饭的人最多呢？而且非正常死亡死了那么多人呢？他的答案是，过去左了那么多年，几乎把农民的积极性打击完了；不肃清左的路线，农业永远不能翻身。

我先后参加过6个中央文件的起草，其中有3个是关于经济体制改革的决定。这些决定对推动中国改革起到了关键性的作用。

中共中央第一个关于改革的决定是在1984年10月做出的。农村改革启动后，农民积极性提高了，农业生产发展了。因此反过来对城市改革提出要求了。《中共中央关于经济体制改革的决定》第一次提出了“商品经济”这样一个概念，很不容易，是解放思想的结果。在起草小组讨论当中有两种意见，一种意见认为社会主义经济只能是计划经济，不能搞商品经济；另一种意见是必须把“商品经济”的概念写上去。我主张后面一种。两种意见争论不休。我后来在西苑旅社找了20个思想比较解放的经济学家一起讨论，在会上，我说应当在理论上有突破，应当明确地把“商品经济”写上去。大家一讨论意见很一致，认为商品经济是个必然的途径，社会主义经济必须要经过商品经济的阶段。我们把讨论的结果给中央写了报告。后经中央领导进一步交换意见，并经小平同志和陈云同志同意，十二届三中全会把“有计划的商品经济”写到决定中了。

第二个中共中央关于经济体制改革的决定，这就是1993年11月十四届三中全会通过的《中共中央关于建立社会主义市场经济体制若干问题的决定》。根据小平同志南方谈话的精神，十四大明确提出，我国经济体制改革的目标是建立社会主义市场经济体制。在这个《决定》中，第一次把资本市场写上去了，这不容易，因为解放以后不能提“资本”两个字，怕“资本”和“资本主义”相联系了。关于“劳动就业市场”还是“劳动力市场”也有不同意见。我坚持认为，要理直气壮地提出劳动力市场。为了使我的建议得到高层领导的支持，我曾分别征求薄老和李岚清副总理的意见，他们的反应很积极。后来中央常委专门开会讨论《中共中央关于建立社会主义市场经济体制若干问题的决定》，我有幸列席参加了。我当时心血来潮，感到如果我不提出，那么劳动力市场的建设就成泡影，因此就举手发了言，我说：必须明确提出“劳动力市场”。我一口气讲了五条理由。会议没有继续讨论。第二天我找了温家宝同志，我有点内疚，我说：昨天我不应该发言，但莫名其妙地发了一个言。家宝同志很敏锐，他说：我赞成你的意见，但能不能上中央文件我也没有把握。家宝同志为了把“劳动力市场”写到《决定》上去做了很大努力。最终，常委们取得了一致意见，把劳动力市场写进了十四届三中全会《中共中央关于建立社会主义市场经济体制若干问题的决定》。

第三个中央关于经济体制改革的文件，就是2003年10月《中共中央关于完善社会主义市场经济体制的决定》。当时有人错误地认为，我们已经初步建立了社会主义市场经济体制，改革搞得差不多了。中央及时指出深化经济体制改革的重要性和紧迫性，提出了完善社会主义市场经济体制的目标和任务。这个《决定》有几个创新点：第一，提出了大力发展混合所有制经济，实现投资主体多元化，使股份制成为公有制的主要实现形式。第二，要完善国有资本有进有退、合理流动的机制，进一步推动国有资本更多地投向关系国家安全和国民经济命脉的重要行业和关键领域。第三，提出大力发展和引导非公有制经济。第四，提出产权是所有制的核心和主要内容，要建立归属清晰、权责明确、保护严格、流转顺畅的现代产权制度。第五，最重要的是，《决定》提出了“科学发展观”的论断。提出“坚持以人为本，树立全面、协调、可持续的发展观，促进经济社会和人的全面发展”。我赞成“以民为本”，因为我们“为人民服务”，而不是“为人服务”；“三个代表”中，代表广大人民的根本利益；锦涛同志提出“情为民所系，权为民所用，利为民所谋”,都讲的是民。后来有人提出“以民为本”带有政治的内容,因为有些不是“民”没有选举权,是不是可以扩大到“以人为本”? 最后中央文件上用了“以人为本”。

另外十三大、十四大、十五大、十六大、十七大都对经济体制改革作出了重要的论述, 都有不少理论上的创新。譬如,十三大提出“国家调节市场,市场引导企业”,建立计划与市场内在统一的市场, 而且提出政治体制改革的设想。

起草十五大报告时我负责所有制改革部分。十五大在所有制理论上有许多创新点。第一,提出了公有制为主体,多种所有制共同发展是社会主义初级阶段的一项基本经济制度。第二,公有制的实现形式,应该而且可能多样化。第三,非公有制经济是社会主义市场经济体制的重要组成部分,过去讲是有益的补充。第四,国有经济的主导作用主要体现在控制力上。第五,各类企业都是平等竞争,一视同仁。关于政治体制改革的内容,我建议要把“自由”和“人权”写到十五大报告中去。这个建议得到了主持起草小组工作的温家宝同志的赞同, 所以在十五大报告中写上了“保证人民依法享有广泛的权利和自由, 尊重和保障人权”。

以上讲的是我参与起草中央一些重大《决定》过程中的体会。总结起来,30年改革开放有什么特点呢?我体会最深的有几点:

第一,30年改革开放的过程也就是解放思想的过程。每次改革开放的重大突破都是以解放思想为先导。只有解放思想,才能实现体制创新和理论创新,才能发展中国。改革开放使中国人民的面貌、社会主义中国的面貌、中国共产党的面貌发生了历史性的变化,这个巨大变化来之于解放思想,来之于改革开放。

第二,30年的改革开放, 邓小平同志和他的理论起了关键的作用。例如,当有人严厉批判市场化改革,计划经济回潮时, 邓小平同志大声疾呼:“谁不搞改革谁就下台。”“改革开放迈不开步子,不敢闯,说来说去就是怕资本主义的东西多了，走了资本主义道路。要害是姓‘资’还是姓‘社’的问题，判断的标准应该主要是看是否有利于发展社会主义的生产力，是否有利于增强社会主义国家的综合国力，是否有利于提高人民的生活水平。”

第三，中国的改革开放是在党的领导下，主要是根据中国改革的伟大实践，通过中央的重大决策、决定自上而下来推动的。同时，通过改革开放的试验，自下而上逐步推开的。我们改革的目标是在改革过程当中逐步明确的。

第四，改革开放中意识形态领域的争论很突出，特别是围绕姓“社”姓“资”、姓“公”姓“私”的争论。我们遇到问题习惯于先问一下姓“资”姓“社”，标准是停留在本本上，停留在老祖宗说过没有。我们对老祖宗的要求太苛刻了，哪能要求他预言100多年以后的事情。

总之，30年的改革开放，经验教训都很深刻，我们必须认真总结。

江西美术出版社出版的《数字·影像——中国改革开放30年》既全面系统，又形象生动地展示了我国改革开放的历程和改革开放所取得的巨大成就，是对我国改革开放30周年的一个很好的纪念。我想，我在这里对30年改革开放背景的回顾和思想逐步解放过程的介绍，可以帮助读者更好地了解我国改革开放的整体进程，更深地理解改革的艰难以及改革成果的来之不易，从而更加珍惜改革成果，为进一步深化改革做出自觉努力。是为序。

作者简介：高尚全同志原是国家经济体制改革委员会副主任，现任中国经济体制改革研究会会长、中国企业改革与发展研究会会长、中国（海南）改革发展研究院院长、联合国发展政策委员会委员，是北京大学、上海交通大学、南开大学的兼职教授、博士生导师，还是浙江大学管理学院院长、教授。高尚全同志长期从事经济体制改革和宏观经济理论、政策与方案的研究工作，尤其关注经济体制改革、发展市场经济等问题。作为我国著名的经济学家，他曾多次参与党中央、国务院重要政策和体制改革文件的起草工作。

Prologue

30 Years of Reform and Opening-up ——a Process of Mind Emancipation

Gao Shangquan

This year marks the 30th anniversary of adopting reform and opening-up policy. It has been precisely 30 years ever since the convening of the Third Plenary Session of the Eleventh National Congress of CPC in 1978, which the CPC Central Committee will ceremoniously celebrate. What is the reason? As unusual and critical in the history of the CPC and China, the Session witnessed the historical transformation from the practice of "taking the class struggle as the key link" in political life to the decision of "focusing on economic development and building socialist modernization". What are the backgrounds then?

The first was dispelling chaos and restoring orders in ideology and political life. By a nationwide debate on the standard of truth in 1978, we finally repudiated the mentality of "Two Whatever's" ("Whatever Chairman Mao decided we uphold; whatever Chairman Mao instructed we do"), which laid solid ideological and theoretical foundation for the Third

Plenary Session of the Eleventh Party Congress. Comrade Hu Yaobang organized the debate of which Comrade Deng Xiaoping spoke highly on a work meeting of the CPC Central Committee on 13 Dec., 1978, saying that the debate on "practice is the only standard to test truth" is substantially a debate on weather or not we need mind emancipation.

The second was putting right the wrong, fake and misjudged cases and returning to the correct guidance in appointing cadres. Comrade Hu Yaobang, who became head of the organization department of CPC Central Committee afterwards, prepared volumes of documents for rehabilitating a large number of cadres. This laid the organizational foundation for the Session.

The third was the stagnant national economy due to "Left" tendencies. Comrade Wan Li, who was then the first Party Secretary of Anhui Province at the initial period of the reform and opening up, ever asked, "Why there are so many people in Anhui going for begging while Anhui as a big agricultural province? Why there are so many unnatural deaths taking place in Anhui?" His answer was that the farmers' incentives had been destroyed by many years of "Left" tendencies, and only by overcoming the "Left" tendencies could agriculture in our country effect a turn for the better.

I was one of the drafters of six documents of CPC Central Committee and three of them were decisions on economic restructuring, which had played key roles in promoting China's reform afterwards.

The first decision on reform was released in October of 1984. After reform was adopted in the rural areas, farmers' incentive improved and agriculture developed. Accordingly, there were more requirements for reforms in urban area. It was in "the resolution on reform of economic system by the CPC Central Committee" that initiated the concept of "Commodity Economy", which, as the fruits borne out of the emancipation of mind, was not easy. There were two sides of opinions at the drafting panel discussion. One insisted that socialist economy can only be a planned one exclusive of commodity economy, and the other insisted that the concept of commodity economy should be included in the resolution. I agreed with the latter. For the vexed question, I organized a discussion with 20 open -minded economists in Xiyuan Hotel, and I insisted that as a theoretical breakthrough, the concept of "Commodity Economy" should be included. We had a unanimous decision later on that commodity economy is the inevitable way for socialist economy. We reported the result of the discussion to Central Committee and upon the deep consideration of the central leadership and the approval from Comrade Deng Xiaoping and Comrade Chen Yun, we finally put "the planned commodity economy" into the documents of the Third Plenary Session of the Twelfth Party Congress.

The second one was the document of "the resolution on some issues concerning the establishment of a socialist market-oriented economy system", which was passed at the Third Plenary Session of the Fourteenth Party Congress in November of 1993. According to Comrade Deng Xiaoping's Southern Tour Talks, it was made clear at the Fourteenth Party Congress that the goal of the economic reform is to build a socialist market -oriented economic system. It also included "capital market" in the resolution for the first time. It was not quite easy to do so, because the concept of "capital" was a taboo since 1949, fearing its association with "capitalism". They had positive response to vice Premier Li Lanqing's motion. I felt that if I did not bring forward my opinion of building labor markets, it'll never be possible. So I raised my hand and gave my opinions, insisting that "labor market" must be nailed down and listing five reasons without break. There was no further discussion on that day. The next day, I met with Comrade Wen Jiabao and told him that I felt bit regret for my speech that I thought was inexplicable. Comrade Wen Jiabao was acute and said: "I agree with you, but I am not sure if it will be written in the document." He made great efforts to make it happen. The members of the standing committee of the Political Bureau of the CPC Central Committee finally reached agreement and had "labor market" in "the resolution establishing the socialist market-oriented economic system" at the Third Plenary Session of the Fourteenth Party Congress.

The third one was "the resolution on improving socialist market-oriented economic system" in Oct. 2003. At that time, some people mistakenly thought that an initial socialist market economy had been established and reform was almost done. The CPC Central Committee was aware of the importance and urgency in restructuring economic system, and brought forward the goal and task of improving socialist market-oriented economic system. There were several new ideas in the document. First, it proposed great efforts to be made to develop the economic system of a mixed ownership to diversify investment composition, and make share-holding system the main operation form of public ownership. Second, it proposed to improve a mechanism for the state-owned capital to ensure its orderly advance and retreat and effective liquidity, to make more state-owned capital to invest in the key industries and critical fields concerning the security of the country and the lifeline of the national economy. Third, it proposed to encourage and guide the development of non-public sector of the economy. Fourth, it proposed that the property right is the core and main content of the ownership system and demanded for a modern property system featuring clear ownership, clarified rights and responsibilities, strict protection and effective liquidity. Fifth, also the most important, it established the important thought of the Scientific Outlook on Development. It appealed to apply the scientific outlook of putting people first, pursuing comprehensive, balanced and sustainable development to promote the comprehensive development of society, economy and people. I agree with the view of "putting the people first", as we say "serve the people" rather than "serve people". Among the "Three Represents", we say representing the fundamental interest of the people. The principle of exercising power for the people, showing concern for them and working for their interests , which Comrade Hu Jintao ask us to put into practice is also concerning the people. Later, some thought that "putting the people first" was rather political because those who are not belong to the people do not have the rights to vote, so they argued to expand the people to people. Finally, the document of the CPC Central Committee adopted the saying of "putting people first".

On the 13th, 14th, 15th, 16th and 17th Party Congress, some additional important viewpoints and theoretical innovations were addressed. For instance, the concept of "State regulates market, market guides enterprises" was introduced on the 13th Party Congress and it proposed to establish a uniform market involved both planning and market regulating, as well as a tentative plan of political structure reform.

I was in charge of section concerning the ownership reform when I was one of the drafters of the report for the 15th Party Congress. There were many theoretical innovations on ownership system then. First, it proposed that it is a basic economic system in the primary stage of socialism in which public ownership is dominant and different economic sectors develop side by side. Second, the realization form of public ownership system should and might be diversified. Third, non-public sector is an important part of socialist market economic system, which in the past we regarded as a beneficial supplement. Fourth, the dominant role of State-owned economy is mainly demonstrated in its control over national economy. Fifth, all enterprises are equal in competition and treated equally without discrimination. On political system reform restructure, I suggest that "freedom" and "human rights" be written in the report, which was agreed on by Comrade Wen Jiabao who chaired the drafting panel. Therefore, the lines "ensure that people enjoy extensive rights and freedom by the law; respect and protect human rights" were included in the report of the 15th Party Congress.

Above mentioned is the experience I have got involved into

the drafting of some important *resolutions* of the CPC Central Committee. Then what are the characteristics of 30 years of reform and opening up? To sum up, the following is what impresses me most.

First, the process of 30 years of reform and opening up is the one of mind emancipation. Every great break-through of reform and opening-up was started with mind emancipation. Only by mind emancipation can system and theoretical innovations be achieved and China develop. The reform and opening up, which is rooted in mind emancipation, have brought historical changes to the people, the country and the Party.

Second, Comrade Deng Xiaoping and his theory play a key role in the 30 years of reform and opening up. For example, when some people criticized harshly the market-oriented reform and planned economy was once again on its way back, Comrade Deng Xiaoping gave firm support to the former. He once said, "Those who don´t conduct reform will be stepped down", "The reason why bold steps of reform cannot be made further is", in the final analysis, that they are afraid of having too much things of capitalism and leading "the capitalist road", and the deep-rooted reason is the question of following "socialism" or "capitalism". The standard to judge it lies on whether or not it conducive to develop socialist productivity, to strengthen the comprehensive national power of the country and to improve people´s livelihood.

Third, under the correct leadership of the CPC, the reform and opening up in China, which is based on the great practice of Chinese people, is drived from above to below by the critical decision-makings and decisions of the CPC Central Committee, and is promoted from bottom to top by experiments in practice. The goal of reform is made clearer in its advance.

Fourth, the argument on ideology in the process of reform and opening-up is outstanding, especially the debate on following "socialism" or "capitalism", "public" or "private". We are used to asking whether it is "capitalism" or "socialism" when we have problems, and try to find the standard on the written books and what solutions our ancestors once had. In that sense, we are so harsh to our ancestors——how can they predict what will happen 100 years later?

In conclusion, I think, the experiences, both positive and negative, of 30 years' reform and opening-up are profound and worth summarizing seriously.

Digits and Images——30 Years of Reform and Opening-up in China, published by Jiangxi Fine Arts Publishing House, completely and systematically demonstrates the course and the tremendous achievements of reform and opening up practice, which is a good commemoration to the 30th anniversary of reform and opening up. I think the retrospection the background of reform and opening-up and the introduction of the step-by-step mind emancipation will be helpful to the readers for a better knowledge of the whole panorama of reform and opening-up, and a deeper understanding of its hardship and hard-won result. Therefore, the fruits of reform and opening-up will all the more be cherished and more efforts will be made to the further development.

目录

CONTENTS

前　言

在中国这片热土上阳光初照

——纪念中国改革开放30周年

党国英

今天，一个典型的50岁的北京人或成都人，驾着自己的私家车加满一箱燃油所花的钱，可能是他30多年前在一个小镇上全年的生活费。这里已经考虑了物价上升因素，现在市场上一只馒头的价格是30多年前的5倍。

2008年美国《新闻周刊》首期的封面文章是谈论中国崛起的文章，其标题是"一个威猛而又易垮的超级大国的崛起"。这篇文章引述劳伦斯·撒默尔的分析说，在200多年前的工业革命时期，一个欧洲人一生的生活水平上升了50%，而当今中国的一个人一生的生活水平会上升10000%倍！

中国从哪里来？朝哪里去？对一个生长在中国大都市的20岁左右的年轻人来说，可能不值得去深入思考。或许他们会认为当今中国的繁荣本应如此。不，中国本来不是这样的，中国历史本来是另一种面貌。

我们从传统社会走来，正走向现代社会；我们处在由传统社会向现代社会的过渡之中。30年的改革过去了，现在我们可以说，改革取得了巨大成功，改革给中国带来了繁荣。在中国这片热土上阳光初照,灿烂前景离我们不会太远。

经济学家说,传统社会是一个没有积累的社会。这个定义的丰富内涵托着一个简单的事实:传统社会里人们的生活世世代代没有多少变化。现代社会发明了使财富翻倍增长的手段。所以,马克思说英国工业革命时期100年创造的财富比过去一切时代还要多。不夸张地说,中国改革30年创造的财富比中国以往所有时代创造的财富还要多,这是因为中国的一只脚已经踏入了现代社会。

历史学家说,人类从走出非洲开始了自己的历史,已经有了300万年的历史。人类的少数一部分大约在300年前掀起现代社会的帷幕,那个事变被叫做“英国革命”。300年之于300万年,如同人的一生的两天半时间,而就在这短暂的时间里人类欠身起立,摸索着告别黑暗,走向光明。中国政治家在30年前推开了中国对外开放的窗口,改革大幕由此拉开。邓小平说,改革也是革命,也许再过100年,我们才能真正理解这句话的意义。

揭开物质财富增长的历史表象,窥视其背后的秘密,我们方能认识传统社会与现代社会的区别,也能懂得我们改革的意义究竟有多大。传统社会的基本特征是军事集团对社会的控制;军事领袖们被叫做皇帝、国王、丞相或其他什么。现代社会打破了军事集团对社会的垄断控制,不仅经济活动有了竞争性,公共活动领域也有了竞争性,政治权力的合法性不再由枪杆子决定,而由社会民主程序决定。毋庸置疑,由传统社会转变到现代社会无坦途可言;枪杆子支持的合法性全然不同于民主政治决定的合法性,虽然枪杆子支持的合法性也会有自己的合理性。

改革的难处在于代表新生力量的政治家要卸下历史的包袱。正如马歇尔名言所示,历史没有跳跃;中国和西欧因为不同的历史遗产决定了它们实现历史过渡的进程十分不同。

中国皇帝发明了颇受西方人推崇的文官制度,文官的产生甚至采用了考试录用的方式,但这也不过是最高军事领袖为钳制下级军官而设计的一种制衡制度而已。文官制度是一种分权制度,但这种分权是统治集团内部的分权。这种制度常常只在战争间隙发挥作用。一旦战争开始,一个农夫可能会成为战争机器的螺丝钉。

西欧乃至整个欧洲的政治分权既发生在军事集团内部,也发生在外部。宗教集团和自治城市是对世俗封建权力的重要外部约束。欧洲宗教改革产生的新宗教势力给封建军事集团的灭亡施加了第一把力,而最后终结封建政权的是商业集团。伦敦的商人在内战中起过巨大的作用,甚至在滑铁卢战役中也是军队的骨干。资产阶级革命其实是一场商业战争。

西欧人领历史变革之先告别传统社会,是对人类文明进步的一个贡献。在中世纪,欧洲人就开始尝试建立私有产权制度、专利保护制度、股份公司制度、复式簿记制度、独立商业城市的民主制度和政党竞争制度等。这些制度加上欧洲基督教与世俗权力的分庭抗礼,构成了欧洲社会的多元化特征。这些历史遗产为羽翼逐渐丰满的商业集团登上历史舞台提供了基础。

欧洲社会特别是西欧社会转变的逻辑是:先用上千年的时间发育了一种社会分权机制,然后在精英阶层发动宪政革命,最后再在整个社会肌体上解决宪政问题,从而创造一个民主法治社会。

中国的改革难道要复制欧洲社会转变的历程么?不。诚然如马克思所说,中国古代实行的是普遍的奴隶制。中国古代的商人,要么是官商,要么是在夹缝里生存的私商,都无独立的财产权或财产权的保障。就像顾准先生一针见血地指出,在重农抑商历史传统下的中国商人,只会当西门庆,舐一些太监的唾余,绝不敢要求政权。中国的宗教也是军事共同体的附庸。即使如此,中国也不需要再用上千年的时间卸下历史包袱,去准备自己实现历史过渡的条件。

中国改革存在"后发优势"。中国社会的世俗化特征决定了中国的包容性,她的国门一旦打开,西方世界技术文明、经济文明如洪流浸淫沙漠一般被中国所吸收;中国30年里做了西方人千余年做的事情。中国政治的包容与开明也远甚于300

年前西欧国家。

西方历史上的外部分权让它们的转型变革曾经充满了剧烈的动荡；它们的政治文明已经建立的事实，构成开放背景下中国政治的一个有限的外部分权因素——中国政治家仅仅把西方文明看作自己独立行动的参照系，他们在国家权力的支持下，能够按照自己对转型变革的理解去独立安排改革的进程。这是中国渐进改革内生的逻辑。

中国改革的首要成绩是执政党执政理念在文本意义上的全面转变。坚持以人为本，尊重人民主体地位，发挥人民首创精神，保障人民各项权益，促进人的全面发展，是中国共产党给自己历史使命的最新定位。在执政党转变自己理念的同时，要求社会大众树立公民意识，而公民意识的内涵被定义为社会主义民主法制、自由平等和公平正义的理念。执政党理念和公民意识的文本意义固然和改革的现实仍有不小距离，但我们不要忘记，西欧的转型变革也曾有过文本变化先于现实革新的历史阶段。

中国改革最让人感受深切的是经济的迅速发展。2007年，中国国内生产总值高达24.95万亿元，是1978年的67倍。人均GDP则由381元升为18934元，是1978年的49倍；中国国内生产总值占全球的比重由1978年的1%上升到2007年的5%以上，总量的位次由1978年的第10位上升到2007年的第4位。

中国改革最具有深远意义的是它导致中国社会结构发生系统性变化，其主要特征是社会生活的多元化。中国经济走向市场化，私营企业迅速发展，最容易保持独立意识的中产阶级在迅速崛起；中国民间组织的力量迅速成长壮大，各类非政府组织获得很大发展，民间志愿者活动成为社会生活的常态；地方政府不时冒出有创新意识的政治家，向社会显示他们的魄力和智慧；加入WTO，使中国有了一个权力大于联合国的“国际政府”，受到了国际规则的管辖。多元化发展不会让中国人的天塌下来。相反，只有社会的多元化发展才能创造出和谐社会的基础。民主制度的建立实质上是政治活动领域的高度组织化和多元化。

在这部书中，我们主要是展示中国改革所取得的巨大成就，但我们很清醒，中国改革的历程并不是完美无缺；更多的现实难题还有待通过深化改革去解决。在已经走过的30年改革历程中，我们的经济改革获得突破性进展，生产力获得迅猛发展；社会改革步伐近些年有所加快，但社会生活领域中长期存在的基本公共服务质量不高、分配不公等问题还没有得到有效解决；政治改革的方向已经明确，但改革的具体路径还需探索，改革任务十分艰巨和紧迫。正是因为改革存在这种不平衡性，中共十七大明确提出了全面改革的要求，并特别提出政治体制改革是全面改革的重要组成部分。未来的改革无坦途可走，国际国内的许多不确定因素以及改革本身的策略性失误，都会包含风险。但是，倒退没有出路，停止风险更大。我们对改革的前景不改乐观的判断，只因为改革符合规律，顺应民意。

30年时间在人类历史上似乎是难以充分展开历史规律的一个瞬间，偶然事变要把我们拉回到几十年前的历史时段决非没有可能。但我们竟然在一阵一阵反对改革开放的喧嚣声中挺过来了；逆流而起的浪头没有把我们打晕，我们总是拨正船头迎向现代化目标。我们期盼，再过100年，我们的子孙后代会惊叹这一代政治家引领中国这条大船在历史的航道上趟过急流险滩而没有沉没，使中国成为呵护世界文明的重要主导力量。

Preface

Sunshine on the Hot Land of China
——to Honor the Memory of the 30th Anniversary of Reform and opening up in China

Dang Guoying

Today, for a typical Beijing or Chengdu resident in his or her 50s, the money he or she pays for a full tank of gasoline for his or her private car might as much as the whole year cost of living 30 years ago in a small town. It is already take into consideration the factors of price rise. Nowadays, the price of a Chinese bun is 5 times of the one 30 years ago.

In 2008, the cover story of the first issue of American *News Week* is on the rising of China with the title of "the Rising of a Powerful and an Easily Collapsing Super Country". Quoted from Lawrence Samuel's analysis, it states that in the industrial revolutionary period 200 years ago, a European's living standard rises up 50% in his or her lifetime, while in today's China, the living standard of a Chinese in his or her lifetime might up to 10000%.

Where were China from and where will she heading for? It may not be worthy of an in-depth thinking for a young man in his 20s who grows up in the big cities in China. Maybe they think China′s prosperity is supposed to be like this today. No, Things are not like that. Dating back to history, there is a totally different face.

Coming from the tradition and heading for modernization, we are in a transitional period from a traditional society to a modern society. 30 years of reform have past and we could say that the reform has made tremendous success brought prosperity to China. Sunshine already on the hot land of China, we are sure having a promising future.

According to economists, the traditional agricultural society is a society with no accumulation of fortunes. The rich meaning of the definition indicates a simple fact that the life style of its people keep unchanged generation by generation. In modern industrial society, the means were invented to multiply fortunes. So, Karl Marx once said that, the wealth Britain created during the 100 years′ industrial revolution period exceeded the sum total of the past ages. Without exaggeration, the wealth China has created over the past 30 years already exceeded the sum total of the past ages, because China′ s already stepped into modern society.

To historian, it has been 3 million years history for humankind history ever since they went out of Africa. A few of people lifted the curtain of modern society 300 years ago, the event we call it "British Revolution" now.300 years vs. 3 million years, is like 2 and half days in a lifetime. However, it was in such a short period, humankind got up, groped for the way towards brightness while bidding farewell to darkness. 30 years ago, Chinese political leaders opened the window towards outside world and raised the curtain of reform. Deng Xiaoping once said that reform itself is revolution and maybe 100 year later, we could understand the true meaning of the saying.

Uncovering superficies of the history of fortune increase

and looking into the secrets behind it, we could figure out the difference between traditional society and modern society, as well as the significance of our reform. The basic feature of a traditional agricultural society was that, military groups controlled the society; its chiefs are emperors, kings, prime ministers etc... Modern society breaks the monopoly of military group. Not only there are competitive in the economic affairs, but also in the public affairs. The validity of political power is no longer decided by guns, but social democracy procedure. Undoubtedly, there are no smooth roads from a traditional agricultural society to a modern society. The validity supported by guns is totally different from the democracy politics although it is in somewhat reasonable.

The difficulty of reform is in the need for the political leaders representing new force to offload historical burdens. There is no leapfrog in history, as Marshall once said. The different historical heritage between China and Western Europe determines the different courses they took in historical transition.

Chinese emperors invented civilian system, which was widely worshiped by westerners. Civilians were selected and hired by examination. However, it was just a kind of controlling system for subordinates by the top military chief. The civilian system is a power division system, which occurs within the ruling group and often effective in the intervals of war. Once the war begins, a farmer may become a screw of a war machine.

The power division in Western Europe and even the whole continent not only occurs within military group, but also taking place out of it. Religion group and autonomous city -states were the important external restriction on mundane feudalism power. The new emerging religious force after the Reformation served as compelling force of the die out of feudalism military group and it was the commerce group, who finally end it. The merchant in London ever played a big role in domestic war and even served as backbone army during the Waterloo war. Bourgeois revolution is actually war for business.

Westerners contribute to the progress of human civilization by taking the lead in bidding farewell to the traditional society in history. In the mid–century, Europeans began the attempts to establish personal ownership system, patent protection system, stock company system, double–entry bookkeeping system and democracy system and political party competition system in independent business cities. These systems plus European Christianity standing up to mundane authority, this constitutes the multiformity of European society. These historical heritages laid solid foundations for the full –fledged business group to step on historical stage.

The logic of the social transformation of European society, especially western European society, was that, it took over a thousand years to develop a social power division system and then launch constitutional political revolutions in the elite class. Finally, the constitutional government was built upon the society to ensure a democratic society ruled by law.

Will the reform in China copy the transitional process of European society? No. Indeed, Karl Marx once said that a universal serf system was practiced in ancient China. In ancient China, the merchants were either with government background, or with private business owners struggling to survive in narrow space. They were no independent property rights or guarantee of it. Mr. Gu Zhun, a historian, his judgment just like hit the nail on the head, he once said that, against the background of the historical tradition of paying attention to agriculture while suppressing business, Merchants in China dare not attempt acquiring the authority of the regime, but being lackey of the ruler, just as Xi Menqing did. Chinese religion was also the dependency of military community. Even so, there's no need for China to take another one thousand years to discharge historical burdens for preparing the conditions of historical transition.

Reform in China has the catching-up advantages. The worldly characteristics of Chinese society determine China´s comprehensiveness. Once the door was opened, technological and economic civilizations of western world have been absorbed by China just like water on desert. Over the past 30 years, what Chinese have done is what westerners have done over the past a thousand years. The political comprehensive and openness of China far more exceeds the western European countries 300 years ago.

The external power division in the history of western countries engendered drastic turbulences in the process of transition. The established western political civilization served as a external factor with limited influence on Chinese politics against the background of opening-up. The Chinese political leaders only take western civilization as the frame of reference for its proceeding. Supported by the national power, they can arrange the course of reform independently according to their understandings of the transformation. This is the internal step-by-step logic of Chinese reform.

The principal achievement of Chinese reform is the complete changing of governing ideology. Putting people first, respecting and bringing into practice the pioneering spirit of people, protecting people´s rights and interests, promoting the overall development of people etc., all these are new orientation of the historical mission of the CPC. Along with the ideological change of the ruling party, the masses are required to build up citizen consciousness which is defines as cognitions on the socialist democratic system, freedom and equality and justice and righteousness. Although there is big gap between actual conditions of reform and the theoretical meaning of governing ideology of the ruling party and the consciousness of citizen, we should not forget that it was the theoretical change took the lead in the course of transformational reform in the Western Europe.

What the direct impact the reform in China brought to us is rapid development of economy. In 2007, the GDP of China reached to 24.95 Trillion Yuan RMB, 67 times of 1978. The per capita GDP rose from 381 Yuan RMB to 18,665 Yuan RMB, 49 times of 1978; the proportion of China's GDP in world economy rose from 1% in 1978 to above 5% in 2007, ranking from the 10th of 1978 to the 4th from 2007.

The profound significance of the reform in China is that it leads to a systematic change in China's social structure, which featuring diversified social life. We have witnessed market-oriented China's economy, booming of private enterprises, emerging of the middle class with independent mentality, expanding of Chinese grass-root organization and various non-government organizations, and the activities of civilian volunteers becoming daily routine. We have also witnessed the frequent coming forth of innovative political leaders from local governments, showing their governing power and intelligence. And China´s WTO entry has made China under the governance of international regulations and within the framework of an "international government" with more power than the UN. Diversified development will not let the sky fall in China. On the contrary, we think, only diversified development can build up foundation of harmonious society. The establishment of democratic system is substantially the highly systematization and diversification of political fields.

In this book, we mainly demonstrate the tremendous

achievements of the reform in China. We are very clear-minded that its course of the reform is not perfect and many difficult problems need to be addressed by in-depth reform. Over the past 30 years, our economic reform has made breakthrough and productivity has achieved rapid development. In recent years, although the social reform is accelerated, many problems remain unsolved in social life, such as the low quality of basic public service, unfair distribution etc. And although the direction of political reform is clear, we need find ways to get there and reform task is arduous and urgent. Due to this kind of imbalance, the 17th National Congress of CPC clearly demanded an overall reform and made reform of political system the significant part. There will be no smooth road for reform in the future. We will face the risks, including many uncertainties in and out of China and possible policy mistakes in the process of the reform. However, there is no way out for retrogression and it will be more risks if we stop the reform. We still have optimistic anticipation for future reform, because it complies with the development rule and public opinion.

30 years in the human history is just like a blink and it is hard for us to apperceive the developmental rules of history in such a short period. Although the incidental events might drive us back to the "old days" dozens of years ago, we stand upright in the midst of periodic uproars of opposing the reform and opening-up. The adverse current wave did not stun us and we always steer our boat right towards modernization. We hope, 100 year later, our descendents will marvel that, steered by the political leader of this generation, the big boat as China have taken the ride on the wind and braved the waves on the historical sea-route and without sinking. And it would make China a leading force in protecting world civilization.

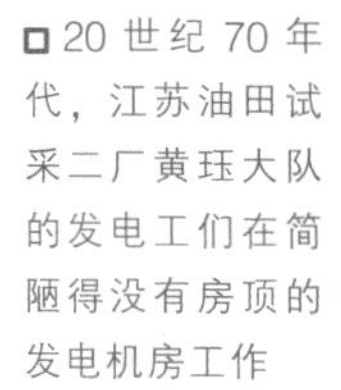

□20世纪70年代，江苏油田试采二厂黄珏大队的发电工们在简陋得没有房顶的发电机房工作

人民日报
RENMIN RIBAO
中国共产党第十一届中央委员会
第三次全体会议公报

□(左上)"文革"时期,广东省高州县的农民们在田头学"毛选"。当时手拿一本"毛选"不仅是一种"时尚",更是政治需要

□(左中)20世纪70年代末,福建的一位母亲在用布票买布。那时物资匮乏,几乎什么都要凭票供应

□(左下)1978年12月,中共十一届三中全会在北京召开,这次会议作出了改革开放的重大决策

□1979年,广州市海珠区一个普通居民家的留影。从收音机和地面装饰可见这户人家生活还过得去，而当时像这种殷实家庭并非普遍

□(上左)1979 年，北方某集市的繁忙景象。随着改革开放的推进，商品流通开始活跃起来

□(上右)1985 年，绍兴的一个农贸市场。农民有了经营管理的自主权，可以把产品拿到市场公开交易了

□(下)1989 年，海南建省，吸引了大量来自内地的建设者和淘金者，海口市一时人满为患。许多人一时找不到工作，又住不起旅店，只好搭起简易窝棚，作为临时栖身的家

□(左页)1982 年，上海城隍庙，老百姓在排队购买粮油

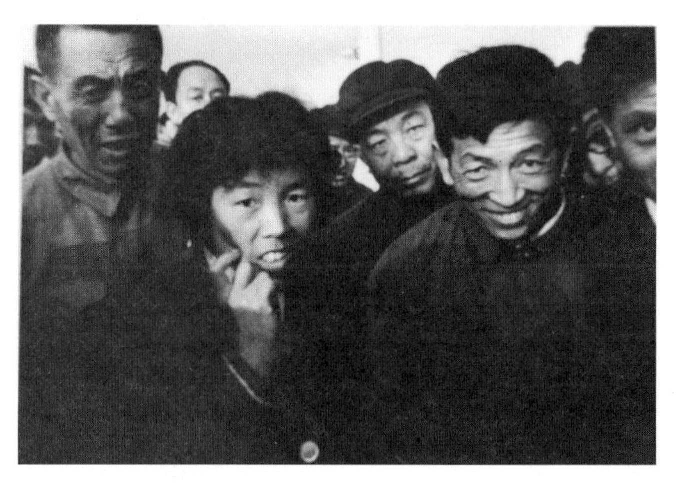

□ (上)20 世纪 80 年代初，老百姓在国内不容易见到外国人。那时北京市民看“大鼻子”老外曾经是这样的表情。这是马格南通讯社记者派屈克当时拍摄的

□(中)1984 年，中华人民共和国成立 35 周年，参加国庆游行的农业方阵巨型标语“联产承包好”经过天安门广场

□(下)2006 年，陕西延安，百姓们敲起腰鼓闹元宵

□(上)1986 年，建设中的深圳蛇口工业区和他们当时惊世骇俗的口号：时间就是金钱，效率就是生命

□(下)1995 年，深圳"世界之窗"即将完工。继"锦绣中华"、"民俗村"之后，1995 年，中国最早、规模最大的人造景观"世界之窗"出现在深圳湾的海边

□北京，国家大剧院

□北京，首都国际机场候机大厅

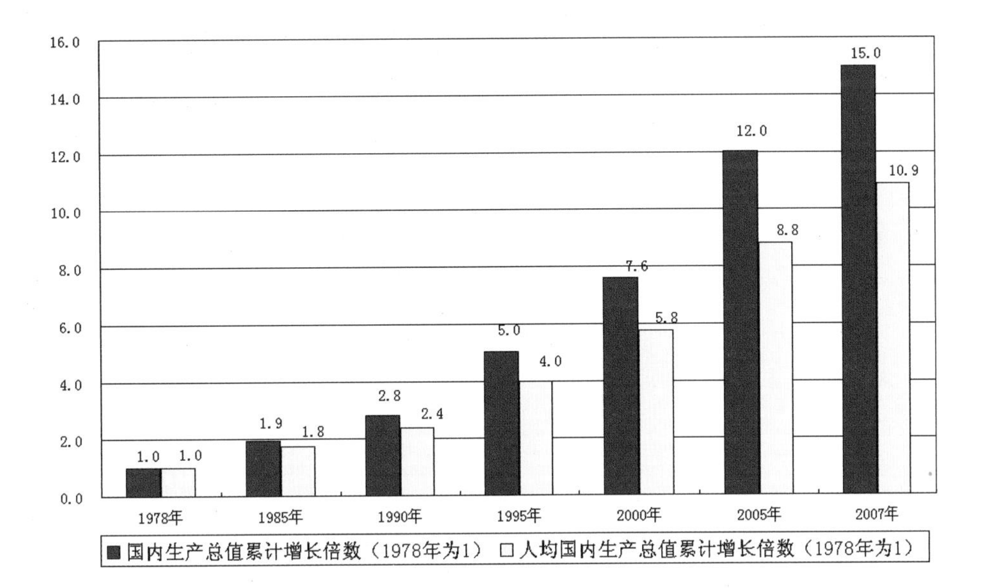

国内生产总值与人均国内生产总值累计增长倍数

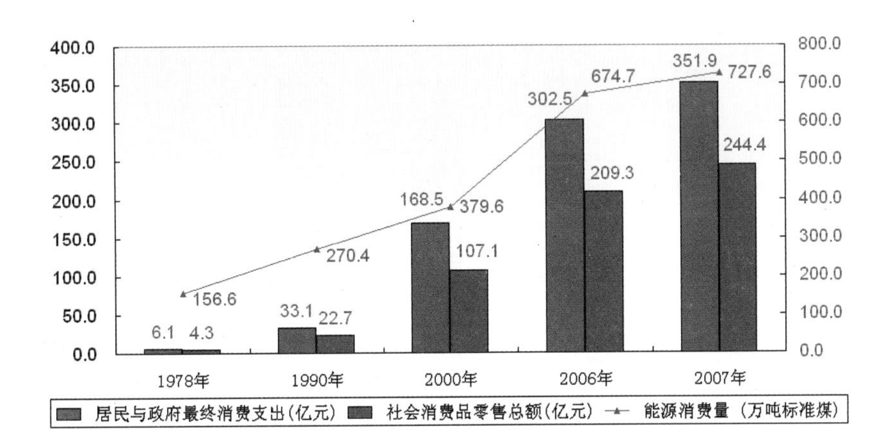

每天消费量

每天创造的财富

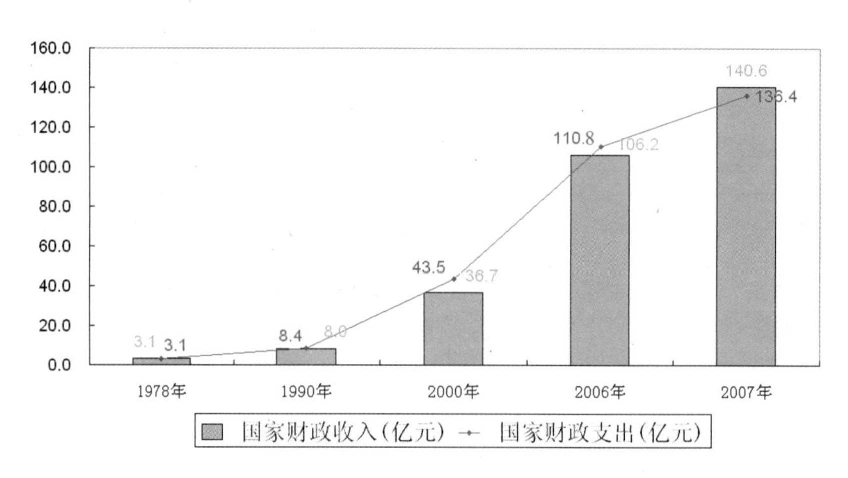

国家财政收入与支出

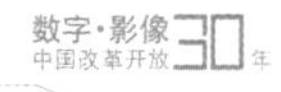
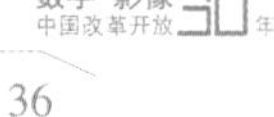

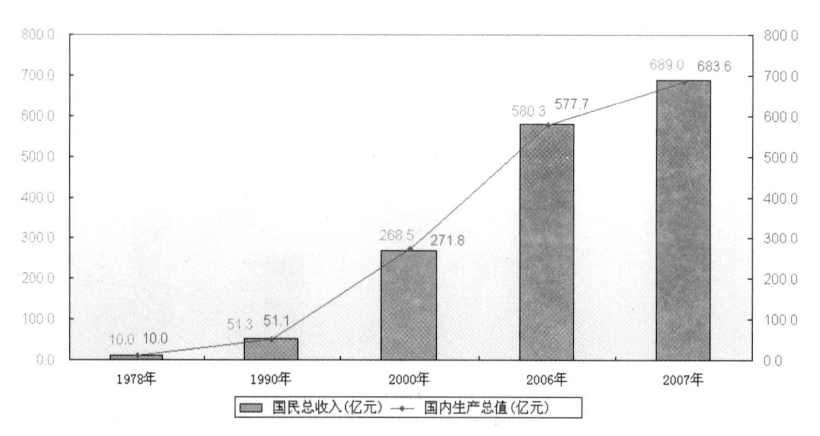

国民总收入与国内生产总值

每天其他经济活动

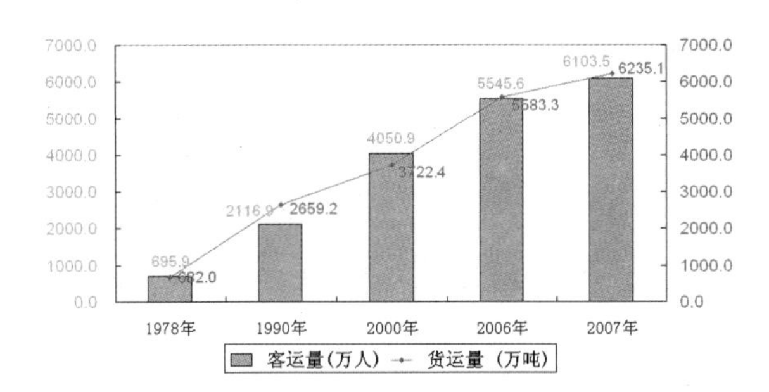

客运量与货运量

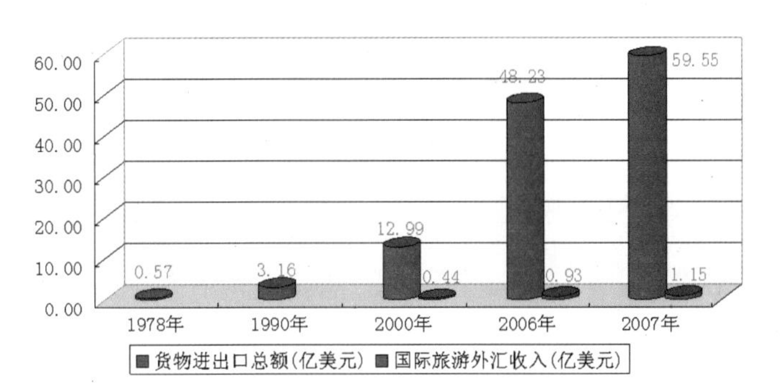

货物进出口总额与国际旅游外汇收入

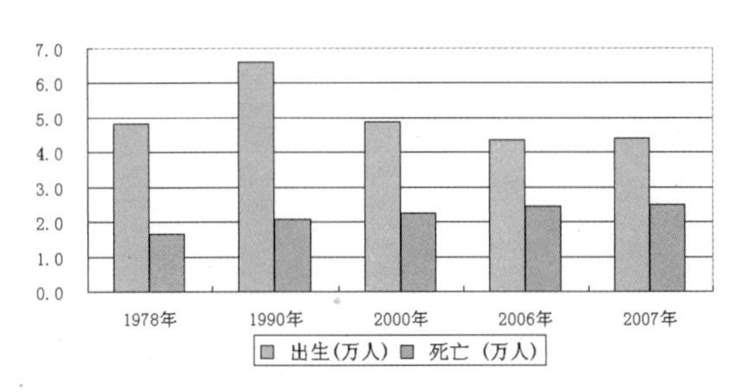

出生与死亡人数

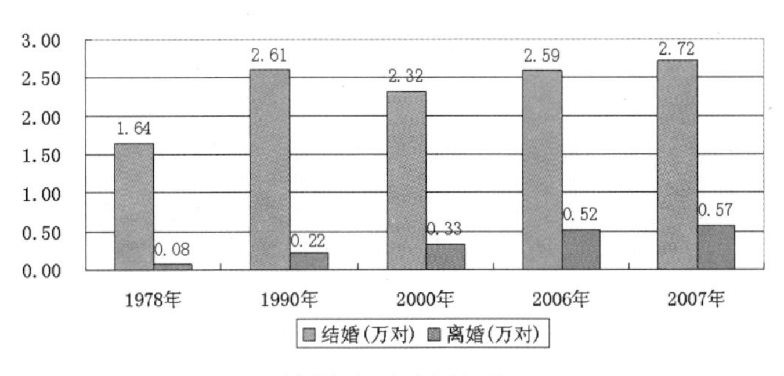

结婚与离婚数量

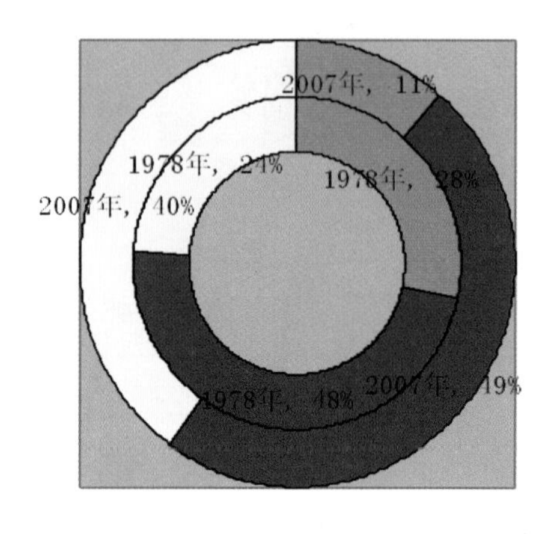

国民经济三次产业构成（%）

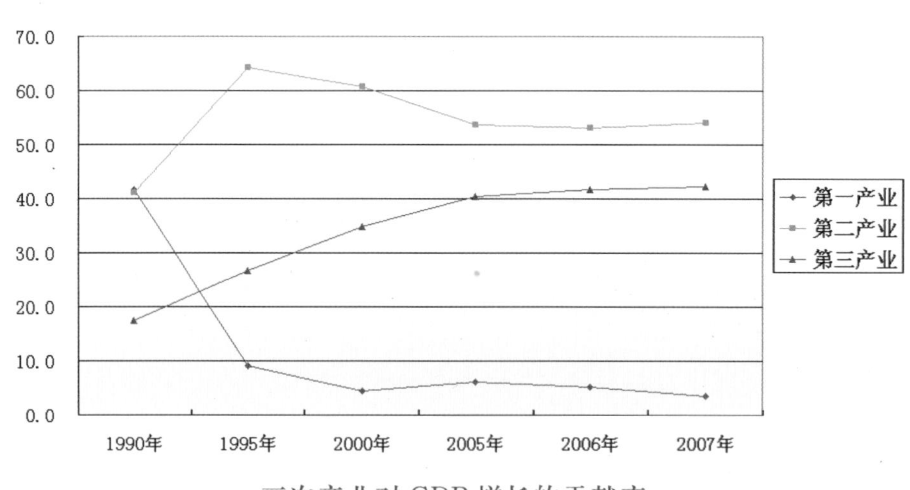

三次产业对 GDP 增长的贡献率

第一章
给农民松绑大家才有饭吃

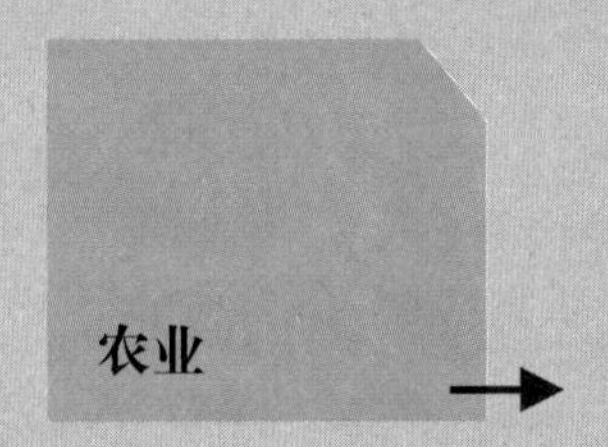
农业

1978年12月，就在中共中央召开十一届三中全会的时候，安徽凤阳梨园公社小岗村的一些农民也在举行一个秘密会议。凤阳这个地方以其出了朱皇帝而闻名，也以贫困农民“走四方”要饭而闻名。“自从出了朱皇帝，十年倒有九年荒”，凤阳花鼓戏这样唱道。这年凤阳又遭受灾荒，农民“走四方”到达高潮。但小岗村的农民决定自救，他们举行秘密会议，把耕地分到了每家每户。有人害怕分地单干遭遇政治风险，他们的领头人严宏昌愿意承担风险，只是要求大家在自己坐牢后把自己的孩子养大成人。于是，十几户农民在共担政治风险的契约上签字画押，订立了一个冒险改革的契约。这个行动成了中国改革开放史上的一个标志性事件。

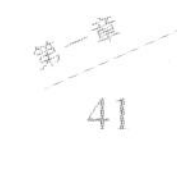

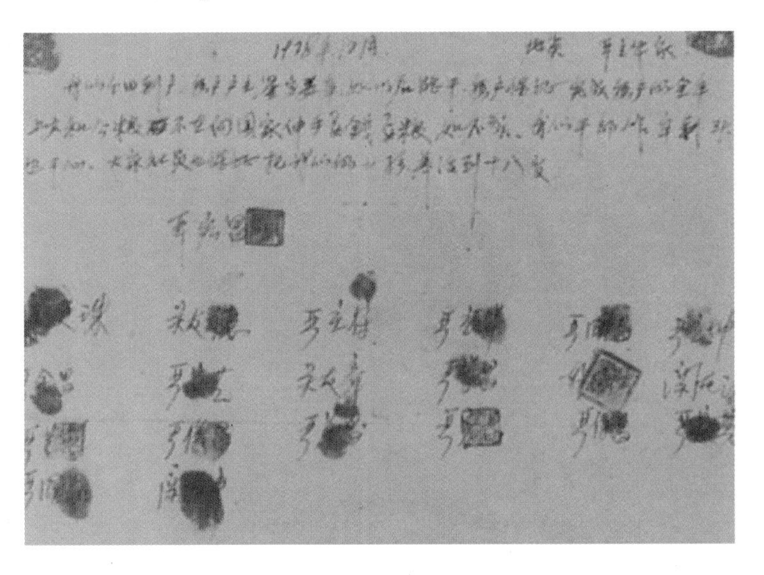

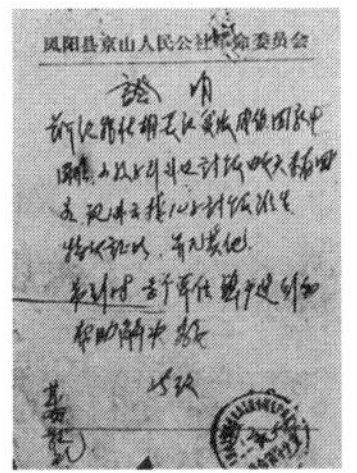

凤阳县京山人民公社革命委员会

证明

□（左上）1978年底，安徽省凤阳县小岗村18户农民冒着巨大风险，秘密承包土地，他们以这张罕见的契约盟誓互相保护，并按下血手印

□（左下）20世纪70年代，安徽省凤阳县京山公社革命委员会给辖区农民开出的讨饭证明。今天揣摩给这份证明加盖公章的官员心理，除了善良，恐怕还有愧疚，而让人想得更多的是一个时代的耻辱

□（右）改革开放前凤阳县农民居住的土屋

民以食为天，这是古训。如果身处农村，有地有劳力，也就该有饭吃，这似乎是常识。但在改革开放前，偏偏中国农民的吃饭成了问题；城里人实行限量供给制度，买自行车要票证，买布要票证，甚至连买斤豆腐也要票证。拥有票证是城里人的特权；因为这个特权，城里人尽管日子过得也紧巴巴，但多少胜过了农民。

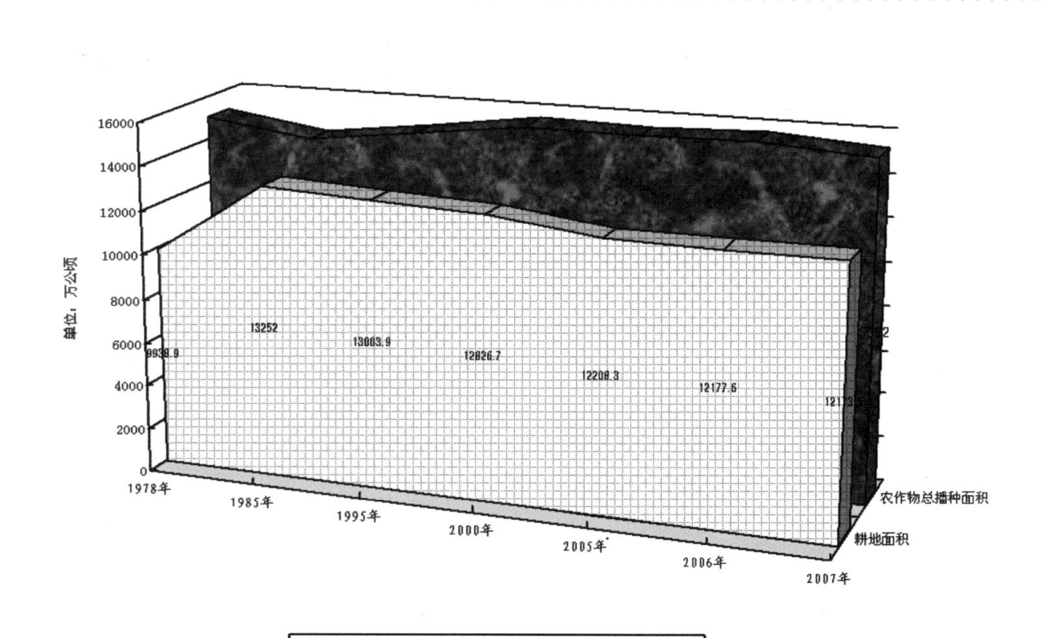

耕地与农作物播种面积（单位：万公顷）

毛病出在人民公社制度上。这个制度下，省委书记会指挥农业生产，像个生产队长。一年收获下来，先要交够国家的，再要留够集体的，剩下多少再分配给农民。这个制度危害了中国农业的发展。因为吃“大锅饭”，农民生产积极性不高；又因为几乎完全取缔了农产品自由流通，市场对生产不能发挥调节作用，农业专业化生产不能发展，资源的宏观配置效率也大打折扣。

□ 1975年，浙江泰顺的农民在开山造田的工地上架设高音喇叭。有位作家说过，看见这种喇叭可以让他想起一个时代

□1977年，河南的一位老农在吃饭。再看看他背后墙壁上的“文革”标记，我们应当能体会到这位农民嘴里的滋味和眼中的迷惘

改革开放先要解决好吃饭问题，提高粮食产量，于是不得不向人民公社制度开刀。农民和基层干部自己先行动起来了。安徽凤阳小岗村的农民秘密签字画押分土地就是在这种背景下发生的。1980年6月，四川广汉县向阳公社摘掉了“人民公社”的牌子，替之以“向阳乡人民政府”，这在当时也是一个大胆行动。

□20 世纪 50 年代，上海松江人民公社正在吃大锅饭的社员们。虽然不是发生在改革之年，但是它能让我们想到改革肩负着多么沉重的历史包袱

□1982 年 6 月，陕西省宝鸡县固川乡的一户农家正在晾晒丰收的小麦。瞧他们干起活来多么卖力！这就是“包产到户”政策的威力

中国农民的创造得到了党内高层重要领导人的支持。邓小平、万里、胡耀邦等领导人经过艰苦努力，逐步说服了其他持不同意见的领导人，党内有了大体一致的意见。1982年1月1日，中共中央批转《全国农村工作会议纪要》，决定推行农村家庭承包制度，这是改革开放以来第一个关于农业的中央1号文件。这年底，中央进一步决定取消人民公社制度，给农民发展生产以更多的自由。从1982年开始到1986年，中央连续发布了5个"1号文件"，奠定了改革开放之初发展农村经济的政策体系。

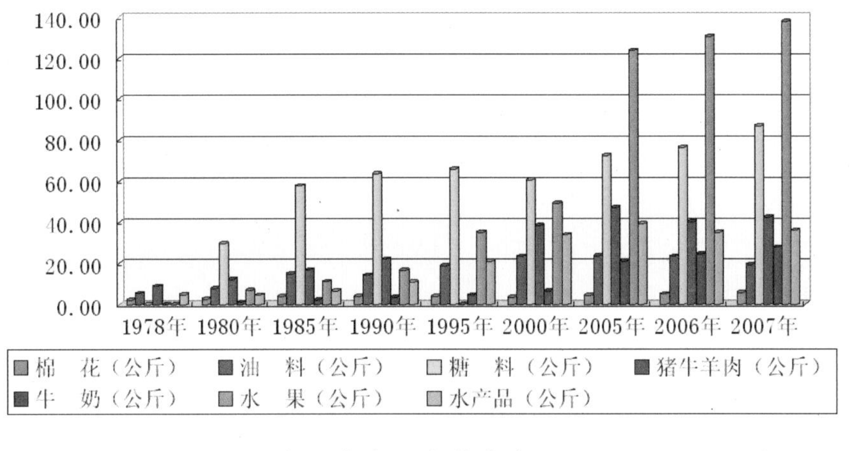

主要农产品人均占有量

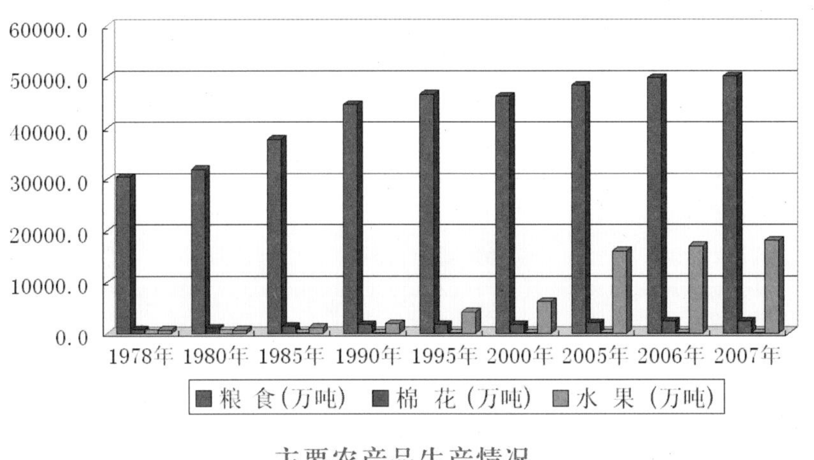

主要农产品生产情况

农村家庭承包经营制果真大大解放了农业生产力。从1978年到1984年，粮食平均每年增产达到4.8%，总产量增长和前15年比较起来翻了一番，农业生产水平上了一个新台阶，真正解决了中国人的吃饭问题。农民生活水平也迅速提高，从1987年到1990年，农民人均消费水平增长速度达到5.6%，超出城市水平1.1个百分点。

□守着土地没粮吃的安徽省凤阳县率先实行以家庭联产承包为主的农业生产责任制后，粮食生产大丰收，农民踊跃卖粮给国家

中国改革带来经济结构的迅速变化，从上世纪90年代以后，城市经济发展明显加速，城乡居民的收入差距开始逐步扩大。到上世纪末期，城乡人均收入差距平均扩大到3.7倍。这种状况引起中央政府的高度关注，一系列促进农村发展的政策紧锣密鼓地向社会推出。

□（上）1986年，山东农村晒柿子的母女。笑容、果实和秋风都是甜的

□（下）浙江千岛湖捕鱼队合力拉巨网捕大鱼

□（右页）2002年晚秋，内蒙古呼伦贝尔草原的羊群

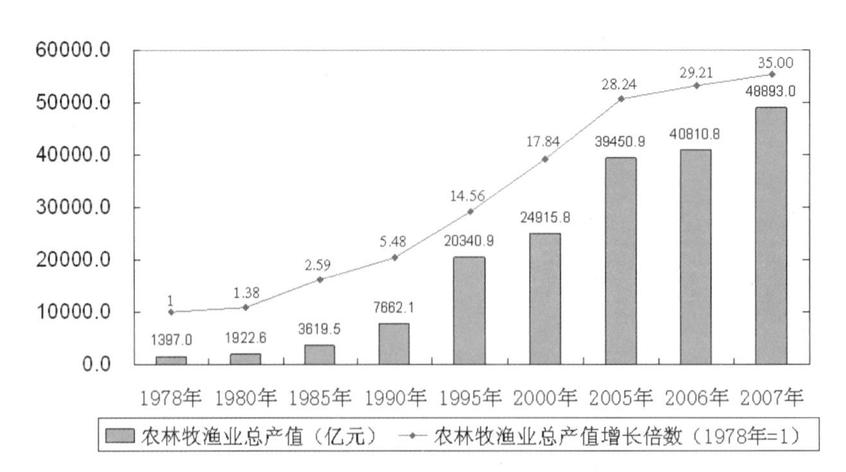

农林牧渔业总产值与增长倍数

从2004年开始，中央又连续5年发布“1号文件”，提出了关于促进农民增收、农业增产和农村发展的一系列新政策。新政策的主要原则被概括为“多予、少取、放活”。

□（上）1986年，黑龙江北大荒的机械化耕种

□（下）江西省现代化高标准粮库

2006年中央决定开始全面取消农业税，农民交纳“皇粮国税”的日子从此一去不复返。国家还确立了“以城带乡、以工促农”的统筹城乡发展的思路，开始加大对农村社会经济发展的投入。这一年中央还提出了建设社会主义新农村的任务，确立了“生产发展、生活宽裕、村容整洁、乡风文明和管理民主”的具体工作目标。2008年中央和地方对农村的投入总量将达到8000亿元左右，国家对农民的生产生活补贴达到10多项，农村新型合作医疗制度和最低生活保障制度全面建立，一个制度化的支农体系已经形成。

三江平原的农田

2008年10月，中共中央召开了十七届三中全会，会议通过的《中共中央关于推进农村改革发展若干重大问题的决定》全面总结了近30年农村改革的基本经验，提出了未来一个时期农村改革发展的基本任务，明确提出了破除城乡二元结构、实现城乡社会经济一体化的发展战略。《决定》确立了以“产权明晰、用途管制、节约集约、严格管理”为原则的深化农村土地改革的思路，提出了关于土地承包权长期稳定并永久不变、逐步建立统一的城乡建设用地市场等重要改革措施。《决定》还部署了增产1000亿斤粮食的任务，并提出了若干重要保障措施。这次会议对于我国农村社会经济更快更好发展将产生长远积极影响。

好政策让农民高兴，让粮食增产，让农村面貌加快了改变步伐。近几年，我国农民收入增长率持续保持在7%左右，粮食产量又超过了1万亿斤，农村基础设施建设水平上了新台阶。

□江苏省江阴县华西村是最先富裕起来的中国乡村。图为农民的别墅

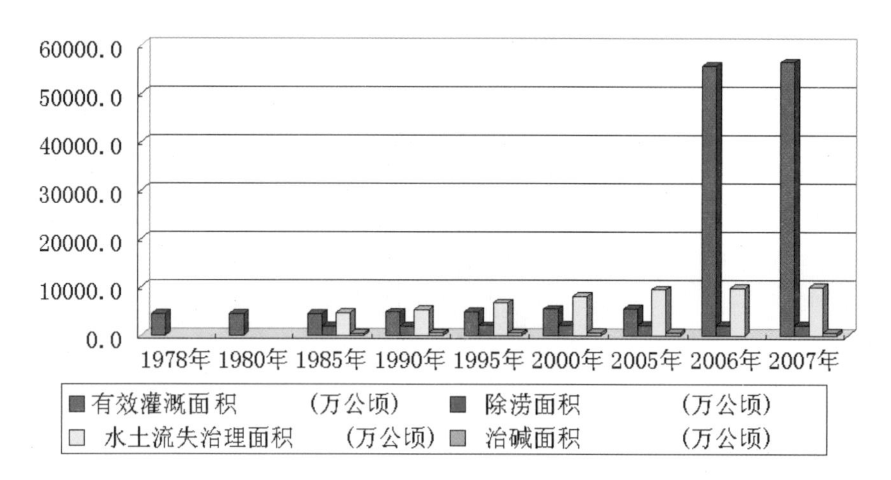

农村治灾及水利建设

第二章

没有工业化哪来现代化

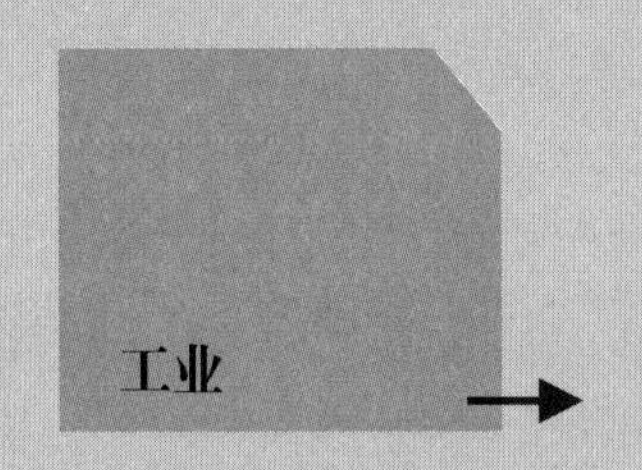
工业

改革开放30年，中国工业走完了西方国家100年的历史。给中国人的生活带来最为梦幻般改变的是电子工业、汽车工业。

汽车工业是中国工业的一个缩影。1958年，长春汽车制造厂模仿当时苏联的轿车，用手工打造出了第一辆新中国的轿车，取名为红旗牌轿车。第二年，一批红旗车制造出来参加了国庆观礼活动。然而，此后20年，中国的汽车工业几乎继续使用作坊式生产方法，技术和效率没有任何进步。1978年，全国生产轿车仅仅2650辆，到了2007年，中国汽车产量达到了888.89万辆，其中轿车生产突破470万辆。2008年，全国汽车生产有望突破1000万辆，其中轿车突破550万辆。

□(左)20 世纪 50 年代，生产红旗轿车的第一汽车制造厂

□(中)今天第一汽车制造厂的现代化生产组装线

□(右)2008(第 13 届)大连国际汽车工业展览会。据车展组委会统计，本届大连车展销售整车 4506 台，销售额达 12.12 亿元。车展吸引了 31 万观众入场参观

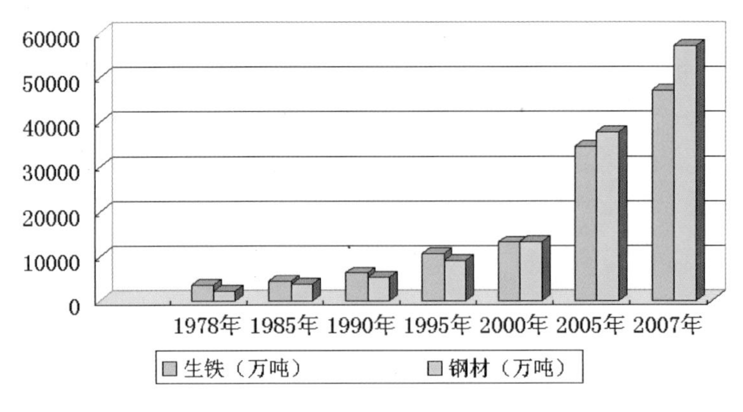

生铁与钢材产量

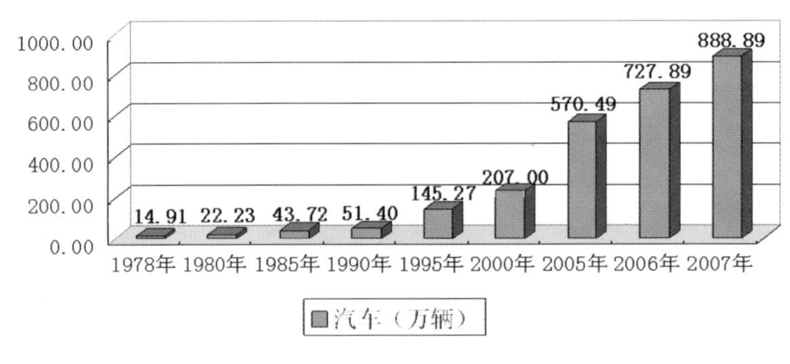

汽车产量

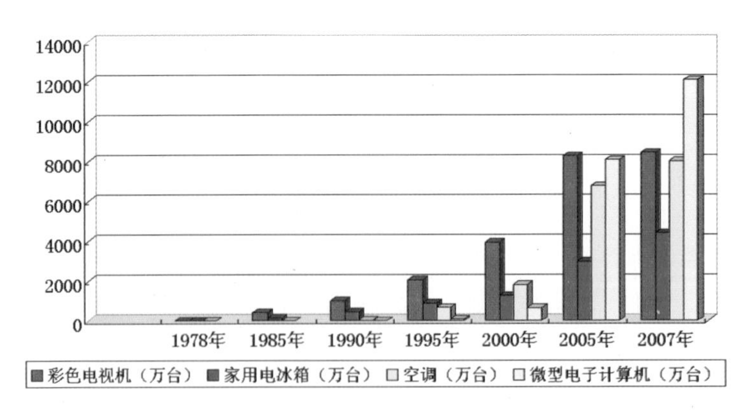

彩色电视机、家用电冰箱、空调、微型电子计算机产量

建立发达的现代工业是中国人的一个梦想，但这个梦想曾经寄托于自然经济的朴素认识。1958年，国家领导人要求“钢铁元帅升帐”，全国掀起了大炼钢铁运动。这种以政治热情替代经济规律的做法迅速碰壁，给国民经济带来深重危机。十年“文化大革命”，更是使得中国的工业濒临破产的边缘。

改革开放政策圆了中国人发展现代工业的梦想。改革开放以来，中国积极引入海外资本和先进技术，在短短的30年里，创造了一个奇迹。2007年，工业增加值占国内生产总值的43%，工业在国民经济中的主导地位进一步增强。2001年至2007年工业增加值年均增长11.5%。其中，规模以上工业增加值近5年来平均增速为17%，处于世界上增长最快的国家之列。

□（上）1970年，广东高州石鼓煤矿。图为宣传队来演出

□（下左）1971年，福建。工人停产学习政治，在车间批判“唯生产力论”

□（下右）1958年，宁夏石咀山土法建造的小炼钢炉

全部国有及规模以上非国有工业企业主要指标——国有及国有控股工业企业单位数

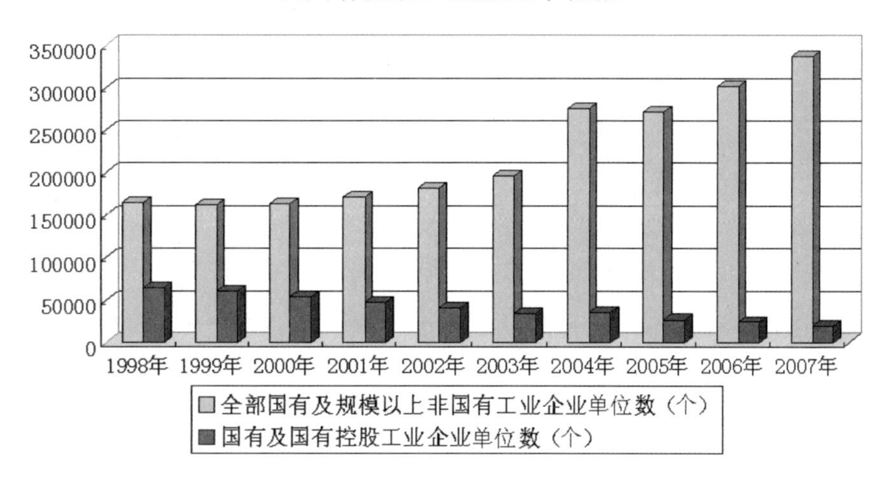

企业单位数

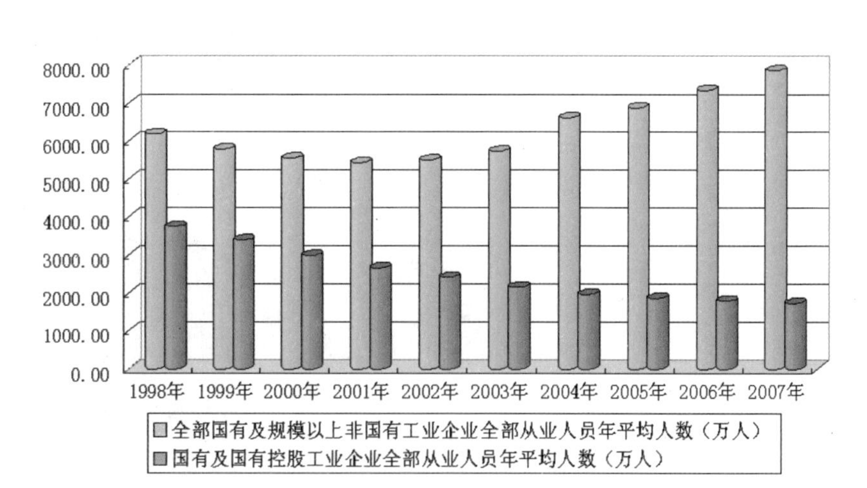

全部从业人员年平均人数

工业总产值、工业增加值、资产总计与利润总额（亿元）

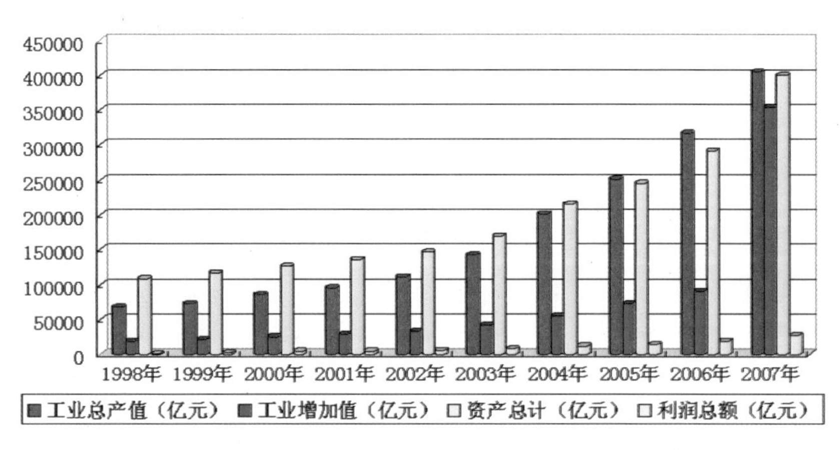

全部国有及规模以上非国有工业企业主要指标

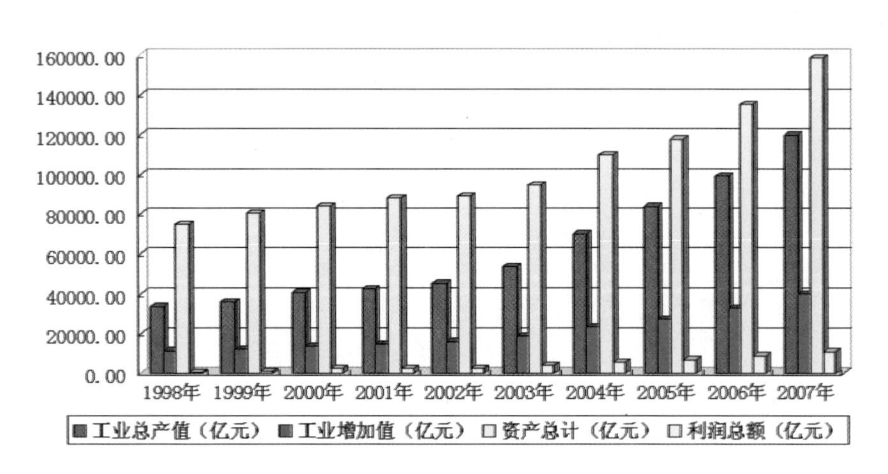

国有及国有控股工业企业主要指标

30年的历程，中国已经建立起了世界上第二大工业体系，成为了“世界工厂”，如果按照工业产值计算，中国的工业生产份额已经超越美国，跃居全球第一。中国制造，从鞋子、服装、玩具等初级工业产品，到电脑、电信设备等高技术产品，正源源不断地被输往全世界各个角落。

□1985年，广东珠江三角洲。在早期乡镇企业里的女工都是本地妇女。这个小家伙也跟着妈妈来到厂房

改革开放30年，中国的现代重工业迅速崛起，反映综合技术实力的尖端工业开始起步。许多重要工业品产量位居世界前列。2007年，中国粗钢产量4.9亿吨，原煤产量25.3亿吨，水泥产量13.6亿吨，化肥产量5725万吨，均居世界第一；发电量、原油、乙烯、部分有色金属产量也居世界前列。2003年10月，神舟五号载人飞船发射成功，将中国第一名航天员送上太空；2008年中国大飞机项目正式启动。今天的中国工业，正向着更高的目标迈进。

一位中国企业家说，只要给中国人自由创造的空间，中国人一定会创造奇迹出来。这个自由空间就是改革开放产生的市场经济体制。80年代初，日本经济学家小宫隆太郎在考察中国企业的现状时说：中国不存在企业，或者几乎不存在企业。中国的国有企业只能算是党和政府控制下的行政性生产机构，仅仅是"生产单位"或"车间"。这话说到了要害。改革之前，计划经济体制下的企业没有自主经营权，生产任务由国家计划，生产什么，生产多少，如何生产，都由计划决定。1978年，中国的工业体系异常纷繁复杂，仅机械工业部就有八个，一机部主管重工业，第二至七机部为国防工业部，八为农机部，还有地质、电力、水利、纺织、轻工等部。

20世纪70年代末，福建省集美市某制衣厂开始了"三来一补"的来料加工业务

私营工业企业单位数
与大中型工业企业单位数

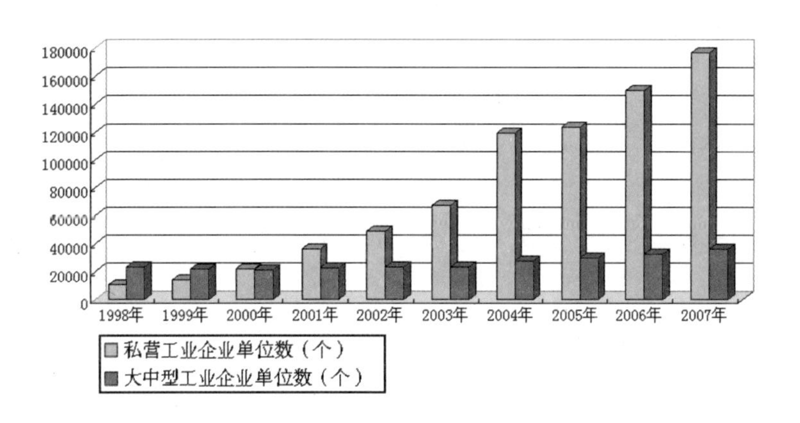

企业单位数

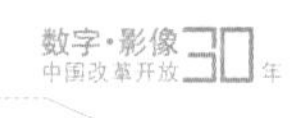

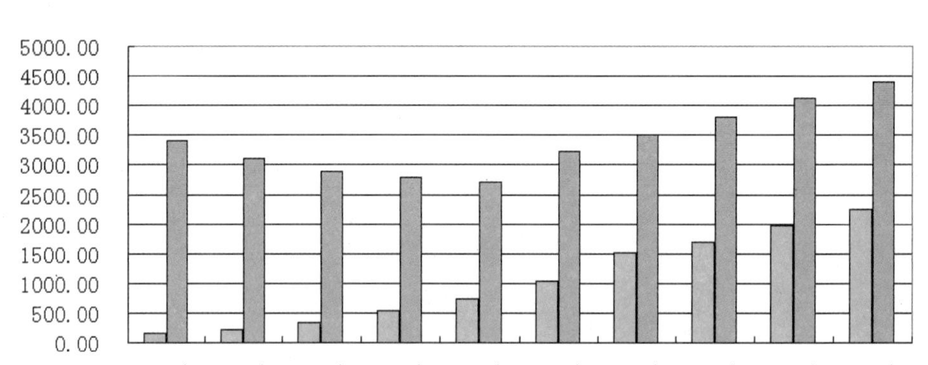

全部从业人员年平均人数

工业总产值、工业增加值、资产总计与利润总额（亿元）

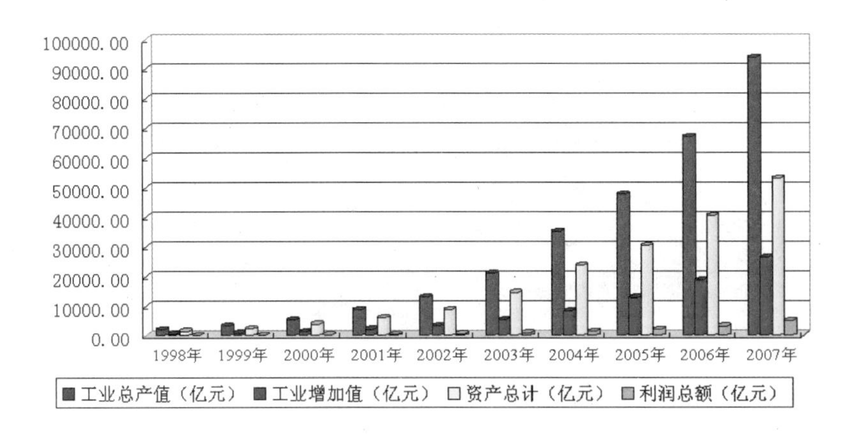

私营工业企业主要指标

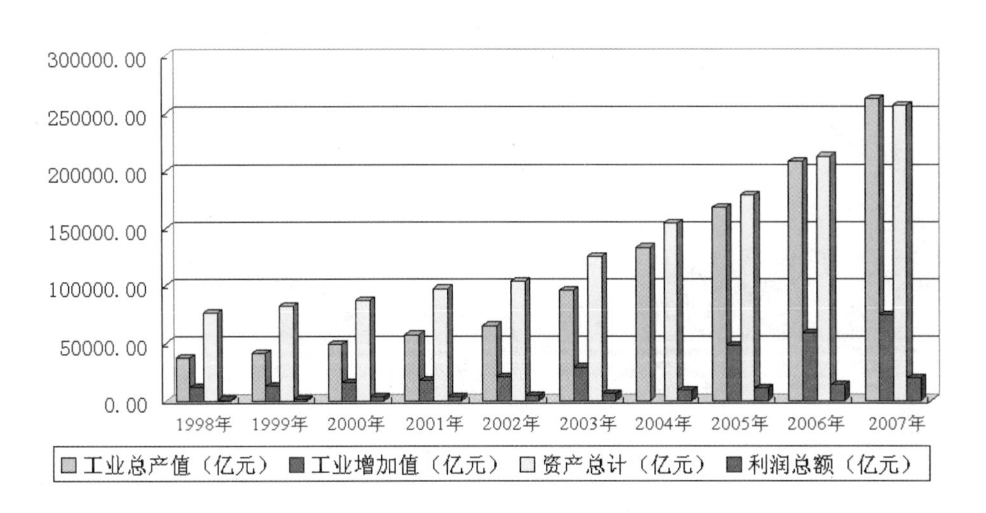

大中型工业企业主要指标

□东北特钢集团下属的大连
金牛第一炼钢厂出炉壮景

30年工业改革做了两件大事，一是打掉了“命令主义”，实行了全国工业管理体系改革；二是端掉了“铁饭碗、铁交椅”，推行了工业企业的管理机制改革。

在经历了多次撤并重组后，1998年国务院的机构改革，确立了建立办事高效、运转协调、行为规范的政府行政管理体系，完善国家公务员制度的改革目标，决定将部分专业经济管理部门改组为国家局，机械工业部被撤销，组建机械工业局，与其他9个局一起归口在国家经贸委之下。这次改革被认为是从计划经济体制走向社会主义市场经济体制、实行政企分开的重大步骤。

2001年2月，10个国家局中的9个宣布撤销，其中就包括机械工业局在内。一个月后，中国机械工业联合会挂牌，在经历了多年的分分合合后，今天，中国机械工业终于摆脱了传统的专业经济部门行政职能，机械工业部已成为了历史。

待出厂的热轧板卷

改革30年，就是中国由计划经济向市场经济转变的30年。改革30年,我国已形成了以公有制为主体,多种经济成分共同发展的所有制格局，社会主义市场经济体制已初步建立,市场机制在资源配置中发挥着基础性作用。从1984年有计划的商品经济的提出，到1986年全民所有制改革的启动，中国的改革向着市场经济纵深不断发展。

1992年10月,中国共产党第十四次全国代表大会第一次明确提出了建立社会主义市场经济体制的目标模式。把社会主义基本制度和市场经济结合起来,建立社会主义市场经济体制。

□2008年,“睿智如我，自成一格——VIGOOD(睿格)笔记本电脑品牌新闻发布会”在北京举行。作为新兴的笔记本品牌，睿格在会上首推22款个性、时尚、随身的系列笔记本电脑产品,从而一举成为随身笔记本的品牌标志。睿格的出现,标志着象征个性化、个人情感需要的PC3.0随身笔记本时代已经到来,笔记本电脑不再是一个冰冷的机器,而是情感载体的时尚标志

山西焦炭

□齐鲁石化公司第二化肥厂成品库

1993年11月，中共十四届三中全会举行，通过了《中共中央关于建立社会主义市场经济体制若干问题的决定》，提出建立社会主义市场经济体制，就是要使市场在国家宏观调控下对资源配置起基础性作用。要进一步转换国有企业经营机制，建立适应市场经济要求，产权清晰、权责明确、政企分开、管理科学的现代企业制度。

□（上）2008年，第7届中国国际装备制造业博览会展出的数控机床

□（下）大庆石化公司

2003年9月，国务院常务会议研究实施东北地区等老工业基地振兴战略，提出了振兴东北的指导思想、原则、任务和政策措施。短短的几年内，东北的装备工业迅速崛起，特别是数控机床生产技术有了重大突破，使中国机械加工关键技术设备受制于发达国家的局面开始打破。

2007年，中国共产党第十七次代表大会提出了“提高自主创新能力，建设创新型国家”的国家发展战略。实施创新战略，实现从“中国制造”向“中国创造”的转化，已经成为我国未来经济发展的重要战略。

中国工业的成长让世界惊叹。2001年，日本通产省发表白皮书，称中国已经成为“世界工厂”，此后这一名词不胫而走。在近年崛起的世界“新经济体”体系中，中国当之无愧地成了领头羊。

□ 载重三万吨多用途重吊货轮——“中波明月”号，在上海船厂下水。这种货轮是当今世界杂货航运市场上先进的运输工具，它的建成及投入营运，将有力提升中国在世界杂货运输航线上的竞争力。“中波明月”号货轮是中国和波兰合资企业中波轮船股份公司向上海船厂订造的

第三章

大投入和大产出

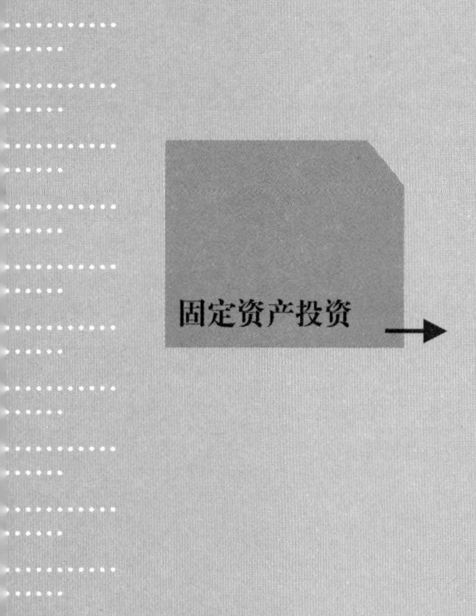
固定资产投资

改革开放以来，中国经济以令人炫目的速度增长，增速超过了世界平均水平，也超过了工业化国家。斯蒂芬·格林，这位渣打银行的高级经济学家，可能是第一个设法计算中国变化速度的经济学家，他曾经写过一个报告，根据他的计算，一个美国年等于1/4个中国年，一个英国年等于3.1个中国月(约为1/4中国年)。换句话说，在中国的生活变化要比在美国和英国快3倍。

□(上)1981年，建设中的深圳电子大厦，该楼高20层，是深圳特区第一栋高层建筑

□(下左)1981年，深圳。当时的交通非常落后，在深南东路与解放路交叉处，常有耕牛从马路上穿过

□(下右)今日的深圳市深南大道

中国经济的高速增长源自中国人的储蓄率远超过发达国家，从而有更高的投资率。经济增长的直接动力是投资。如果4个单位的投资能带来1个单位的GDP，储蓄率保持40%，GDP的增长就可以达到10%。改革开放以来，中国经济在大部分年份保持这样一个经济增速。

□（上右）青藏铁路早期勘探

□（上左）昆仑山下的青藏铁路建筑工地

□（下）青海格尔木，交叉穿越昆仑山的青藏公路和青藏铁路

中国人在忙于建设，中国大地就像一个大工地。国家统计局的权威数字显示：从1978年到2001年，中国共安排基础产业和基础设施基本建设投资达67793亿元。2003年到2006年的4年间，基础产业和基础设施建设固定资产投资总额120271亿元，是1978年到2002年基础产业和基础设施基本建设投资的近2倍；4年年均增长26.1%，比同期国民经济年均增长速度高15.7个百分点。2007年继续保持良好投资势头，全社会固定资产投资为137324亿元，高于2006年的52.5%。

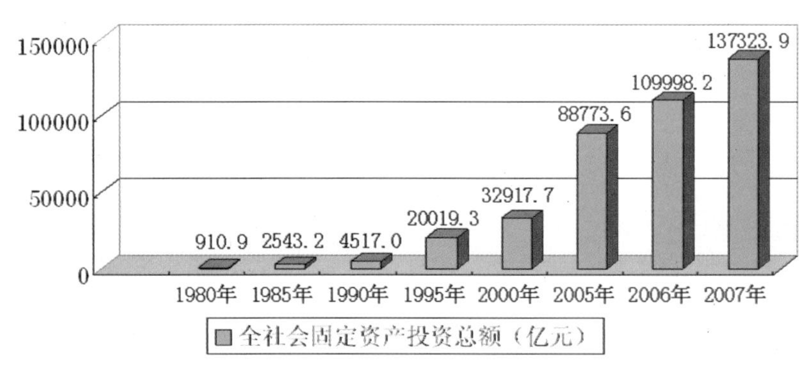

全社会固定资产投资

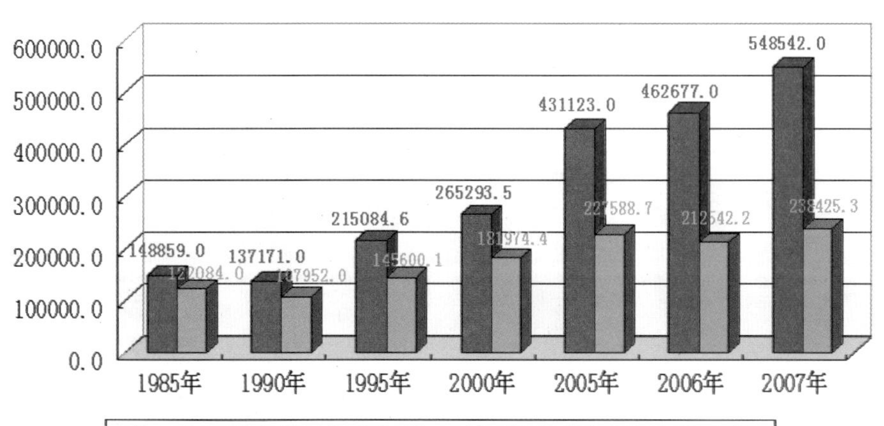

施工与竣工房屋建筑面积

到2007年底,全国固定资产投资在建总规模已超过30万亿元,在不增加任何新建项目的情况下也需要3年完工。预计到2010年,中国固定资产投资的年均增长率仍将保持在22%~25%之间。

我们每一个身处其中的人,无不深刻地感受到这种翻天覆地的变化。今天的中国,不再是30年前那个灰暗的景象。今天,中国已经是全球最大的建筑工地,吞噬着全球54%的水泥产量和30%的钢材。摩天大楼、道路、桥梁、电站,一个个巨大的建设工程,为中国这辆高速行驶的火车注入了不竭的动力。

改革30年,我国陆续上马了一些关键性重大基础建设项目,对增强国家经济实力作出了贡献。1994年12月,三峡工程综合水利水电枢纽工程正式启动,至今已经基本完成建设任务,实现了"截断巫山云雨,高峡出平湖"的民族夙愿。整个三峡工程的总投资达到了1800亿元,发电能力达到每年1000亿千瓦时。

□ 中国人民银行上海分行营业大厅

□（左）国家重点工程三峡大坝

□（右）南水北调丹江口大坝。2008 年 2 月 28 日，大坝进入加高施工阶段

□（右）重庆市涪陵区主城区位于三峡库区内，为保障城市功能和人民生活，1998年开始沿江修建防护大堤。图为已建成的数公里长的长江大堤

□（下）2008年北京奥运会主建筑——国家体育场

2000年，党中央做出了实施西部大开发，加快西部发展的重大决策。约1万亿元的基础设施投资、1220多亿元的生态建设和环境保护投资、310多亿元的改善农村生产生活条件投资，极大地改变了西部地区城乡面貌，生态环境也有了显著改善。

2001年6月29日，青藏铁路开工。经过5年建设，2006年7月1日，青藏铁路全线正式通车。列车奔驰在世界屋脊上，几代人的梦想成为现实。

2002年，南水北调工程正式启动。目前，东线调水工程已经接近完工，中线调水工程正在紧锣密鼓进行。这一浩大的工程，对于提高我国资源综合利用效率、促进地区经济平衡协调发展将发挥重大作用。

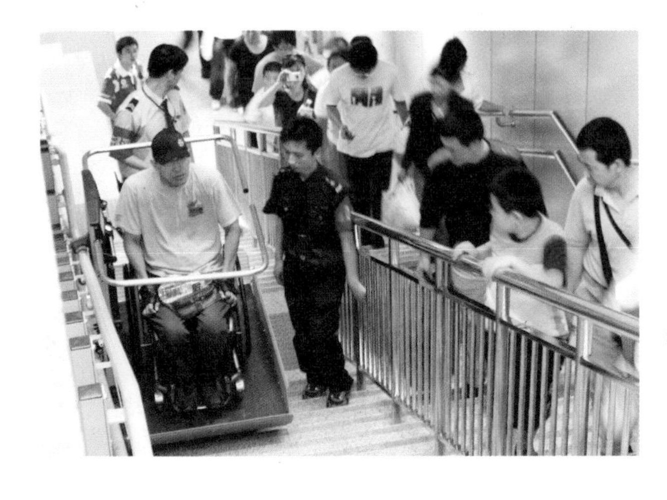

□2008年9月16日，一位残疾人坐轮椅车通过无障碍自动扶梯上下地铁站。北京市近年投资超过6亿元进行无障碍设施改造。地铁线路安装了轮椅车和电梯，公共卫生间安装了残疾人专用厕位，人行道基本上都铺设了导盲道

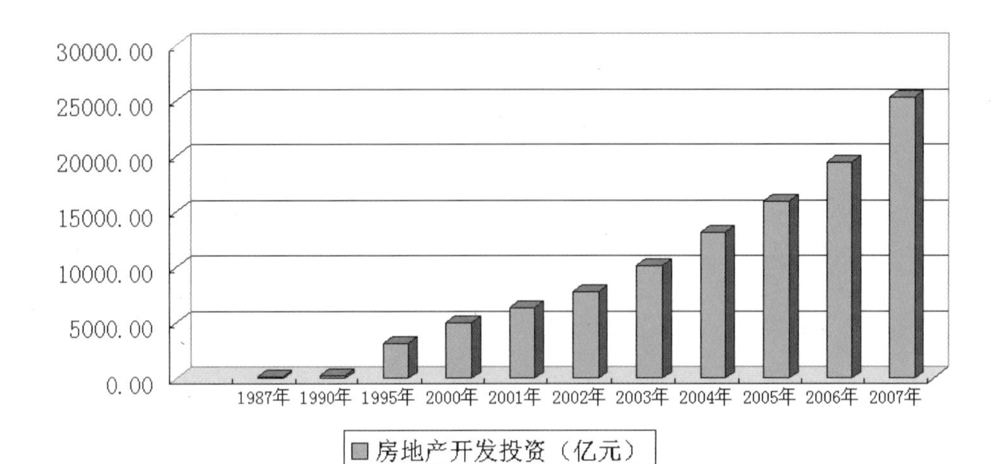

房地产开发投资

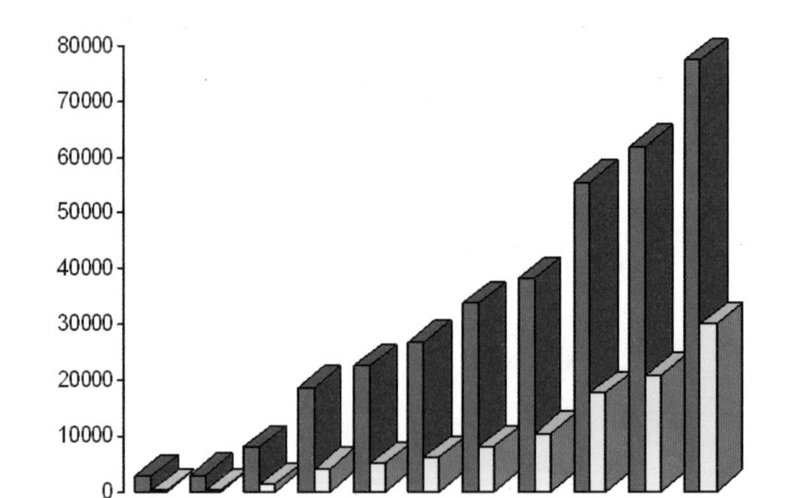

商品房销售面积和销售额

2002年7月,总投资约1500亿元的“西气东输”工程全线开工,至2004年,全线建成投产并开始正式商业运营。

交通运输建设取得了重大成就。2008年,历经10年研究准备,京沪高速铁路在北京正式破土动工,预计总投资为2209.4亿元,将超过三峡工程,成为新中国成立以来投资规模最大的建设项目。此外,国家建成了青藏铁路以及宁西线、渝怀线、株六复线、浙赣线、朔黄线、内昆线等铁路项目。根据“十一五”规划,中央计划3.8万亿人民币的交通基建投资,将建设铁路新线19800公里,投资规模将达15000亿元。到2010年,全国公路总里程达到200万公里,其中高速公路3.5万多公里,预计投资21000亿元。全国特大城市的地铁和轻轨通车里程将超过1500公里,投资总额超过2000亿元。

一批石油、化工和钢铁等项目顺利建成。其中百亿元以上项目有西气东输管道基建项目,大庆油田开发产能建设工程,胜利油田原油天然气开采项目,中石化西北油田勘探开发项目,长庆油田基建项目,中海油油气田勘探开发投资项目,浙江镇海800万吨/年炼油扩建工程等,天津、鞍山、武汉、张家港钢铁集团技术改造工程,广东江门、浙江乌沙山和北仑、江苏太仓、福建后石、山西阳城等电力项目。

□北京东便门立交桥

从“南水北调”、“三峡工程”、“青藏铁路”到“西气东输”、“西电东送”，这些规模空前的世纪工程，成为中国经济快速发展的重要保障，投入和产出，正如一枚硬币的两面，正是固定资产的巨大投入，为中国经济带来了充足的后劲，成为托起中国明天的重要支柱。

投资管理体制改革为中国建设的突飞猛进提供了力量源泉。国家财政日益向公共财政转化，赢利性投资主要由企业和个人自主进行。以2006年为例，在当年近11万亿元人民币的社会固定资产投资中，国家预算内资金仅占4.25%，国内贷款和自筹资金达到82.43%。2006年，在社会投资中，国有独资企业的固定资产投资占全社会固定资产投资的1/3，其余为其他各类投资，这说明民间的固定资产投资已经成为撑起中国经济成长的主体力量。

大量引进外资也是中国固定资产投资的重要资金来源，中国已经成为世界第二大外资投入国。2006年，外资使用总量达到4334亿元人民币，占到当年全社会固定投资的3.94%。截至2007年，中国累计利用外资总规模达到7000多亿美元。

□上海环球金融中心。现在，上海超过100米的超高层建筑有400多栋，超过香港，成为全球高层建筑数量第一的城市

30 第四章

叫人眼红的消费市场

国内贸易

□(上)1983 年，北京展览馆，人们抢购服装

□(下)20 世纪 80 年代，排队购买农副产品的市民

□(中)中国百姓使用的粮票，粮票成了一代人饥饿的证明

□(右)20 世纪 80 年代的民用线票

30年前的一句话，在今天看来如同黑色幽默。一位人民公社的党委书记对一位小学教员说：“好好干吧，将来提拔你做供销社售货员！”在物质匮乏时代，一个基层商业系统的普通职工有多么高的社会地位，由此可见一斑。

如果要当今50岁以上的中国人将现在的国内市场与30年前做一比较，他一定感慨良多，以为过去商品严重匮乏、生活捉襟见肘的时代恍然如一段旧梦。

在改革开放前的计划经济时代，我国的大宗商品完全由中央计划控制，百姓的日常生活必需品也多由地方政府统一安排供应，人们买粮要粮票，买布要布票，甚至买菜还要菜票。上海曾经发行过一种面额为半两的粮票，让全国其他地方的百姓领受了上海人民的精打细算。今天的年轻人，恐怕只能在博物馆里，才能看到那么多形形色色、五花八门的票证。这些票证见证了一个物质匮乏的时代，它们早已失去了使用价值，不过却成了收藏家们的至宝，偶尔会唤起老年人尘封的记忆。

1978年之后，随着改革的深入，计划经济体制逐步被打破，商品短缺局面消失，票证很快就退出了中国历史舞台。

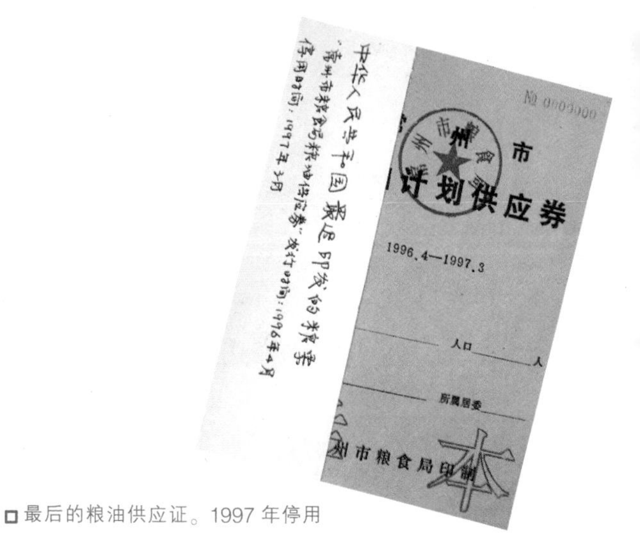

□最后的粮油供应证。1997 年停用

20世纪80年代，北京天安门观礼台下的第一家民营商店

计划经济时代对商品价格实行普遍控制。1978年，政府定价的比重，商品零售总额为97%，工业生产资料销售收入总额为100%，农副产品收购总额为92.6%。1982年，国务院发布《物价管理暂行条例》，标志新的流通价格管理体制开始建立。经过30年的改革，新的市场化的价格管理机制已经形成，其特点，一是大部分商品的价格已经完全放开，完全由市场供求规律进行调节，政府对流通秩序进行严格管理；二是少数关系国计民生的重要商品价格国家作出规定或进行干预；三是政府提供的公共服务由政府定价，价格的调整实行听证制度。目前，我国市场价格的比重在社会商品零售额和农副产品收购总额中都已经超过了95%，工业生产资料销售收入中的市场价格比重也上升到87.4%。

1979 年，自由市场悄悄兴起。这是福建省古田县的白木耳市场

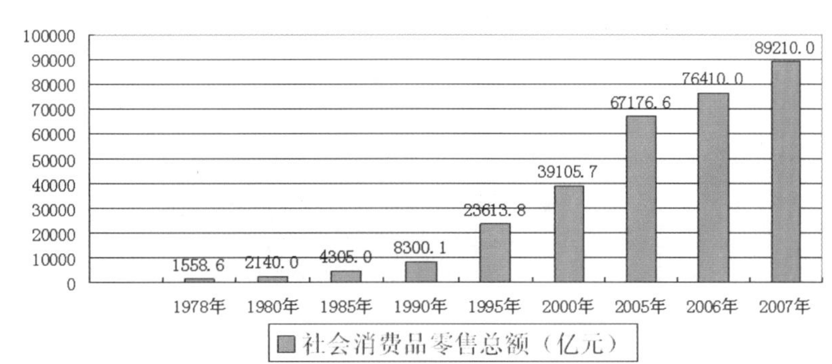

社会消费品零售总额

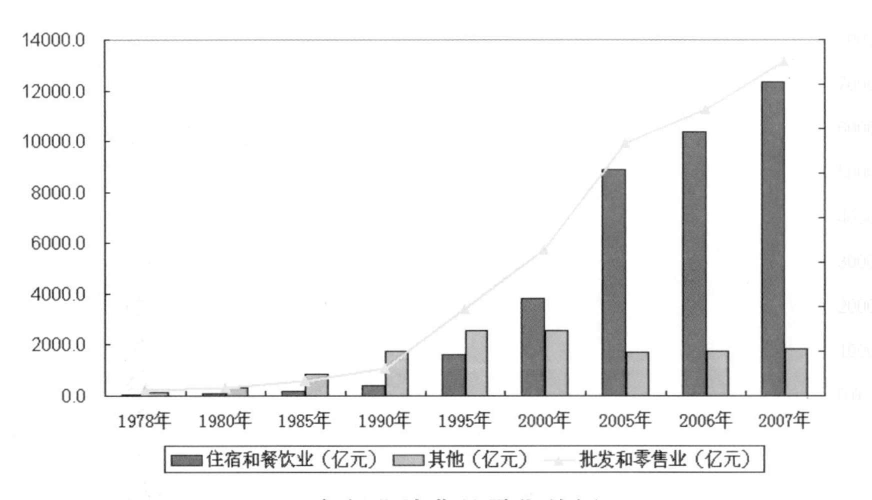

各行业消费品零售总额

我国内贸改革的另一重大举措是逐步对外商开放了国内市场，一批国际零售业巨头进入了中国市场。在改革开放初期，我国政府就陆续批准了有限几家国际零售业进入中国市场，包括法国家乐福、美国沃尔玛等。按照中国加入WTO协定的有关条款，中国于2004年全面开放了零售市场。在短短1年多的时间里，外资商业企业在我国的发展呈“井喷”态势。2005年商务部批准的外资商业投资企业就达1027家，是1992年到2004年的12年间国家批准外资商业投资企业的3倍。

20世纪80年代初，广州市高第街的时装市场

国内流通改革促进了国内市场的活跃，商品流通总量迅速增长，13亿中国人的巨大消费能力得到了释放。1978年，全国社会商品零售总额1558.6亿元，2007年达到89210亿元，增长57倍以上。中国人在国内也很容易买到进口商品。加入WTO以来，中国进口年均增长高达26%，今天，中国已是世界上消费市场增长最快的国家之一，强大的购买能力让世界为之惊叹。在今天全球商业版图上，中国已经不仅仅是一个供给者的角色，更多的跨国企业开始把目光投向中国的消费者，中国已成为世界上第一大手机市场、内地旅游市场、宽带市场，也是第二大黄金饰品市场和汽车市场。2007年中国已成为仅次于日本的全球第二大奢侈品消费国，中国人在首饰、服装、皮具、香水等奢侈品上的消费达80亿美元，奢侈品消费已占全球市场份额的18%，消费人群占总人口的13%。

□市场开放初期，服装用料花色品种还不多，人们兴高采烈地抢购花布

□南昌市中心的沃尔玛购物广场

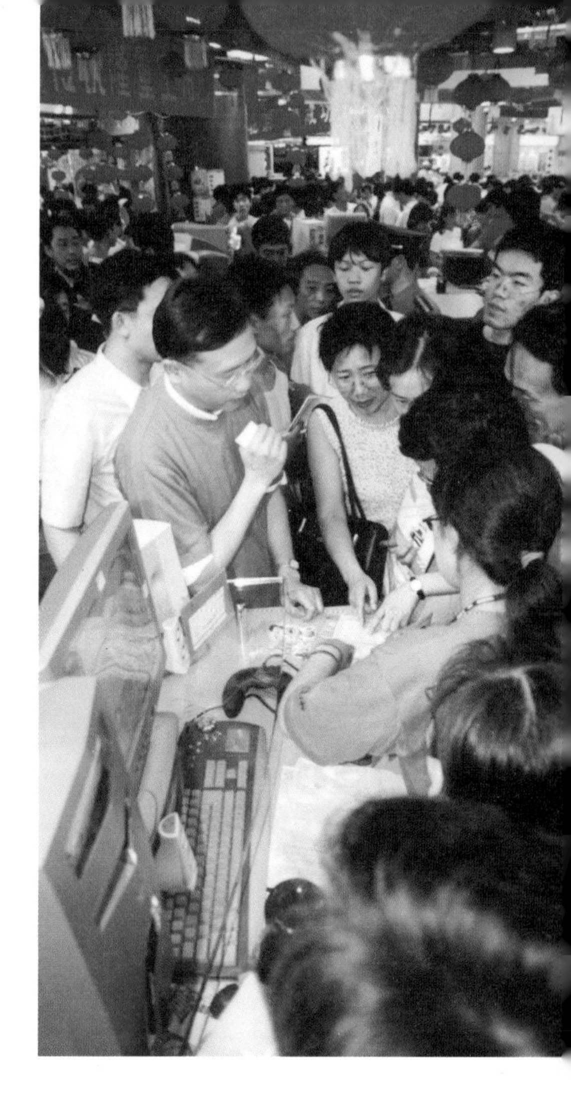

□（右）联想总裁杨元庆与英特尔全球副总裁陈俊圣一起到商场站柜台推销联想电脑

□（左）车展上的香车美女

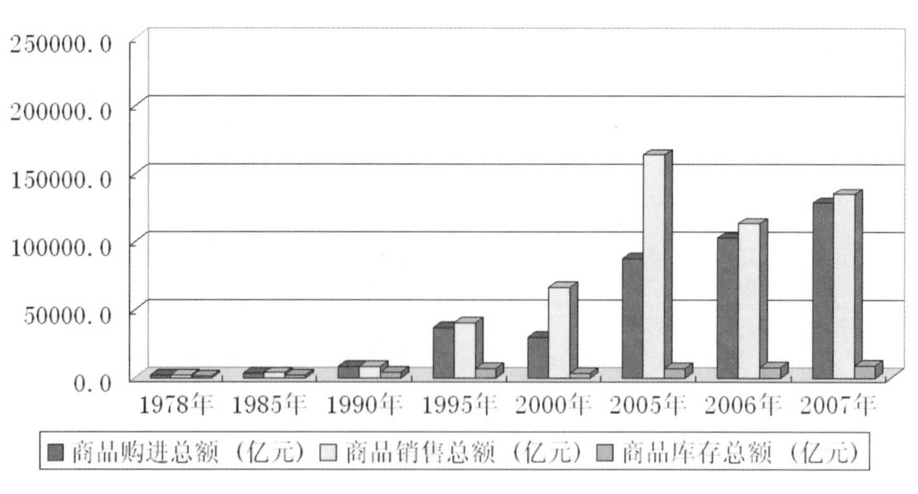

商品购销存总额

商业流通领域出现了各种新型业态，老百姓开始享受质量更高、更便捷的商业服务。各大城市的超级市场、专业名牌商店、国际化的大型购物中心已经成为老百姓经常光顾的地方，城市购物环境与发达国家相比已经没有明显差距。近年来，网络购物成了新的时尚，淘宝、易趣等网上商城成为年轻人的购物天堂，网络购物正以几何级数的速度成长。2008年第一季度淘宝网交易额突破188亿元人民币，预计2008年淘宝网全年的销售额将突破1000亿元，而1978年全中国的商业零售总额不过1500多亿元。

□南昌市环境优雅的购物商场

□(上)2008 年，北京秀水街购物的人群

□(下)迅速发展的中国电子商务

改革开放30年，我国农村市场也空前繁荣。20世纪六七十年代，在“左”的政治路线的影响下，我国农村消费品市场和商品成交额在不断减少，1976年达到解放后的最低点。1978年之后，农村市场迅速活跃起来，并成长起人数达数百万的农村经纪人队伍。近几年，国家商务部出台一系列政策，在农村实施“万村千乡工程”、“双百工程”，农村市场体系建设取得了显著成绩。目前，农村除有传统的集市贸易市场外，还兴起了各种综合市场、专业市场以及批发市场，一些大型商业企业在农村建立了连锁经营网络。

□品种丰富的农贸市场。这种景象如今全国到处可见

□江苏南京。秦淮河畔的商业街

第五章

把生意做到国外去

对外贸易

2006年，一本名为《离开中国制造的一年》成了当年的畅销书。2005年圣诞节，莎拉，一个经验丰富的美国财经记者，她端坐家中环顾四周，忽然发现，39件圣诞礼物中，“中国制造”的有25件，家里的DVD、鞋、袜子、玩具、台灯……也统统来自中国。如此多的“中国制造”让她感到震惊，她决定要历时一年抵制中国货，看看“中国制造”到底在多大程度上渗透进了美国普通人的生活。一年多后，她出版了一书，讲述了她和丈夫、两个孩子在一年内的曲折经历。这本书描述了一个美国家庭在全球化时代对“中国力量”的体验。

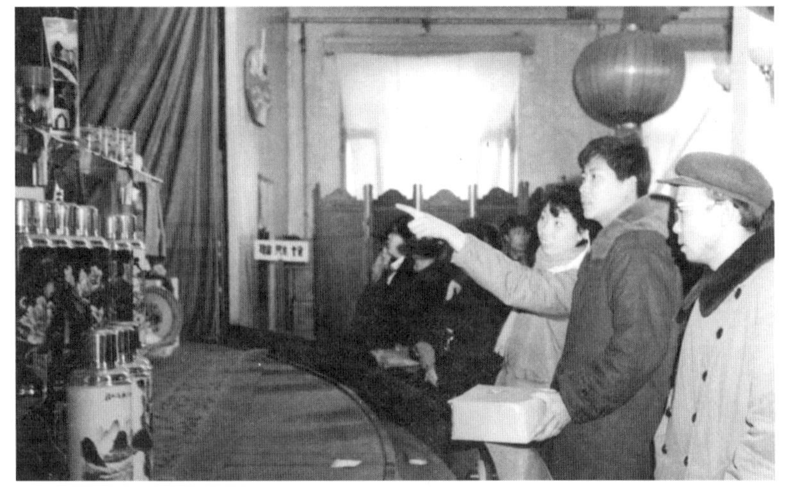

(上)“中国制造”如今已经进入全球大多数家庭。《离开中国制造的一年》是2006年的畅销书，作者是美国财经记者莎拉，在这本书中作者描述了中国产品与普通美国家庭如影随形般的关系

(下)1979年，北京市第一商业局组织了首次天坛商品展销会，每天都是人山人海，商品却颇为单调

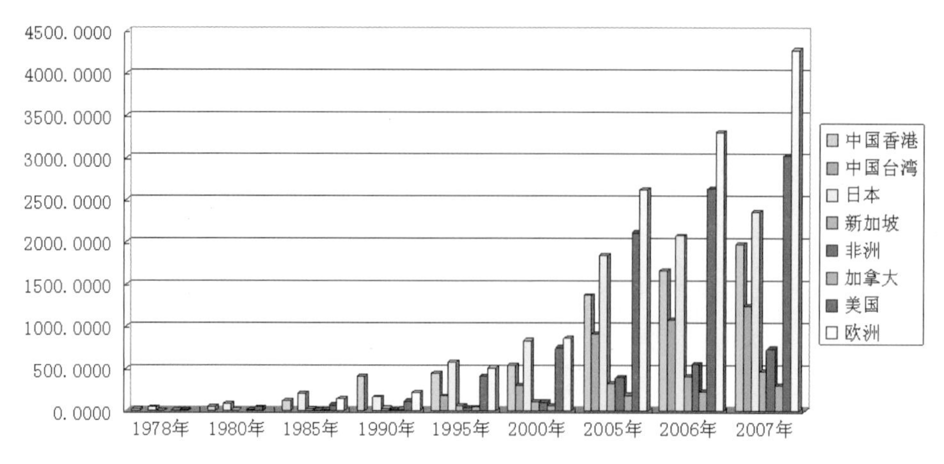

对主要国家和地区货物进出口总额（亿美元）

□ (上)20世纪80年代中越边境贸易

□ (下)20世纪80年代，作为当年改革开放的第一块试验田，深圳蛇口远远望去不过是渔村加小码头而已

倘若时光倒流，把这个故事告诉30年前的中国人，则一切无异于天方夜谭。30年前的中国还处于极其封闭的一种生存状态，国际贸易量非常小。1978年，中国的对外贸易总额只有355亿元，商场里，很少能够看到外国货，比较容易见到的只是苏联的卡车和古巴的红糖。

阻碍开放的坚冰能被打破，得益于新的政治领导人果断地抛弃了“左“的政治路线。偏见少了，眼光就不一样了，一旦走出去看看，开放的决心就有了。1978年4月，国务院副总理谷牧率团访问香港、澳门，代表团成员对香港的繁荣深为震惊。随后中央又有两个代表团出访，又是大开眼界。看出了自己的差距，就想着迎头赶上。买国外设备、借适当外债、建立出口贸易加工基地等一些对外开放的想法由此产生。

□20世纪80年代初，三个来广州出差的人。面对这块最早实行改革开放的热土，他们在想什么呢

1979年7月15日，中共中央、国务院批转广东省委、福建省委关于对外经济活动实行特殊政策和灵活措施的报告，决定在深圳、珠海、汕头和厦门试办特区。8月13日，国务院颁发《关于大力发展对外贸易增加外汇收入若干问题的规定》，主要内容是扩大地方和企业的外贸权限，鼓励增加出口，办好出口特区。1980年5月16日，中共中央、国务院批转《广东、福建两省会议纪要》，正式将“特区”定名为“经济特区”。

经济特区在短短几年里就取得了成绩，坚定了中央进一步扩大开放的决心。1984年3月26日至4月6日，中共中央召开沿海部分城市座谈会，决定进一步开放14个沿海港口城市。会议建议进一步开放天津、上海、大连、秦皇岛、烟台、青岛、连云港、南通、宁波、温州、福州、广州、湛江和北海14个沿海港口城市，并扩大地方权限，给予外商若干优惠政策和措施。

□北京时间2001年11月10日晚23时34分，世界贸易组织(WTO)第四次部长级会议正式通过中国加入世界贸易组织。出席会议的中国代表团团长、时任对外经济贸易部部长的石广生起身热烈鼓掌

□（左）海尔集团在美国的分部

□（右）中国正保远程教育 2008 年 7 月 30 日在美国纽约交易所成功上市，成为首家在美国上市的国内远程教育企业

1994年1月11日，国务院作出《关于进一步深化对外贸易体制改革的决定》，提出我国对外贸易体制改革的目标是：统一政策、开放经营、平等竞争、自负盈亏、工贸结合、推行代理制，建立适应国际经济通行规则的运行机制。1996年，中国作出加入WTO的重大决定，并开始主动调整贸易政策，按照WTO的要求做一系列改革准备。这一年，中国对4000多种商品进口关税进行大幅度削减，关税总水平降至23%。

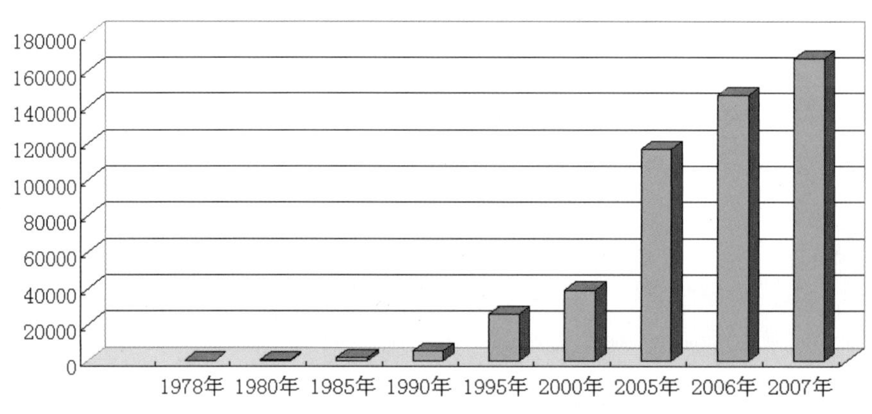

货物进出口额（亿元人民币）

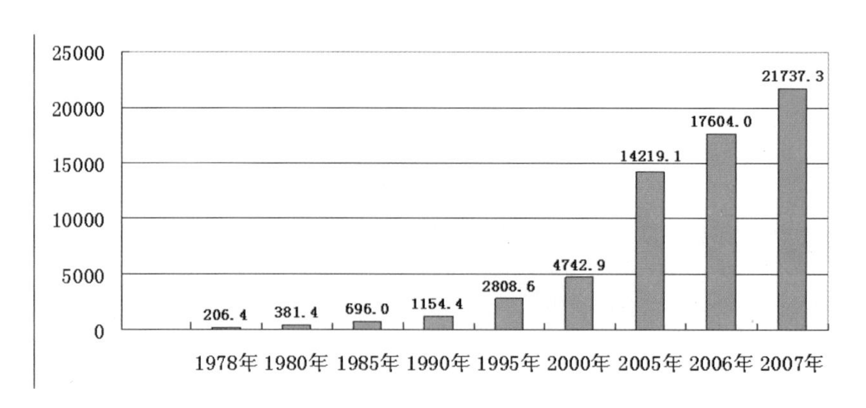

货物进出口总额（亿美元）

2001年11月10日,在卡塔尔多哈举行的世界贸易组织(WTO)第四次部长级会议通过了中国加入世贸组织的法律文件，它标志着经过15年的艰苦努力，我国终于成为世贸组织新成员。从2001年,以加入世界贸易组织为标志,中国已全面参与经济全球化进程。

□创汇大户、全国最大的服装出口企业——雅戈尔集团公司生产车间

改革30年，是中国经济融入全球经济的30年。从1978年到2007年，中国的对外开放在向深度和广度推进，已形成了多层次、宽领域、全方位开放的发展格局。

中国在世界贸易中的地位不断提高，进出口额占世界贸易的比重也日益增大。中国的对外贸易额从1978年的206亿美元增加到2007年的21737亿美元。商品贸易方面，中国首度超过美国成为世界第二大出口国，名列德国之后；服务贸易方面，出口份额排名亦较上年上升一位，位列第七。2007年，中国贸易顺差为2618亿美元，经常账户顺差约达3650亿美元，为GDP的10.6%。

□2001年，北京微软中国分公司举行WINDOWS XP操作系统上市典礼。图为WINDOWS XP操作系统演示

1978年中国吸收外资和对外投资都不到2000万美元，2007年中国吸收外商直接投资和对外直接投资分别达到835亿美元和187亿美元。世界500强企业中已经有近480家在华投资。

从1978年至2007年，中国累计实际利用外资超过7600亿美元，居发展中国家第一位、世界第二位。在吸引外资方面，中国已经连续15年居发展中国家首位，利用外资的质量和水平明显地提高。目前中国的外商投资企业有60多万家，销售收入已经超过10万亿元，占工业的1/3。

□ 2006 年 10 月 15 日，第 100 届中国出口商品交易会（简称广交会）开幕。观众在广州琶洲展馆北广场观看烟火

中国加入WTO曾经引起一些人的担忧，认为WTO的规则可能损害中国经济，但近几年的实践证明，这种担忧是完全不必要的。近几年，中国对外贸易无论从数量上还是结构上都获得了更加骄人的业绩。2003年至2007年进出口贸易年均增长28.5%，比1979年至2002年年均增速快13.3个百分点。工业制成品出口额占出口总额比重上升，2007年达到94.9%。其中，机电产品出口额占出口总额的比重由2002年的48.2%上升到57.6%，高技术产品出口额占比则由20.8%上升至28.6%。同时，对国外先进技术和成套设备的进口也显著增加，2007年进口机电产品4990亿美元，占进口总额的52.2%。

改革初期，中国的对外开放主要以“引进来”为主，到了20世纪，中国政府提出“走出去”战略以来，随着对外开放的不断深化，越来越多的中国企业开始走出国门。今天的中国，已经开始成为一个资本输出大国。从2002年到2007年，我国对外直接投资从25亿美元上升到187.6亿美元，增长了近7倍。

2007年底，我国企业对外直接投资(非金融类)累计达920.5亿美元。2008年一季度，我国对外直接投资为193.4亿美元，同比增长353%。

2007年，我国国际收支交易总规模为4.3万亿美元，同比增长30%；经常项目顺差继续扩大，由上年的2533亿美元增加到3718亿美元，已连续6年呈现较快增长；资本和金融项目顺差大幅增长，由上年的67亿美元增加到735亿美元。2007年末，国家外汇储备达到15282亿美元，较上年末增加了4619亿美元，超过2005、2006两年的储备增加额之和。

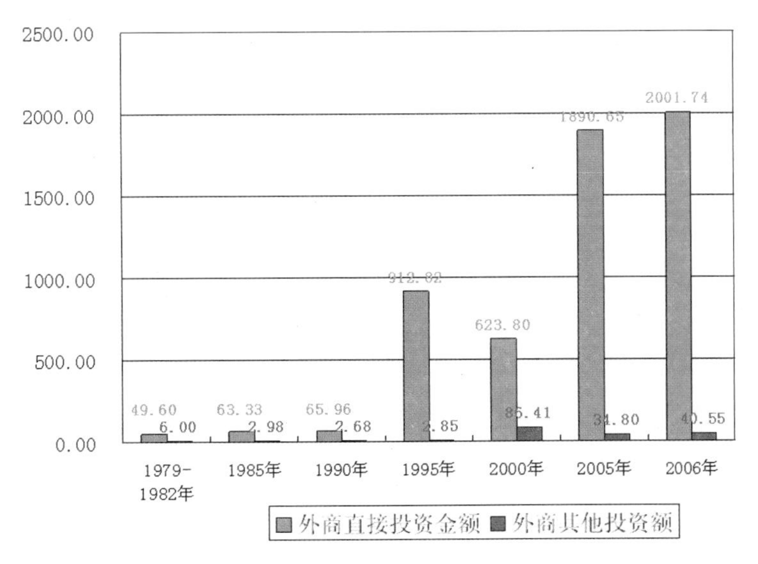

实际使用外资额（亿美元）

□上海港是中国第一大港，也是世界最大的港口之一

30年的对外开放大大增强了中国经济实力，中国人正以坚定的步伐走向世界。2006年，"实施互利共赢的开放战略"正式写入了《国民经济和社会发展第十一个五年规划纲要》，这是对我国对外开放提出的新要求，也将谱写我国对外开放的新篇章。2006年10月15日，国务院总理温家宝宣布：从第101届起，广交会(中国出口商品交易会)将正式更名为"中国进出口商品交易会"。一字之变，体现了互利共赢开放战略的精神，折射出我国外贸政策取向由重视出口创汇向追求进出口基本平衡转变。

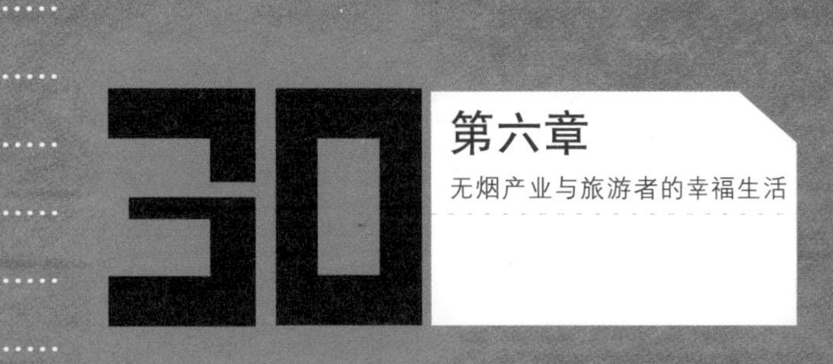

第六章

无烟产业与旅游者的幸福生活

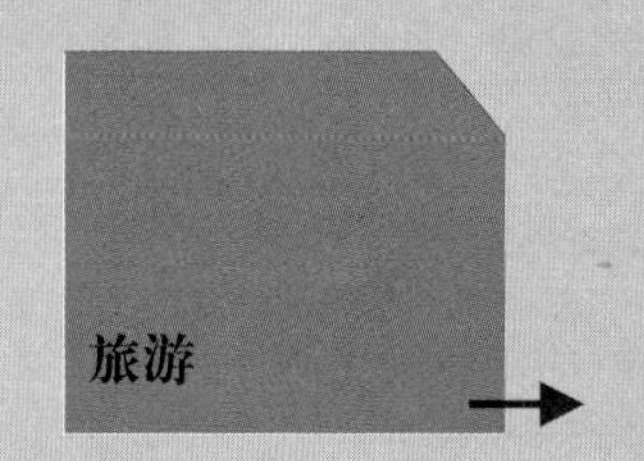
旅游

最初的中国现代旅游可以追溯到1923年上海商业储蓄银行成立的旅行部，但现代旅游业真正获得发展应该是改革开放之后，1979年1月，邓小平指出“旅游这个行业，要变成综合性的行业”，“旅游事业大有文章可做，要突出地搞、加快地搞”。中国旅游行业由此获得发展的动力，进入了发展的春天。中国对外开放，中国旅游业可以说是先行者，它使世界认识和了解了变革中的中国，也给中国带来了新气象、新信息、新思维。

1978年中国的国际旅游接待人数只有180万人，仅为世界的0.7%，居世界第41位。而到2007年，中国旅游业总收入首次突破了1万亿大关，全年入境旅游人数达1.32亿人次，旅游外汇收入达419亿美元，持续保持全球第四大入境旅游接待国的地位；国内旅游人数达16.1亿人次，国内旅游收入达7771亿元。中国已经从旅游小国发展成为世界旅游大国。

□ (上)20世纪70年代在桂林旅游的情侣

□ (下)20世纪70年代，青年人结伴游览广东南海西樵山

中国旅游业取得如此成绩，它的发展过程却令人回味。中国传统文化以及“文革”时代的封闭给世界造成神秘印象，所以许多游客希望到中国一游揭开神秘的面纱，而开放之初接待条件不足，入境限制较严，所以中国旅游竟成为卖方市场，每年确定限额，对各国旅行社分配，来中国旅游要提出申请，并填写各种信息，包括家庭、个人信息与党派、信仰方面的内容。但到了90年代之后，中国旅游市场日渐成熟，区域竞争加剧，使中国旅游成为买方市场，中国经济持续增长，崛起势头强劲，西方发达国家由向“中国旅游”变成吸引“中国旅游者”，中国甚至创造了一个旅游史上的新概念：ADS（Approved Destination Status，意为“经批准为目的地国家”），可以看出中国旅游力量对其他国家的影响力。当然随着美国签署与中国旅游备忘录，“ADS”将失却原有限制性意义，但它却在一定时期发挥过一定的作用。

1982年春天，老奶奶在孙女和儿子陪伴下，坐着货用三轮平板车游览天安门广场

□1986年，广东乳源县瑶族山寨。外国游客来到中国腹地探寻神秘的景色，瑶族老汉也通过德国游客的相机，第一次从镜头中观看自己的家园

一、中国入境旅游

1.1980年至1990年，这10年是快速增长阶段，中国入境旅游的收入大约每5年翻一番，增长主要来自于港澳台同胞在大陆的探亲、贸易和投资性的商务旅游。1989年的政治风波造成了入境旅游出现暂时性的17%的收入滑坡，但到1990年，入境旅游已基本恢复到此前的水平。

2.1990年至1997年，是我国旅游业加速增长阶段，从入境人数来看，同期从2700余万人增加到5700余万人，增长幅度达110%以上，其中外国人从170多万增加到700余万，同时人均花费也有一定的增长。这一阶段是中国入境旅游增长最快的时期。

□1988年，四川省巫山县月池乡侯氏家族与当地亲友合影。著名台湾歌手侯德健的父亲侯四邦(第二排中戴墨镜者)是台湾老兵，少小离家老大回，受到阔别40年的乡亲们的欢迎

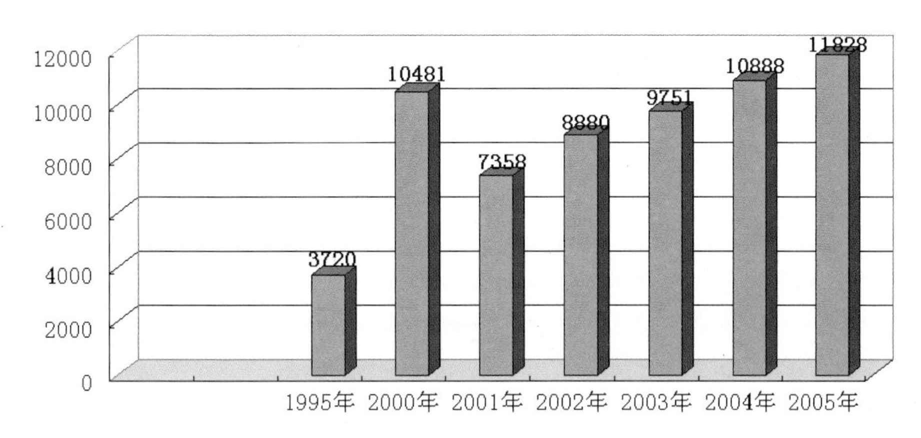

星级饭店数（个）

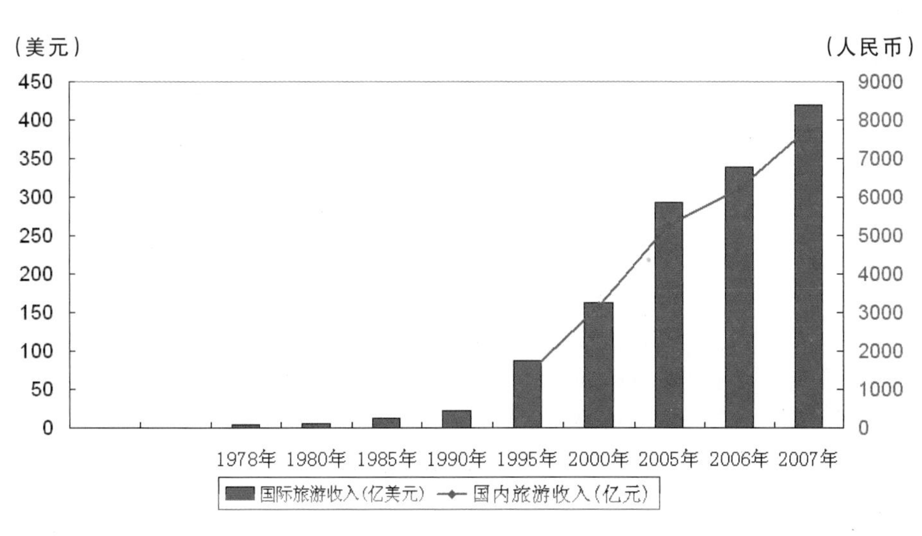

国际国内旅游总收入

3.从1998年开始，入境旅游进入其发展的第三个阶段。在这个阶段，旅游业仍在持续发展，但是速度有所减慢。

经过这几个阶段的快速发展，我国国际旅游业的国际地位获得了极大的提高。2000年，中国旅游业创汇162.2亿美元，是1978年的近62倍，年均增长20.6%，大大超过同期世界旅游收入的增长速度(1978—1998年间年均增长9.8%)，也超过了同期我国GDP和一、二、三产业的增长速度，在各种高速发展的行业中名列前茅。从2000年的国际旅游收入和过夜旅游人数来看，我国的国际排名分别为第5和第7，这说明，我国的国际旅游业已经进入了世界旅游业的前列。2007年入境旅游人数达1.32亿人次，增长5.5%，其中入境过夜旅游人数达5472万人次，增长9.6%；旅游外汇收入达419亿美元，增长23.5%。

□迟来的大雪把江西旅游胜地庐山装点得银妆素裹。一群来自广东的游客在雪中翩翩起舞，尽情玩耍

二、国内旅游

上世纪80年代前期，随着国民经济的发展，国内居民所拥有的可支配收入和闲暇时间增多，人们的旅游愿望被激发出来，国内旅游开始发展起来。至90年代后期，国内旅游便呈高速增长之势，现在发展势头渐渐趋于平缓。2000年，国内旅游人数已达7.44亿人次，回笼货币数达3175.5亿元。国内旅游业占旅游总收入的比重进一步提高，不但成为中国旅游产业的主要经济增长点，也已经成了许多地方的新的经济增长点。2000年，我国国际旅游业创收折合人民币1330亿元，同期国内旅游业总收入为3175亿元，国际旅游业与国内旅游业的比为1:2.38。另外，从国际一般情况看，国际旅游业与国内旅游业的比为1:9。按此计算，我国国内旅游业总收入应为11970亿元，目前我们对这一大市场仅仅开发了1/4，国内旅游潜力还有挖掘的空间。2007年国内旅游人数达16.1亿人次，增长15.5%；国内旅游收入达7771亿元，增长24.7%。旅游业总收入首次突破1万亿元，达1.09万亿元，增长22.6%。

□矗立在浦东新区的上海东方明珠电视塔，已成为上海一大文化旅游景观，至今接待国内外游客超过百万人次。这群外国游客登塔俯瞰浦东美景，个个神采飞扬

□（上）敦煌鸣沙山的游客。花50元租一峰骆驼可以玩几个小时

□（下）井冈山黄洋界纪念碑前游人如织

□（左页）来中国观光的外国客人

三、出境旅游

1983年11月，经国务院批准，广东、福建、海南三省组织开展香港游。1984年，国务院批准开放内地居民赴港澳地区的探亲游。港澳游的发展为我国居民的出境旅游奠定了基础。1997年3月，经国务院批复，国家旅游局、公安部联合发布《中国公民自费出国旅游管理暂行办法》，并于1997年7月1日正式实施，这标志着国家正式开办中国公民自费出国旅游。

□中国游客利用"五一"节假日乘坐"紫玉兰"号客货班轮从连云港去韩国旅游。假日出境游已成为中国人度假的时尚选择

边境旅游则是在1987年,以我国首先开放辽宁丹东至朝鲜新义洲一日游为开端。现在,有的边境旅游线路已经延伸到旅游目的地国家的首都,已接近于出境旅游。

到2000年底,我国国际旅游收入达到了162.3亿美元,排世界第7位,国内旅游收入则达到了3175.5亿元人民币,接待国外游客人数则排名世界第5位。我国的旅游业已经成长为世界旅游业中非常重要、不可或缺的一部分。2003年虽然有"非典"影响,中国出境旅游人数仍然突破了2000万大关,比上一年增加了21.8%。进入21世纪的前5年,每年出境游都呈二位数增长。中国出境游增长速度引起世界关注,2004年2月,中国与欧盟签署了相关旅游谅解备忘录,从当年9月1日起,欧洲大陆29个国家可供中国人畅游。

□2008年7月,由大陆游客组成的第一个旅行团——北京团抵达台湾台东。女团员们和阿美族男女青年欢歌起舞

2007年11月,欧盟理事会发表新闻公报,爱沙尼亚、匈牙利、立陶宛、拉脱维亚、马耳他、波兰、斯洛文尼亚、斯洛伐克和捷克加入《申根协定》,中国人的欧洲之旅又多了9个国家。同年12月,中美也签署了中国人“赴美旅游谅解备忘录”,经过相关部门多轮协商,美国成为中国公民组团出境旅游的目的地国家。

2007年中国公民出境旅游已达4095万人次,比2006年增加18.6%。中国继续保持全球第四大入境旅游接待国的地位。

2008年7月18日,大陆赴台湾旅游正式开放。赴台游正式启动第一团,共有107人成行,从厦门高崎国际机场直飞台北,赴台游正式启动第一团成行。两岸多年的旅游交流梦想终于得以实现。歌词中唱的阿里山姑娘、日月潭山水将进入普通大陆游客观光视野。

中国内地游客在维多利亚港观赏香港美景

结语

中国旅游业的发展过程也充满着悖论,一方面它引风气之先,走在开放前沿,例如国际饭店管理公司进入中国之时无门槛、无审批,却独领风骚,成为行业标志性事件。旅游业在融资引资方面一直是重点领域,借开放之力获快速成长,而在另一些方面却严重滞后。1985年国务院领导明确指示:旅游不能成改革的死角。但同一年出台的《旅行社管理暂行条例》却明确规定,旅行社只能是公有制,而这一规定一直到1996年才得以改变。直到今天还有一半以上为公有制,景区则达七成以上。对外开放获得市场,而对内放开才具活力与竞争力,在这方面,旅游业也发展不协调,旅游专家魏小安就指出,开放先导促进了旅游产业规模的扩大,改革滞后影响到了旅游产业的素质提高,制造业、流通业、信息业等其他产业在30年改革过程中不断升级换代,但旅游业却在30年里几乎没有升级,所以产业在国际竞争格局中没有做大做强。这

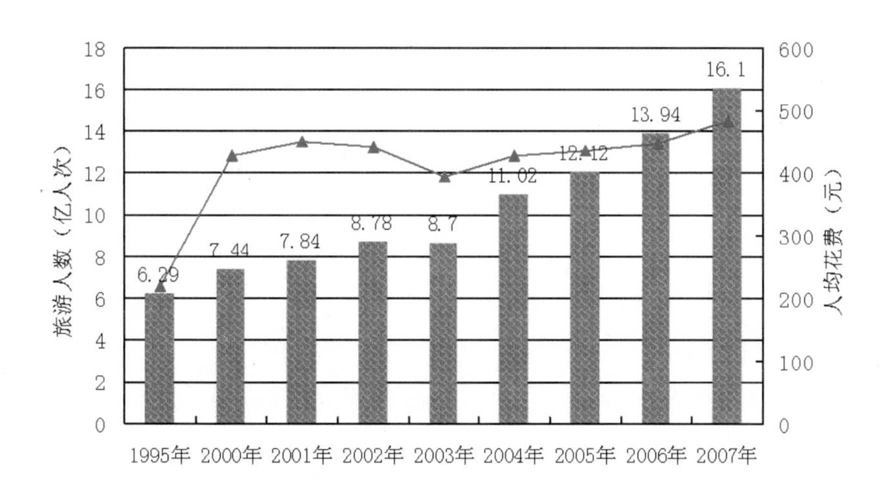

旅游人数和人均花费

里有早期的指导思想问题，没有将旅游当成产业，后期又处于边缘状态，而人才结构、政府干预、行政化管理、图眼前利益等等，都使旅游业没有做到应有的理想高度，也正因如此，1998年至2005年，市场治理整顿成为旅游业的主要工作，这对一个行业是不正常的事情。中国已加入世界贸易组织，旅游市场转型与产业升级显得尤为紧迫。

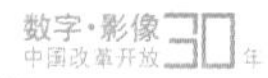

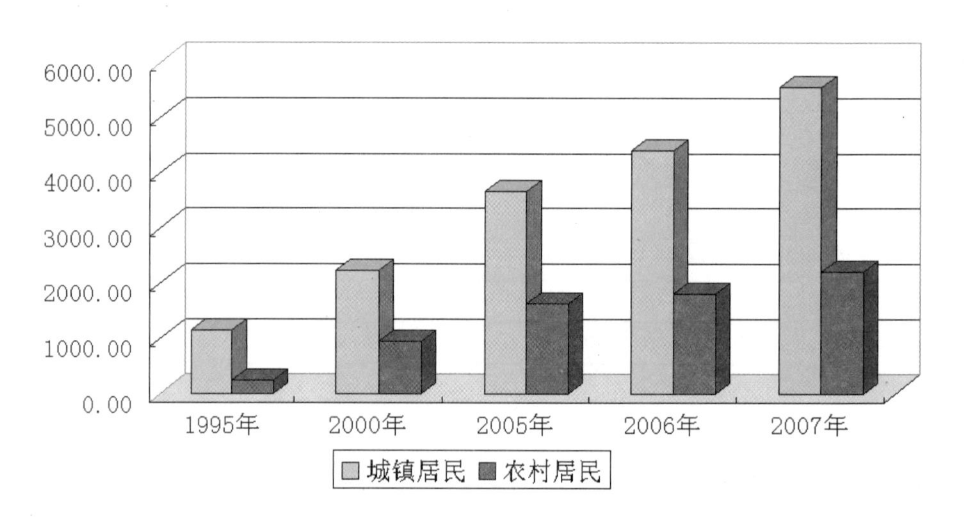

城乡旅游总花费（亿元）

第七章
有钱好办事

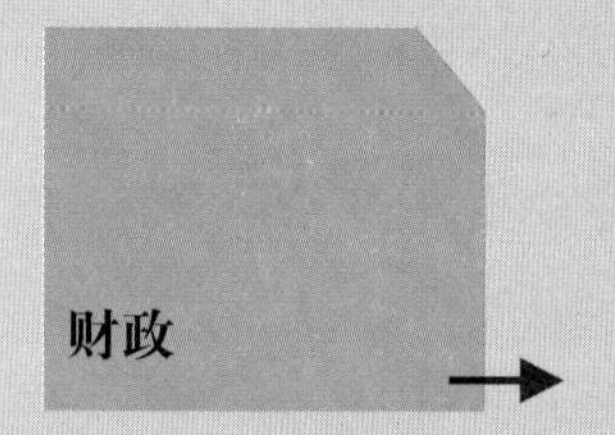
财政

没钱事难办，一个家庭是这样，国家也是这样。1978年，在上海宝山钢铁厂建设问题上，中央发生了“上马”和“下马”之争，各方意见尖锐对立，反对意见之一就是认为国家财政吃不消。宝钢是我国改革开放伊始第一个大型建设项目，在那时，也是新中国成立以来规模最大、投资最多的项目，计划总投资额214亿元，而1978年全国基本建设交付使用的固定资产不过356亿元。

□ 财政是关系国家、民生的大事

□ 1984 年，上海宝山钢铁厂专用码头

□1998 年，中国发生百年不遇的大洪灾，中国人民经受住了严峻考验。图为在湖北省石首市长江丢家垸段参加抗洪的勇士们

改革开放30年,使中国财政告别了捉襟见肘的日子。1978年,全国的财政税收为1132.26亿元,到2007年,这个数字达到51304.03亿元,30年里平均增长13.6%。2002年以后,全国的财政税收增长速度加快,平均年增速超过30%。

从1998年起,中央财政收入占整个财政收入的比重一直在50%以上。强大的财力,使中央政府有足够的能力从容应对各种公共风险和危机。改革30年,我们运用财政的力量,抵御了1997年亚洲金融危机的冲击、1998年的洪灾、2003年"非典"的肆虐、2008年的雪灾和四川大地震。

□2008年5月12日,中国四川地区发生强烈地震。5月13日早晨,中国人民解放军空降兵某部4500名官兵分乘10余架次飞机,紧急出动奔赴四川地震灾区。这次抗震胜利的取得,有赖于中外人士的伟大爱心,同时也有赖于国家在财力上的巨大援助

30年的财政体制改革，经历了一个由“建设财政”向“公共财政”的转变过程。在30年里的前20年，我国的财政一直以服务经济建设为中心，公共服务处于从属地位。1998 年，政府提出构建 “公共财政”，政府与市场和民众的关系被重新定位，财政职能随之转换。此后，中央财政更多地转向支持三农、公共医疗、就业、社会保障和环境保护等民生领域，用于社会性支出的比重不断提高。

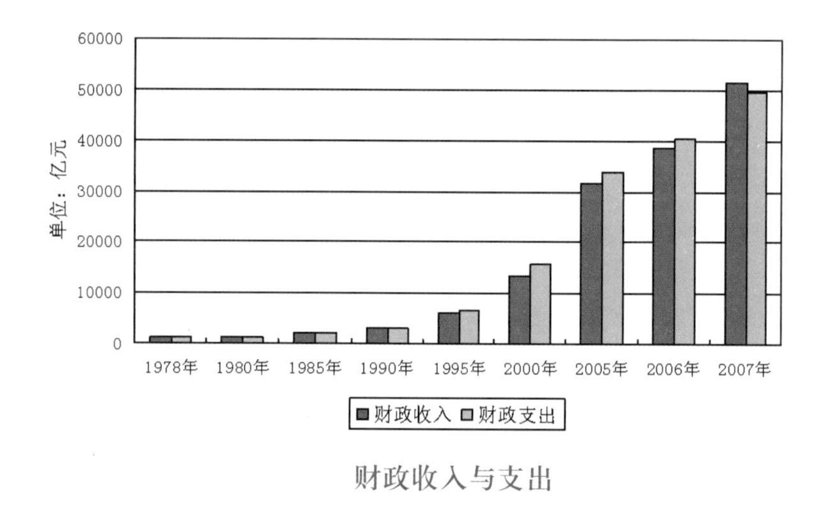

财政收入与支出

35.0
30.0
25.0
20.0
15.0
10.0
5.0
0.0
-5.0
-10.0
1978年 1980年 1985年 1990年 1995年 2000年 2005年 2006年 2007年
财政收入增长速度(比上年增长%) 财政支出增长速度(比上年增长%)

财政收入与支出的增长速度（比上年增长%）

财政体制改革始终围绕两个难题展开。

一是调整国家和企业的利益分配关系。1998年之前,通过"放权让利"和承包制、租赁制等办法调整国家和企业的关系,促进企业保持活力。这项改革扩大了企业的财务自主权,增强了企业发展的后劲,为国有企业的成长壮大发挥了积极作用。但这方面的改革实际上还在继续深入推进。国家提倡建立现代企业制度之后,国有企业一度只向国家交税,税后利润完全留归企业支配。2006年之后,国家已经开始要求一些企业上交一部分利润。2008年,国家新税法在全国实施,这标志着我国结束了实行内外有别的两套企业所得税法的历史,一个有利于企业公平竞争的税制环境正逐步建立起来。目前,国家还在推进增值税转型改革工作。

□2008年,中央财政预算安排农资综合补贴资金482亿元,此后又增加农资综合直补资金156亿元,意味着这年中央财政安排的种粮农民农资综合直补将达到638亿元,比上年增加362亿元。连续出台的惠农政策,有效地保护了农民的生产积极性。图为江西婺源的采茶姑娘

□2008年4月28日，人力资源和社会保障部公布的最新数据显示，3月底，农民工参加工伤保险为4088万人，比上年底增加122万人，参加医疗保险为3361万人，比上年底增加230万人

二是调整中央和地方之间的利益分配关系。1998年之前，国家先后用“分灶吃饭”、“分级包干”和“分税制”的改革举措来规范中央政府和地方政府的关系。1980年实行“划分收支、分级包干”的财政体制即通常所说的“分灶吃饭”的财政体制。1985年实行“划分税种、核定收支、分级包干”的财政体制，即分税“分级包干”的财政体制。1988年实行多种形式(如收入递增包干办法、总额分成办法、总额分成加增长分成办法、上解额递增包干办法、定额补助办法)的财政“大包干”体制。1993年12月15日，国务院作出关于实行分税制财政管理体制的决定。这是我国财税改革历史上的一次根本性税收制度改革，实行以分税制为主体内容的“分支出、分收入、分设税务机构、实行税收返还”的“三分一返”的财政管理体制，初步建立了较为规范的公共收入体系，有效地阻止了财政预算内收入GDP比例持续下滑的势头。1995年开始又对政府间财政转移支付制度进行了改革，逐步建立了较为规范的政府间财政转移支付体系。从2005年起，中央财政积极创新缓解县乡财政困难的机制，实施“三奖一补”的激励约束政策。不断完善转移支付制度，使中央对地方转移支付占地方本级支出的比重由2003年的28.1%提高到2007年的36.7%。总体看，“分税制”改革有利于规范中央和地方之间的经济关系，有利于社会主义市场经济体制的建立和完善。今后要进一步完善省以下的“分税制”改革，扩大县乡财政自主权。

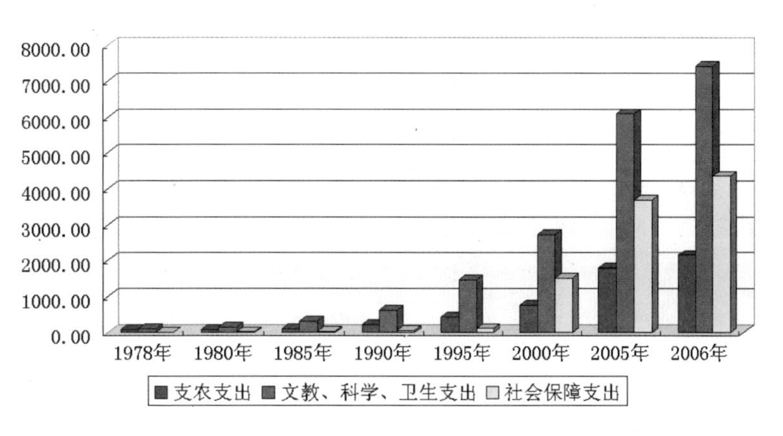

财政主要支出项目（亿元）

25.0
20.0
15.0
10.0
5.0
0.0

1978年 1980年 1985年 1990年 1995年 2000年 2005年 2006年

—◆— 支农支出 —■— 文教、科学、卫生支出 —▲— 社会保障支出

国家财政主要支出项目占财政总支出比例（%）

□北京望京居民社区呈现一片祥和安宁景象

经过多年的努力，我国公共财政的框架已经初步形成。1996年至1997年，通过实行“收支两条线”制度、调整所得税收入分享制度和优化支出结构等改革措施，规范了政府分配行为和方式。1998年之后，改革的重心转向支出管理领域，主要集中在三个方面：一是强化部门预算管理，增强预算的完整性、公开性和透明度；二是建立以国库集中支付制度和收入收缴管理制度为核心的国库管理制度；三是全面实施政府采购制度。

□ 1983 年 2 月，在试行的商业改革中，北京市大栅栏瑞蚨祥老店的工人们第一次分到了奖金

□为了实现交易公平、防止出现腐败现象，中国政府要求国有企事业单位对所需重要物资实行政府采购。图为政府采购人员在医疗设备展上挑选医疗设备

国家财政改革另一具有历史意义的改革是一举取消了农业税(具体还包括屠宰税和烟叶税以外的农业特产税)，农民告别了数千年交纳“皇粮国税”的历史。早在2000年，国家就开始在安徽全省部署农村税费改革试点工作，到2002年，试点扩大到20个省、自治区、直辖市。2004年改革粮食流通体制，对农民实行直接补贴。2006年，在全国范围内取消了农业税。

□政府直补让农民乐坏了

□国家投入巨额资金修筑公路。图为云贵高原的盘山公路

目前，国家财政成为实行“以工促农、以城带乡”方针、建设社会主义新农村的有力支撑。让我们看看2007年国家财政支农的有关数据吧。这一年，中央财政用于“三农”的各项支出达4318亿元，比上年增加801亿元，增长23%。其中，中央建设投资用于农村建设的资金646亿元，比重达48%。农村水气路电等生产生活条件明显改善，又解决了3152万农村人口的饮水安全问题，新增沼气用户450万户，新建和改造农村公路12万公里。

第八章

让更多群众拥有财产性收入

金融

2007年10月，中国人热烈讨论的一个词是“财产性收入”。在党的十七大报告中，首次提出了“创造条件让更多群众拥有财产性收入”。而2007年3月通过的《中华人民共和国物权法》，也为“财产性收入”提供了法律支持。如果老百姓出租房屋获得房租，银行存款获得利息，购买股票得到红利，就是获得了财产性收入。除了出租房屋之外，老百姓的货币财产要通过银行和证券机构实现增值。现在，中国老百姓深深地卷入跑银行、打理财产的生活中去了。

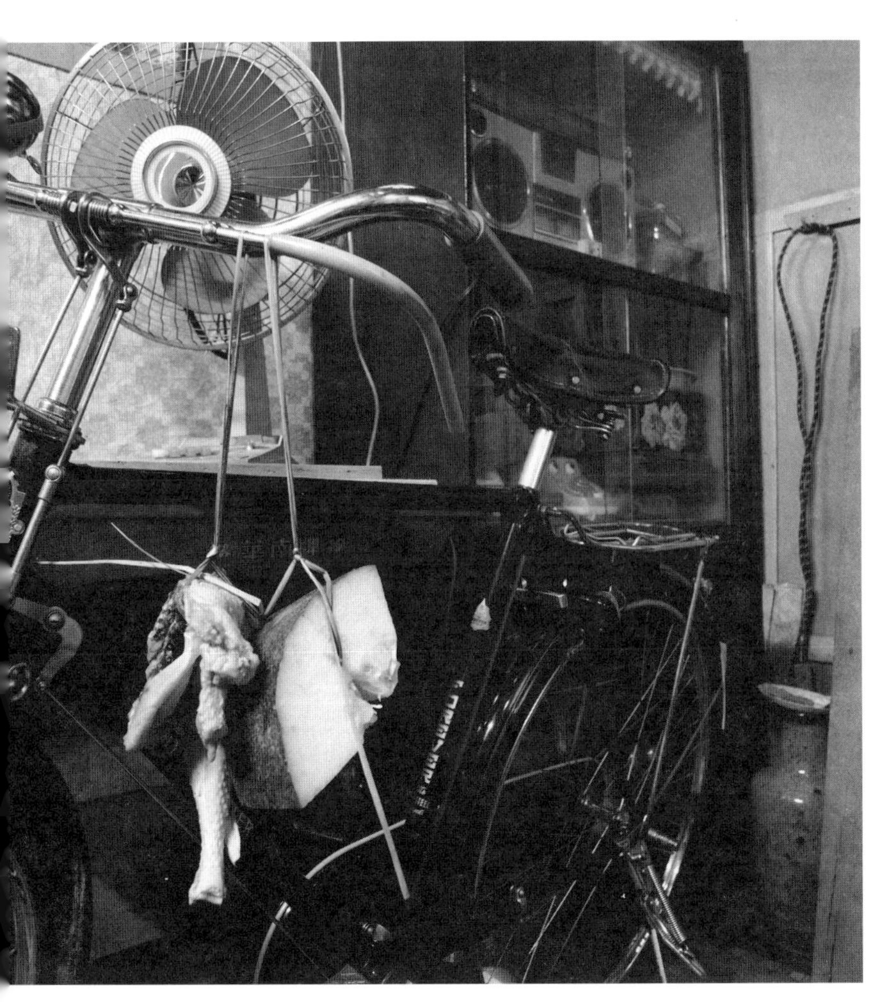

□ 1981年，广州市某居民家中，用稻草拴在自行车上的肉和蔬菜。这位居民住在三楼，买完菜回到家，自行车被搬上三楼的家中存放。自行车是当时家庭的重大财产

然而,30年前，中国普通老百姓还很少和银行打交道。那时的中国人,大多是真正的“无产者”,除了农民和一部分人拥有自己的私房之外，更多的人住着国家分配的公房,收入来源主要是工资收入,银行存款少得可怜;而人们对于股市的理解,大都是从《子夜》这部电影中获得,以为股票、利息,那代表着西方金融资本家的腐朽生活。那时的银行对于国家来说也相当于政府财政的出纳机构,没有承担经营货币财产的职能。30年的改革,让这个局面彻底改变了。

1978年,全中国人的存款总额是210.6亿元,而到2008年2月末,居民人民币储蓄存款余额为18.7万亿。老百姓还大量投入资本市场,购买银行发售的各种理财产品。2006年,我国城市居民的人均财产性收入达到244元,而1985年这个数据仅为3.74元。

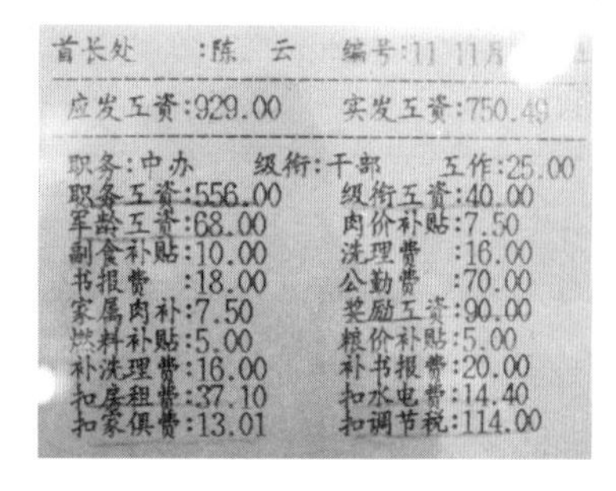
首长处　:陈　云　编号:11 11

应发工资:929.00　实发工资:750.49

职务:中办　级衔:干部　工作:25.00
职务工资:556.00　级衔工资:40.00
军龄工资:68.00　肉价补贴:7.50
副食补贴:10.00　洗理费　:16.00
书报费　:18.00　公勤费　:70.00
家属肉补:7.50　奖励工资:90.00
燃料补贴:5.00　粮价补贴:5.00
补洗理费:16.00　补书报费:20.00
扣房租费:37.10　扣水电费:14.40
扣家俱费:13.01　扣调节税:114.00

□改革开放初期，陈云同志的工资条,月工资不到千元。国家领导人的收入尚且如此之少，老百姓就可想而知了

□20世纪90年代国家发售的国库券。改革开放前期,老百姓几乎没有别的投资渠道,想必许多过来人都买过国库券吧

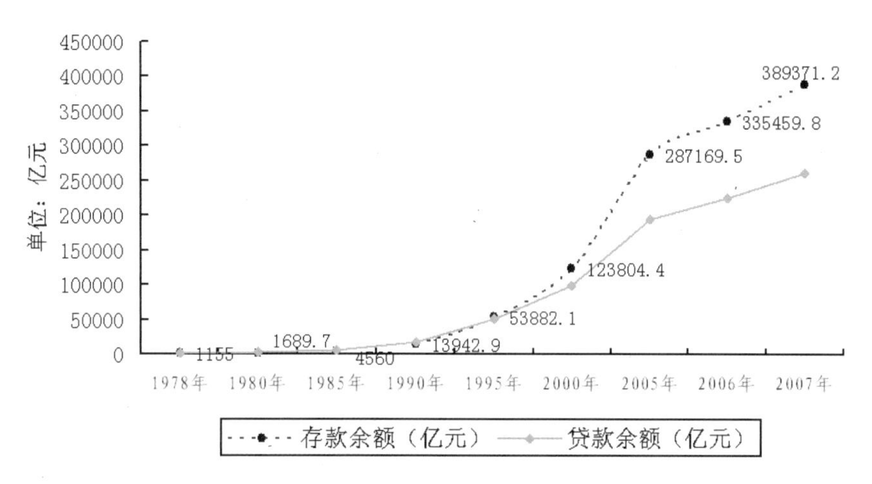

金融机构存贷款余额

□1992年，深圳股民排队抢购股票。也许是从买股票开始，当代中国人开始有了对于投资的风险意识

□1999 年 9 月，陕西西安即买即刮福利彩票现场的幸运儿。更多的彩民当然是为福利事业献爱心啰

30年里，中国的金融体系不断建立和完善。

1993年12月，国务院作出《关于金融体制改革的决定》。提出金融体制改革的目标是：建立在国务院领导下，独立执行货币政策的中央银行宏观调控体系；建立政策性金融与商业性金融分离，以国有商业银行为主体、多种金融机构并存的金融组织体系；建立统一开放、有序竞争、严格管理的金融市场体系。通过金融体制改革，确立中国人民银行作为独立执行货币政策的中央银行的宏观调控体系；实行政策性银行与商业银行分离的金融组织体系；从1994年起实行汇率并轨。1995年八届全国人大三次会议通过《中国人民银行法》，将中国人民银行承担的中央银行职能用法律确立了下来。

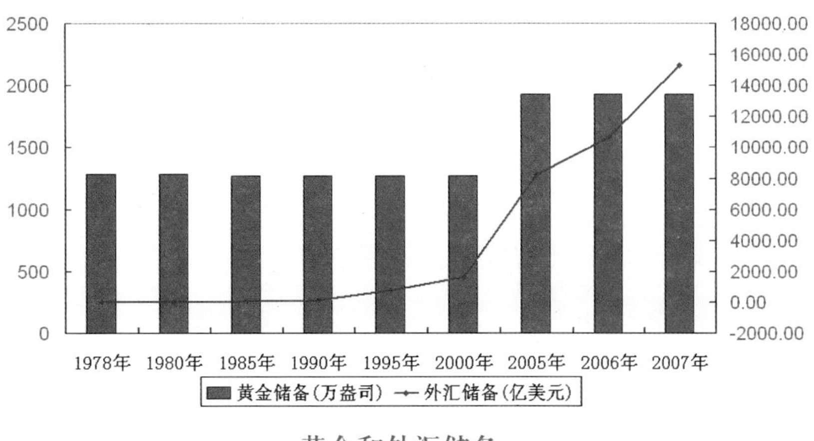

黄金和外汇储备

2006年11月15日,《中华人民共和国外资银行管理条例》出台,向在中国注册的外资法人银行全面开放人民币业务。

2007年3月1日,中国第一家设置在农村地区并全面服务于“三农”的具有独立法人资格的商业性银行——四川仪陇惠民村镇银行有限责任公司正式挂牌营业,标志着一个投资多元、种类多样、覆盖全面、治理灵活、服务高效的新型农村银行业金融服务体系正在逐步建立。

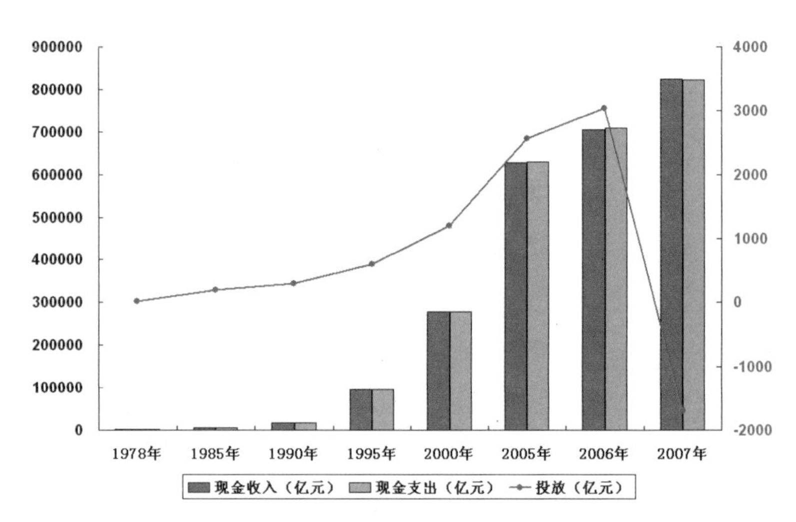

金融机构现金投放与回笼

改革30年，中国银行业获得巨大发展，尤其是近5年来，国有商业银行改革取得重大进展，整个银行业面貌发生了根本性变化，彻底解决了历史遗留下来的包袱，初步完成了金融企业的转制，跃居全球银行排行榜前列。截至2007年底，五大国有银行的资产之和为28万亿元，占所有银行业金融机构资产总和的53.2%，股份制商业银行和城市商业银行的总资产分别为7.24万亿元和3.34万亿元。总负债方面，国有商业银行达26.4万亿元，占所有银行的53.3%。

□(左页)1988年冬，临潼县首次发售“奖券”，引来数万人抢购。见微知著，中国确实需要更多的投资渠道

□(上)1996年，重庆股市上的年轻股东

1997年，中国人民币坚持不贬值，并采取一系列措施制止危机的蔓延，为亚洲经济复兴作出了贡献。

30年改革进程，中国的证券市场也从无到有，不断发展壮大。

1984年，中国股份制经济开始在城市试点。1984年11月的一天，在上海市武夷路174号门口，人们排起了长队，飞乐音响股份有限公司的股票在此发行。改革开放以来的“中国第一股”就此诞生，开创了我国股票发行的先河。1990年11月26日，中国第一家证券交易所——“上海证券交易所”宣告成立。接着，“深圳证券交易所”于1991年7月3日宣告成立。

从1991年起，随着经济建设的发展和改革的深化，我国股票市场开始进入快速发展时期。

上海证券交易所交易大厅

2004年1月31日,《国务院关于推进资本市场改革开放和稳定发展的若干意见》颁布,明确指出大力发展资本市场对我国实现本世纪头20年国民经济翻两番的战略目标具有重要意义。2005年4月,针对证券市场流通股和非流通股两种股权分置产生的弊端,国务院发布了《关于上市公司股权分置改革试点有关问题的通知》,宣布启动股权分置改革试点工作。股权分置改革启动一年后,中国资本市场在股权分置改革、提高上市公司质量、证券公司综合治理、发展壮大机构投资者,以及健全和完善市场法制等五个方面,取得了重大进展或阶段性成果。在不到两年半的时间里,沪深总市值翻了10余倍,资产证券化率突破150%。截至2007年10月底,我国基金资产净值达3.3万亿元,占沪深总流通市值40%的份额,基民数量也达到了惊人的9000万。我国基金业规模达到1万亿元用了9年时间。而从1万亿元到3万亿元,仅仅用时6个月。

□2008年8月28日,上海环球金融中心落成启用新闻发布会吸引了数百家中外媒体的关注。共101层、492米高的上海环球金融中心于30日正式迎客,高达474米的100层观光厅和办公大楼将同时启用。上海成为令世界瞩目的金融重镇

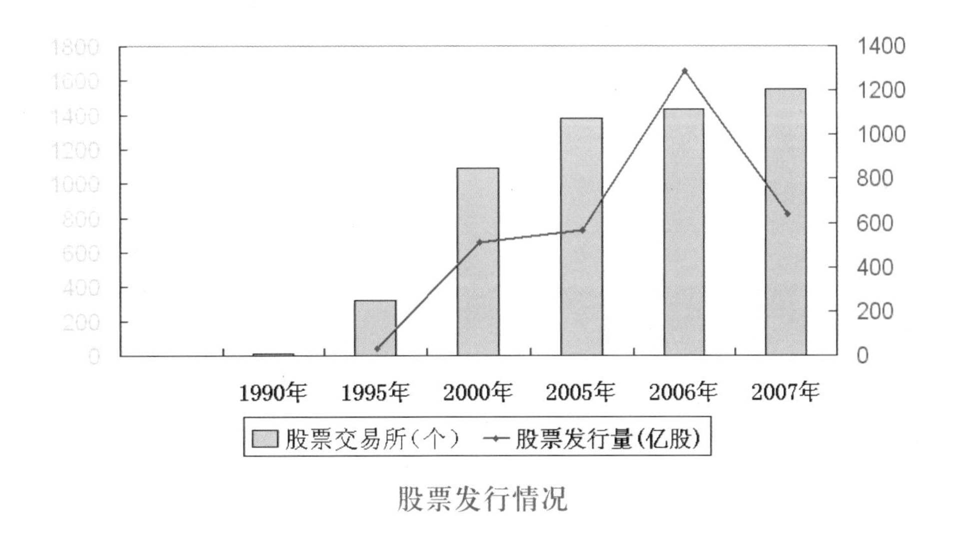

股票发行情况

到2007年底，沪、深两市共有上市公司1550家，总市值达32.7万亿，位列全球资本市场第三，新兴市场第一。2007年首次公开发行股票融资4595.79亿元，位列全球第一。日均交易量1903亿，成为全球最活跃的市场之一。

进入2008年，中国的金融市场受到高估值和全球金融动荡的影响，出现了大幅度的回落，但不可否认的是，中国证券市场的崛起不可阻挡。

中国保险业的迅速崛起壮大是30年金融改革的又一重大成果。保险，对中国人曾经是一个鲜为人知的名词，现在，保险业已经成为稳定中国社会经济和人民群众生活的重要力量。

□(左)铁饭碗、大锅饭越来越少了，中国老百姓逐渐认识到了参加保险的重要性

□(右)外资银行纷纷落户中国

1979年2月，人民银行全国分行行长会议作出了恢复全面停办已经达21年之久的国内保险业务的重大决策。

1988年3月，中国人民银行又批准在深圳设立新中国第一家股份制保险公司——平安保险公司。1991年4月，经中国人民银行批准，交通银行在其保险业务部的基础上组建了中国太平洋保险公司，这是继中国人民保险公司成立后的第二家全国综合性保险公司。

1992年9月，邓小平南巡讲话推开了保险市场对外开放的大门，上海再次成为中国保险业的中心。这年10月，美国国际集团及其属下的美亚友邦保险公司获准在上海经营保险业务，这是改革开放后第一家进入中国的外资保险企业，紧随着美亚友邦"重回老家"，日本东京海上保险也落户上海。

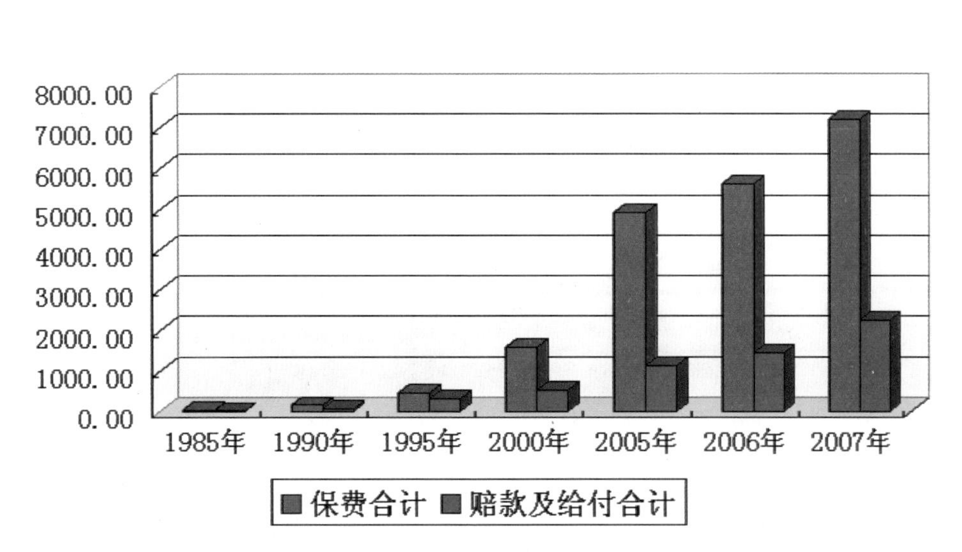

保险业务情况（亿元）

1998年10月，中保集团属下三个子公司成为独立法人，分别更名为中国人民保险公司、中国人寿保险公司及中国再保险公司；11月，适应保险市场变局的中国保险业监督管理委员会(保监会)宣告成立，成为中国保险业发展和市场管理规范化的重要标志。

从20世纪末至今，中国保险业在经历了初期的不正当竞争之后，进入了一个规范化的快速健康发展阶段，整个保险业保费收入快速提升，企业整体经营水平明显提高，中国逐渐成为真正意义上的开放的保险大国。

截至2007年底，有15个国家和地区的43家外资保险公司在华设立115个营业性机构。同时，中国也积极支持中资保险公司到境外开展业务，目前中资保险公司在海外共设立了41家保险营业机构和9个代表处。

2007年，在政策的支持下，随着证券市场的迅速崛起，保险公司更是成为中国资本市场最重要的机构投资者之一，保险业广阔的发展前景再一次展现。

有钱当然好，但身体健康却是头等大事

第九章

人也好，货也好，去哪都不难了

交通运输

2007年11月的一天，山东一个小伙子陈志飞在互联网上闲逛的时候,突然发现春秋航空公司竟然在上海飞济南的航线上推出只卖1元的飞机票,他抱着试试看的心理,在网上支付了一元钱,没想到的是竟然买到了。这是新成立的航空公司与大型国有航空公司展开客源竞争的一个手段,也是中国发达的航空运输业的一个生动写照。

□ 空姐的微笑总是让人想起高质量的旅行生活

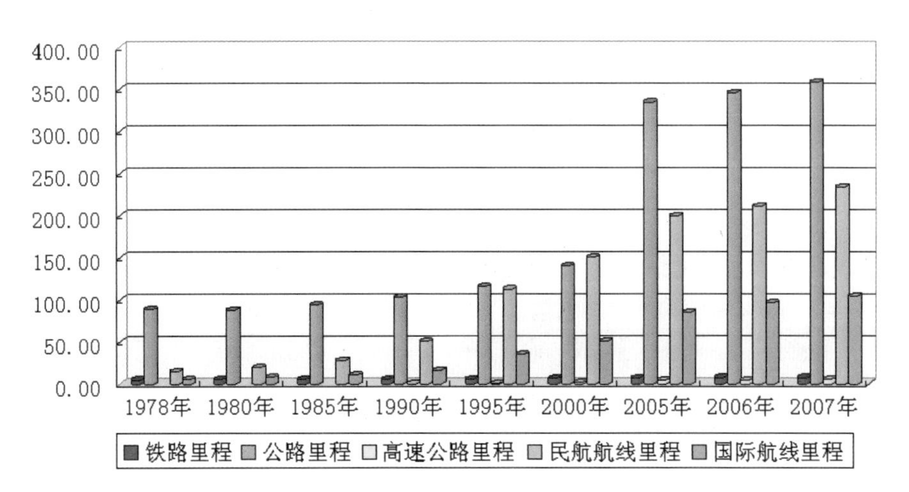

运输线路长度(万公里)

□云南昭通大水沟。山里不通公路，只能用这种方式把煤往外运

□改革开放初期，在农村想搭上一辆机动车可不是大容易

30年前，中国航空线路非常少，普通老百姓坐飞机旅行还要受到限制，需要开出“县团级”政府或组织的介绍信才可以买票。改革30年，中国人坐飞机旅行已经成为一件非常寻常的事情。无论是在报纸和网站上，廉价打折机票比比皆是。

2007年，中国民用航空货邮运输总量为401.849万吨，累计同比增长13%；航空货邮周转量为116.39亿吨公里，累计同比增长21.6%。

2007年，中国民用航空旅客运输量总计为18576万人，累计同比增长16%；航空旅客周转量为2791.73亿人公里，累计同比增长17.1%。

□ 1990年4月，陕西周至。去老子墓拜祭的人被人流挤下铁索桥

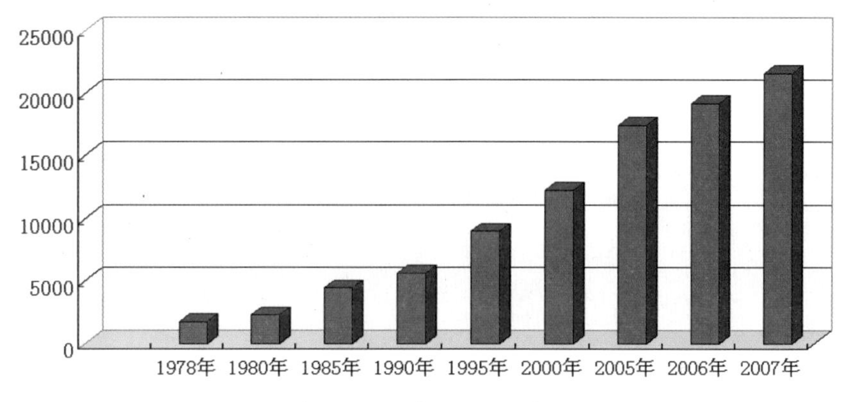

旅客周转量(亿人公里)

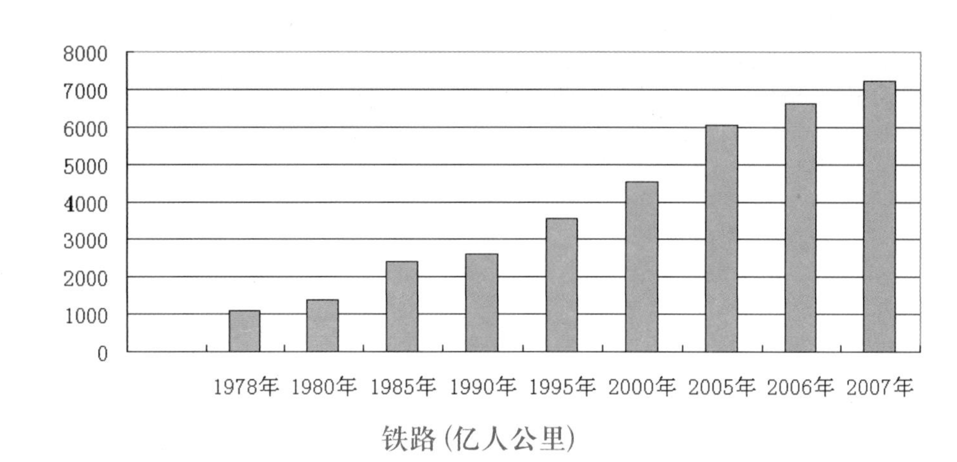

铁路(亿人公里)

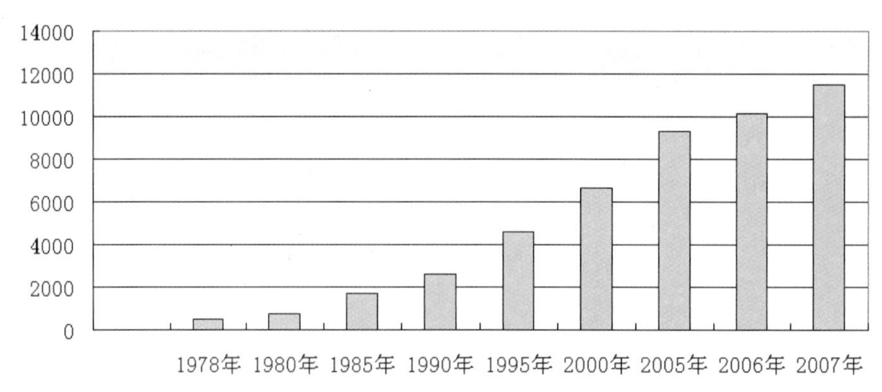

公路(亿人公里)

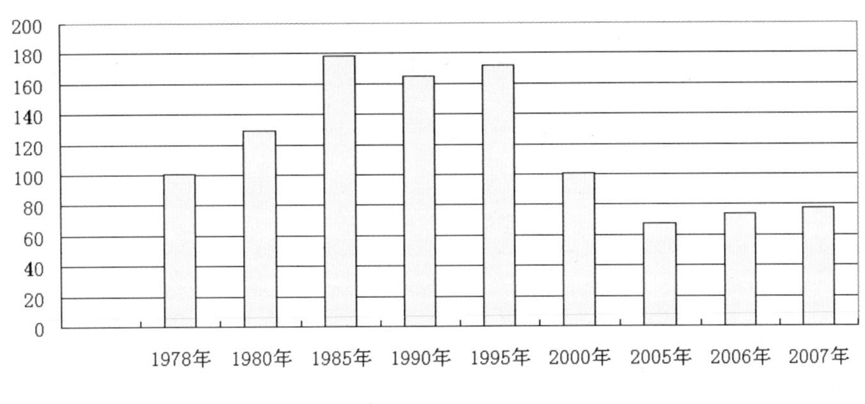

水运(亿人公里)

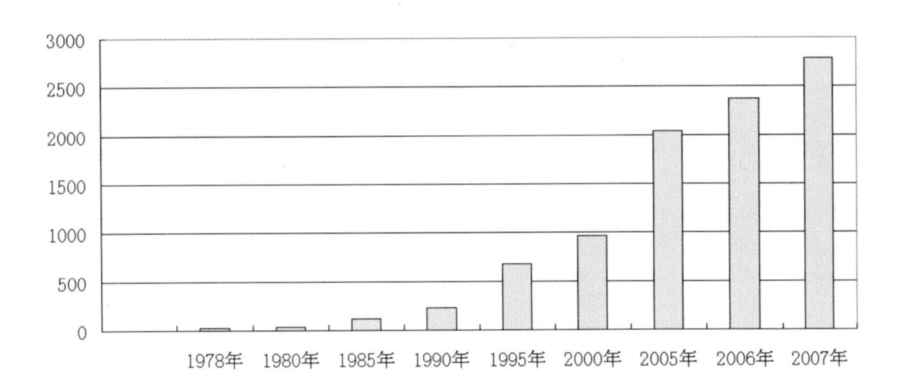

民航(亿人公里)

在"十一五"期间,中国将投入约1400亿元人民币用于机场建设。这将为民航业的发展创造有利条件。"十一五"期间,中国航空运输总周转量、旅客运输量和货邮运输量均将比2005年翻一番以上，通用航空年均增长10%以上。

改革开放还促进了中国陆地交通大发展。

□(上)1999年,春运期间的火车十分拥挤,要上车的人也很多，民工们已经挤出了经验,由一个老乡先上车负责将其他人往车里拉，另外一些老乡则往上推

□(下)1999年春运,南下车厢里，民工们似乎在面对什么。此节列车已卸下千余人

80年前，陕北瓦窑堡的一个人骑着毛驴去西安，要20天；60年前，这段路程有了初级公路，坐汽车要走4天；现在，这段路程大部分被高等级公路覆盖，小轿车行驶用不了6个小时。

我国的高速公路发展从80年代末才开始起步。1988年，上海至嘉定高速公路建成，结束了我国大陆没有高速公路的历史。1990年，被誉为“神州第一路”的沈大高速公路建成通车，标志着我国高速公路发展进入了一个新的时代。1992年，交通部制定了“五纵七横”国道主干线规划并付诸实施，从而为我国高速公路持续、快速、健康发展奠定了基础。

(左)20世纪40年代，陕北满地泥泞的道路

(右)陕北，骑毛驴走亲戚的农民

2000年，国道主干线京沈、京沪高速公路建成通车，在我国华北、东北、华东之间形成了快速、安全、畅通的公路运输通道。2001年，有“西南动脉”之称的西南公路出海通道经过10多年的艰苦建设实现了全线贯通，西部地区从此与大海不再遥远。2002年年底，我国高速公路通车里程一举突破2.5万公里，位居世界第二。2004年年底超过3万公里。除西藏外，各省、自治区和直辖市都已拥有高速公路，有15个省份的高速公路里程超过1000公里。2007年底，我国国道主干线“五纵七横”基本贯通，全国高速公路通车总里程达到5.4万公里，位居世界第二位。预计到2010年，全国高速公路通车里程将达到6.5万公里。

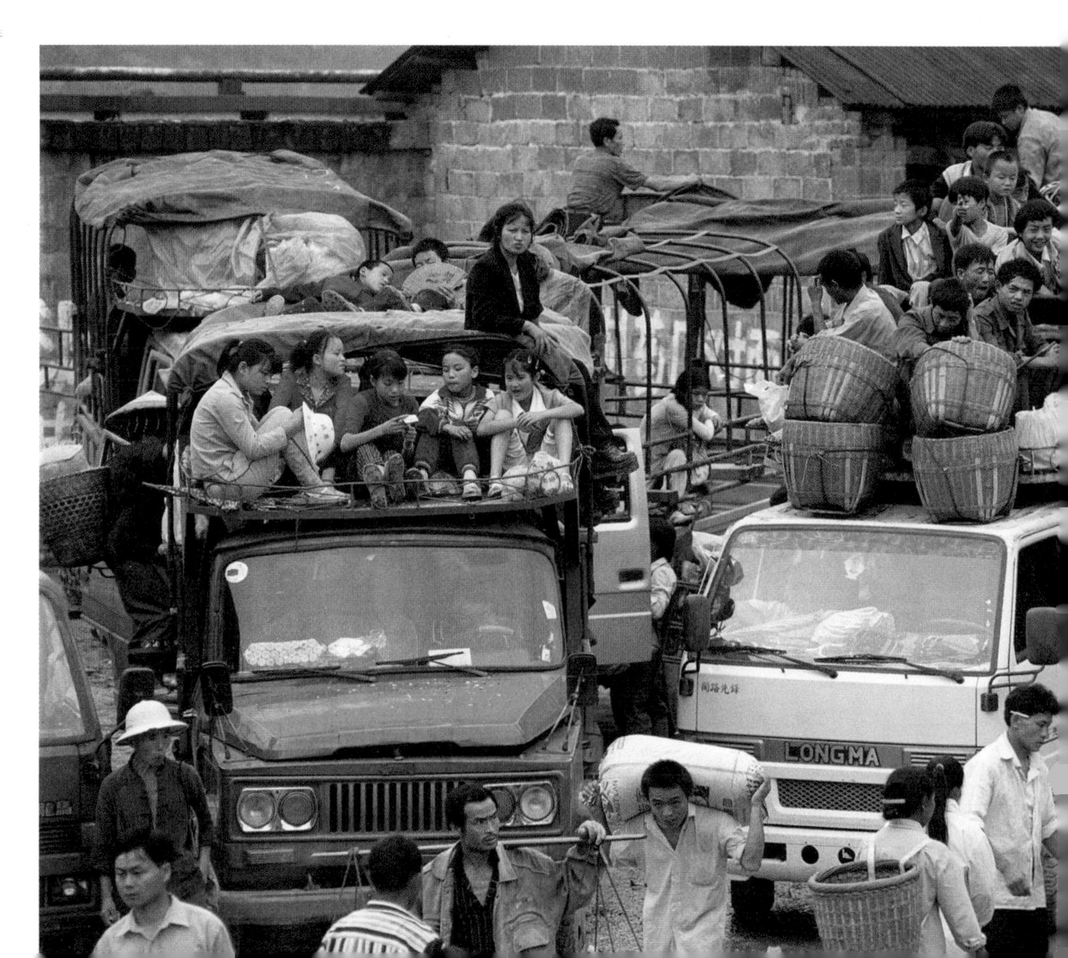

我国农村道路建设也取得了巨大成绩。到2006年底，我国农村公路通车总里程已达到302.6万公里，有98.2%的乡（镇）、86.4%的建制村通了公路，有80.6%的乡（镇）、60.3%的建制村通了沥青（水泥）路。2006年，全社会对农村公路的投资达到了1597亿元。预计到2010年，全国所有乡镇公路通达率将达到100%，行政村公路通达率也将达到100%。

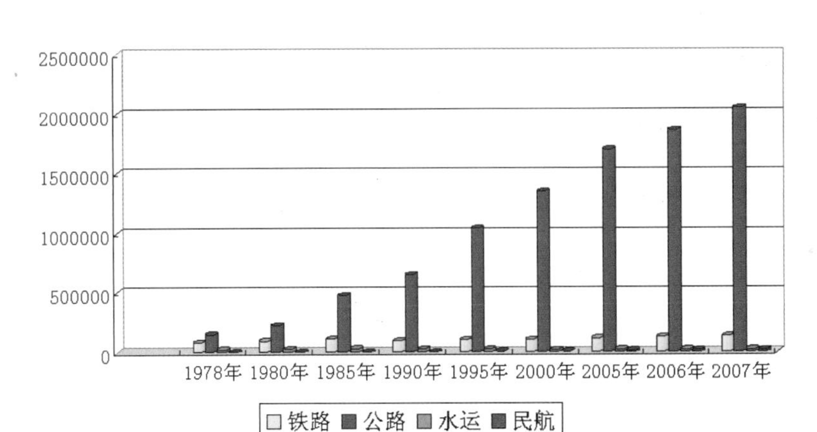

客运量（万人）

□（左页）2000年，湖南湘西农贸市场。卡车上人货混载

□（上）20世纪80年代，北京长安街骑自行车的人流。这种景象现在不容易见到了

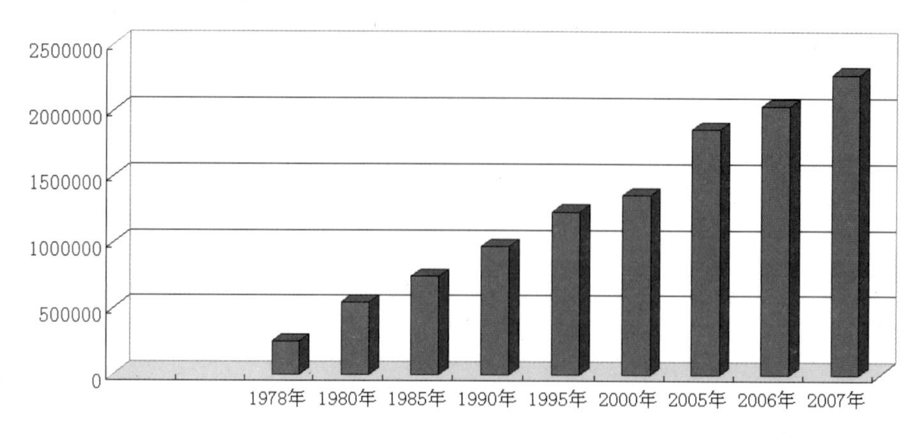

货运量(万吨)

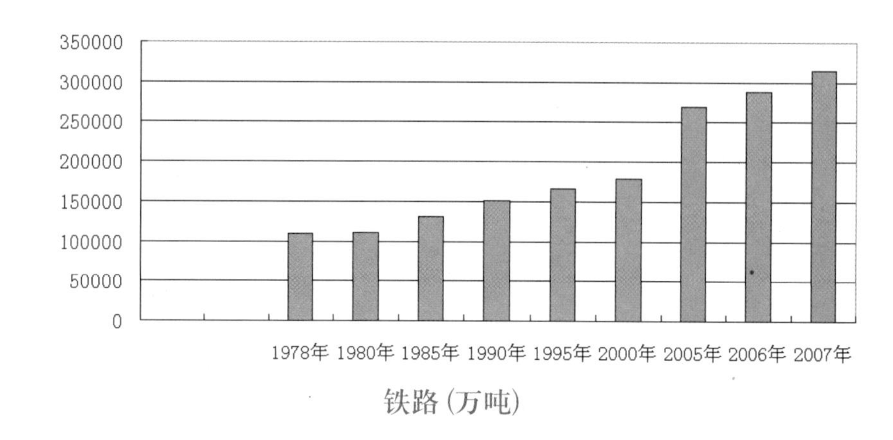

铁路(万吨)

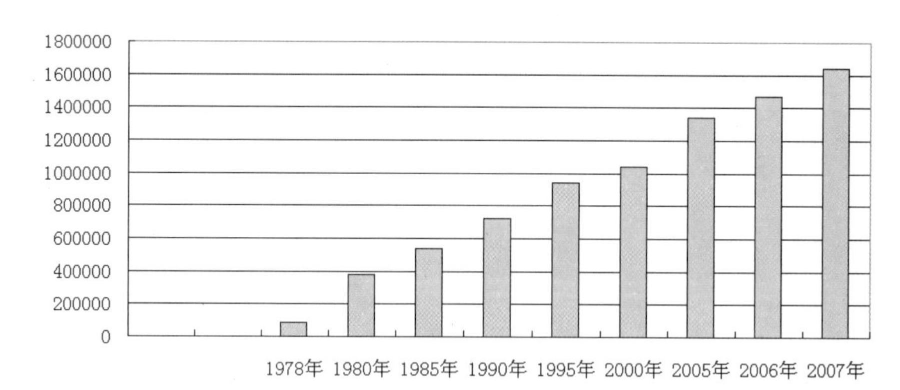

公路(万吨)

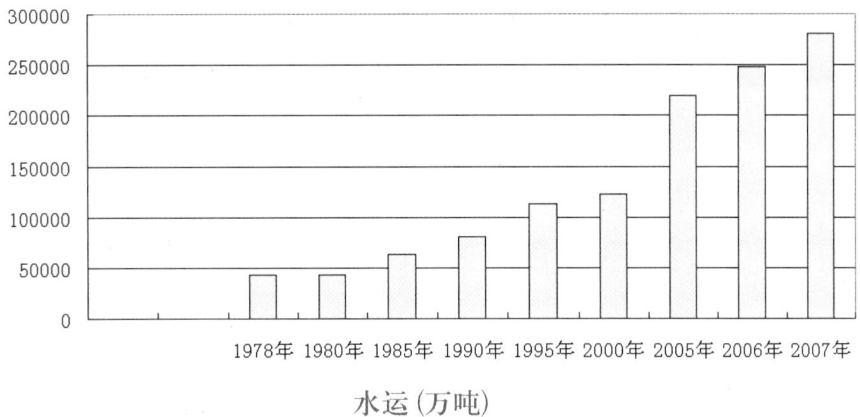

水运(万吨)

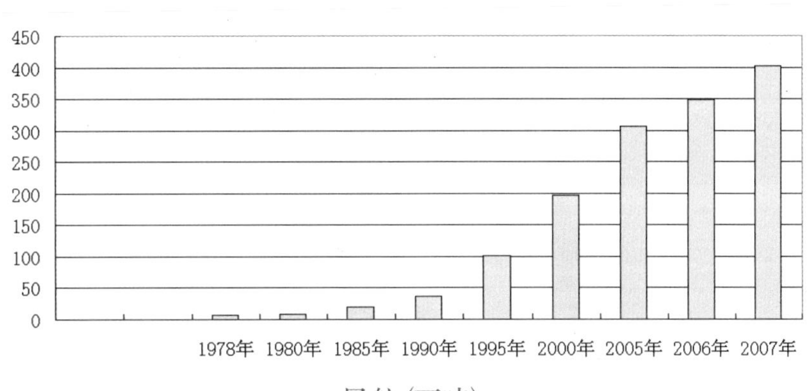

民航(万吨)

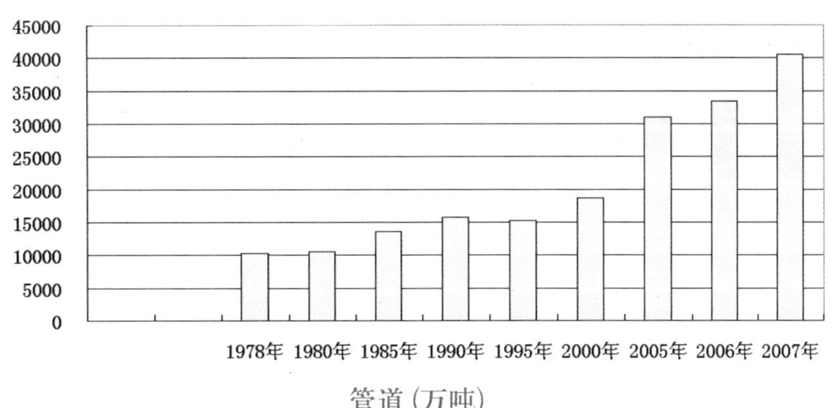

管道(万吨)

□(左)现在出门坐火车舒适多了,你是否有这种体会

□(右)上海。高速飞驰的磁悬浮列车

2007年，全社会旅客运输量222.78亿人，与1978年相比增长近10倍；全社会完成货物周转量101387亿吨，增长10倍。

中国公路建设的快速发展与公路投资方式改革有密切关系。国家政策鼓励各类资金投入公路建设，加快公路建设的速度。1993年京津塘高速公路的建成，使我国拥有了第一条利用世界银行贷款建设的、跨省市的高速公路。国家预算资金投入、车购税投入、企业投资以及公路通行收费和收费公路营业税，是公路建设资金的主要来源。国家还提倡企业、社会团体和个人捐资修路。目前，我国已初步形成在公共财政框架下，政府投入为引导，商界积极筹资投劳，社会力量广泛参与的多元化投资体制。

□2008年7月19日，北京地铁10号线试运营。这条路线开通后，北京地铁运营里程已达到200公里，运营线路达到8条，北京城市轨道交通网络初步形成

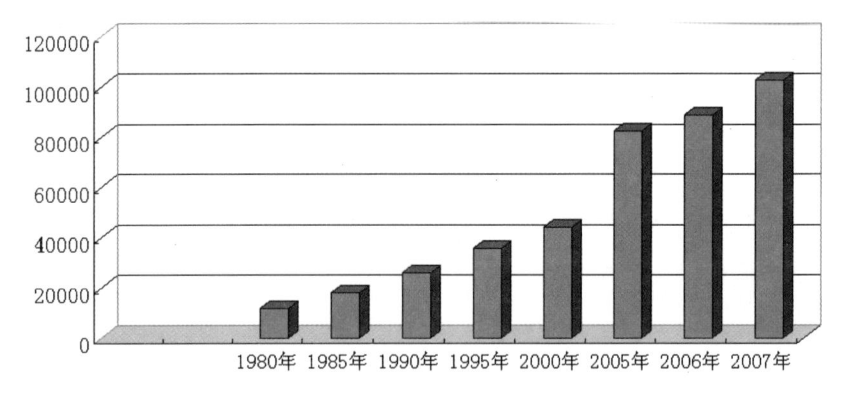

货运周转量(亿吨公里)

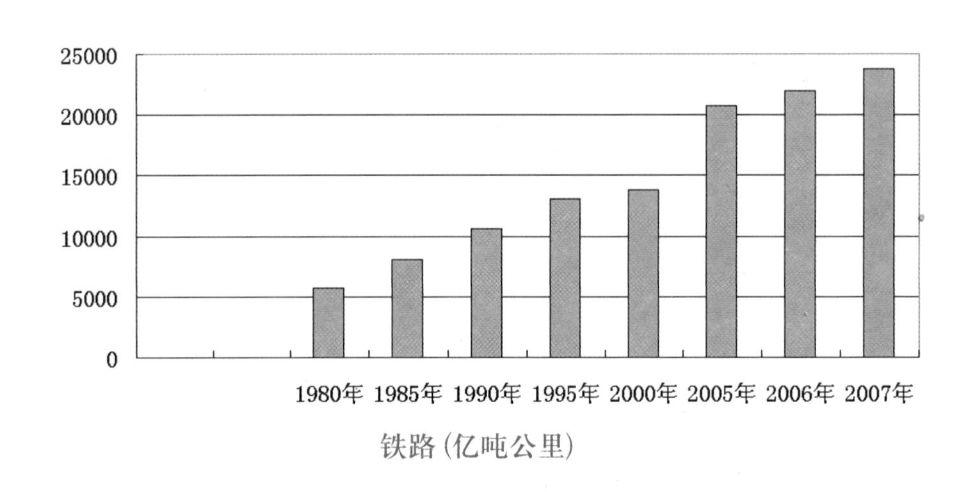

铁路(亿吨公里)

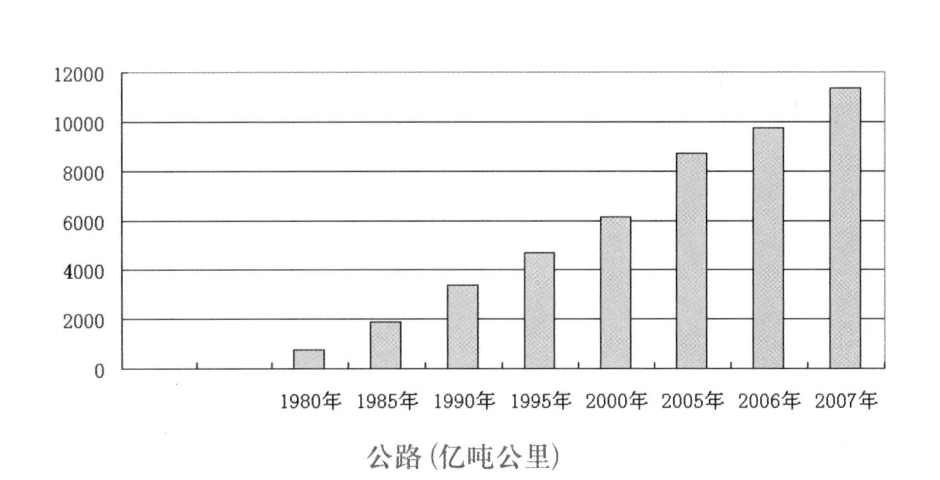

公路(亿吨公里)

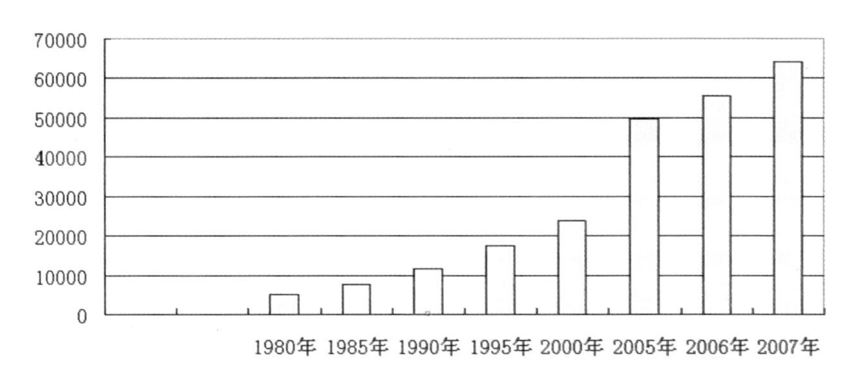

水运(亿吨公里)

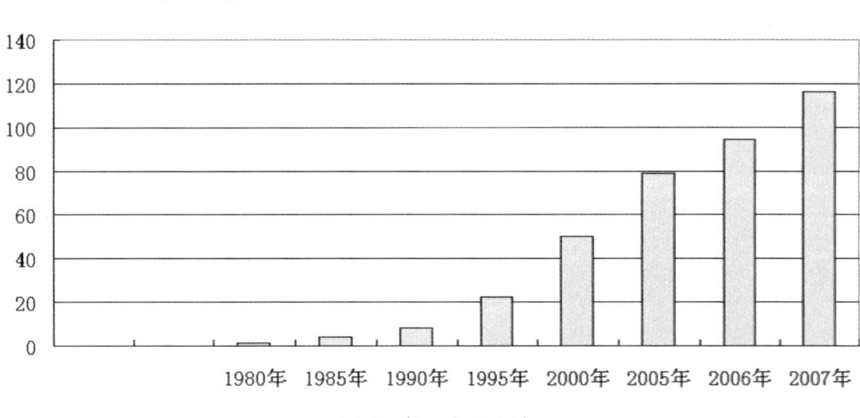

民航(亿吨公里)

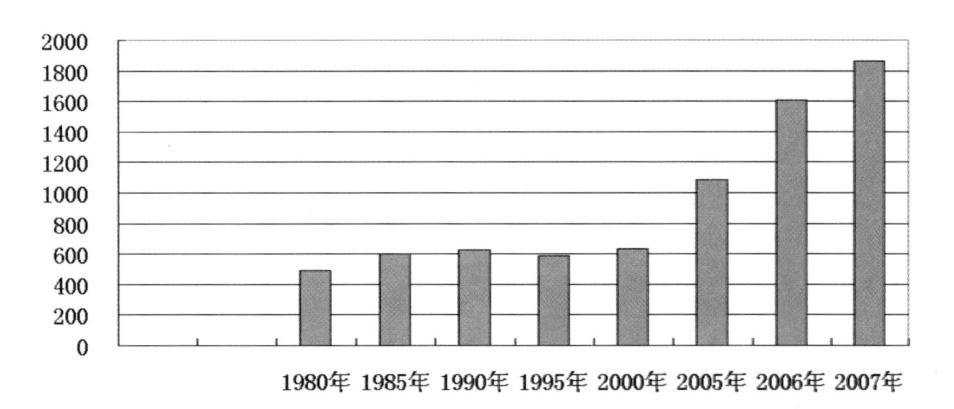

管道(亿吨公里)

□（上）被称作“天路”的青藏公路青海可可西里段

□（右页）陆空运输网形成后，长江、运河水道再不像从前那么繁忙，但仍起着重要作用改革开放以来,我国水运事业也获得长足进步。目前,我国5个港口进入世界港口吞吐量前10位,上海港排在第一位;6个港口集装箱吞吐量进入世界前20位,3个进入前10位;港口吞吐量和集装箱吞吐量连续5年保持世界第一。截至2007年年底,全国共拥有生产性泊位3.6万个,内河航道通航里程达12.35万公里;运输船舶总运力已达1.18亿吨,

是1978年的7倍，海运船队规模位居世界第四；水路货物运输量为28亿吨，港口完成货物吞吐量64亿吨，分别是1978年的6倍和23倍；水路货物运输量、货物周转量在综合运输体系中分别占12%和63%，承担了90%以上的外贸货物运输量。我国原油运输量的95%和铁矿石运输量的99%是靠水运。

2007年底，中国内河航道的通航总里程为12.35万公里，略少于1978年，仍位居世界内河第一。而同期，美国的高等级内河航道里程为4.1万公里，德国的通航里程为5603公里。

□ 四通八达的立体交通

第十章

奔跑在信息高速公路上

电信与网络

一、电信从垄断走向广阔市场

与其他领域的改革开放进程相比，中国电信的改革与发展可谓相对滞后。1984年之前，完全是国有垄断地位，直到90年代初，即便像北京这样的大城市，安装电话也是件极其困难的事情，必须要单位证明，而且线路相当紧张，一个家庭为了安装一部电话等上一年半载是件正常不过的事情。其实它阻滞的，是人与人之间的信息交流，对经济发展也造成极大的不利。

□（左）现在这种电话机成了孩子们的玩具

□（右）1984年，苍南邮电局电话交换还处在人工接线的时代

1984年，为了解决电信业基础设施落后状况，出台了一系列扶持通信发展的政策、措施，经济方面获得一定的保障，但体制并没有发生任何变化，到了90年代，通信与信息技术获得了飞速发展，旧的体制已严重制约了中国电信事业的发展需要，打破垄断被提上日程。

□（上）河南洛阳市伊川县宣传标语：要想奔小康　先把电话装

□（下）1988年，北京街头的公用电话

1993年底,国务院批准组建“中国联合通信有限公司”(简称“联通”),它标志着电信产业改革规制正式开始。1994年7月,联通公司正式成立,电信产业由原先的邮电部独家垄断性经营,转变为邮电部与联通双寡头经营,有了一定的竞争色彩。但这双寡头的地位明显是不平等的,邮电部掌握着管理与决策权,真正意义上的公平公正的竞争难以实现。

□ 2002年,海南陵水龙门村里的公用程控电话

直到1998年，制度性的建设提到法制层面，全国人大九届一次会议决定在邮电部、电子工业部的基础上成立信息产业部，中国电信产业有了相对中立的监管机构，信息产业部不再经营产业，而只负责宏观管理。这之后，中国邮政与中国电讯分家，中国电信成为独立的运营商，电信业政企分开的目标终于实现，为国家电信企业构建公平竞争的环境创造了条件。

□2008年2月1日，中国南方发生冰灾。这是灾民彭美照用刚抢修好的电话与亲友通话

1999年，为了应对中国加入WTO及更有效地实现行业竞争，国务院批准中国电信重组方案，三大公司应声成立：中国电信、中国移动、国信寻呼，尔后中国网通与铁通相继成立，这样除了中国固定电话由中国电信垄断之外，其余业务基本由两家公司经营，但即使如此改制分拆，仍然难以实现真正意义上的竞争，2001年国务院进一步进行行业重构，中国电信分为南北两家。最终形成六分天下的格局，六家分别是：中国电信、中国联通、中国移动、中国吉通、中国网通、中国铁通。

1994年，打手机的温州苍南乡村妹子。曾几何时，手机还是人们心目中的奢侈品，是财富与地位的代名词。但是，时代毕竟总是在不断地向前发展的

30年来中国电信业的改变也反映在资费上，1978年至1995年，在北京安装一部电话高可至1万元以上，低也得五六千元，1995年之前可以说是高电信资费时期，1995年到2001年，1999年和2001年电信资费经过两次大调整，特别是2001年，取消了固定电话初装费、移动电话入网费，使公众成为受益者。这几次资费相对调整，基本是以成本为基础，以市场为导向，电信资费开始能为公众接受，2002年以后，由于电信基础建设基本完成，各种公平竞争初步实现，所以资费相对低廉，政府干预相对较少，市场化格局基本形成。

□（上）手机已成为当今中国人不能缺少的通信工具。2002年，广州市在黄埔大道赛马场举行高校毕业生就业供需见面会，这位学生或许有了好消息，立即用手机向亲友报告

□（下）据手机电视/移动多媒体国家标准专家评审组发布的消息，经遴选，北京新岸线公司研发的T-MMB系统，最终被确定为手机电视/移动多媒体技术的国家标准

据国家权威部门发布的统计数字，截至2008年3月，我国固定电话用户累计达到36105.6万户，比上年末缩减了439.3万户，月均减少146.4万户。移动通信电话用户累计达到47463.4万户，比2007年末新增2734.8万户，月均增长911.6万户。固定电话普及率达到27.8部/百人，住宅电话普及率达到21.1部/百人，移动电话普及率达到41.6部/百人，已通固定电话的行政村比重99.5%。

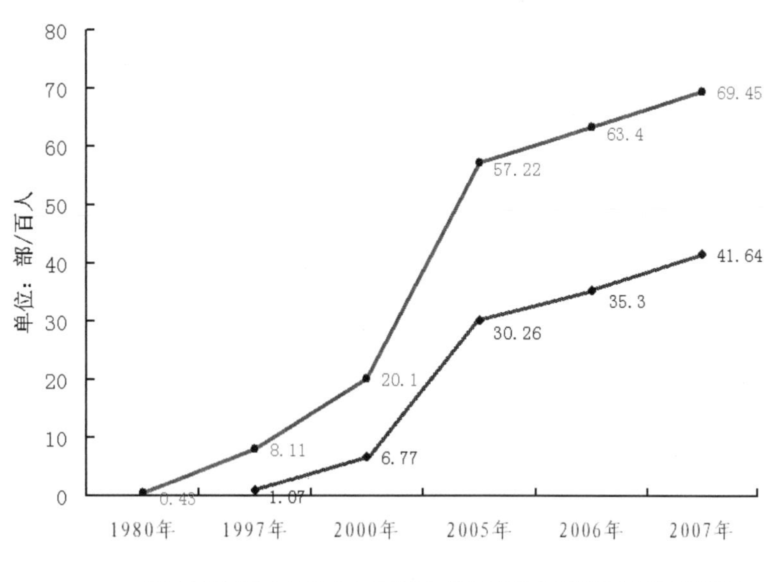

电话普及率

□2008年，北京奥运期间发短信的青年

二、互联网使信息共享时代来临

1987年9月20日，钱天白教授向德国发出我国第一封电子邮件揭开了中国人使用Internet的序幕。1990年11月28日，他代表中国正式在国际互联网络信息中心(InterNIC)的前身DDN-NIC注册登记了我国的顶级域名CN。1994年4月20日，注定是中国互联网发展历史上具有里程碑意义的一天。这一天，中关村地区教育与科研示范网络(简称NCFC)工程通过美国Sprint公司连入Internet的64K国际专线开通，实现了与Internet的全功能连接，至此，中国成为国际上第77个正式真正拥有全功能Internet的国家。一个月后，中国国家顶级域名“CN”的根服务器也“搬”回了中国，结束了顶级域名服务器由国外代管的历史。对域名这一中国互联网最基础的设施而言，无疑也是一个里程碑事件。

□山东聊城东昌府区许营乡某农资门市部负责人周忠孝携带手提电脑，通过网络视频与中国蔬菜病虫害视频医院建立联系，帮助当地农民会诊蔬菜疾病

1996年，中国公用计算机互联网(CHINANET)全国骨干网建成并开通，家庭用户只要有电脑、Modem、电话线，就可以进入互联网“冲浪”。这一年，世界网络先知人物尼葛洛庞帝的《数字化生存》中译本先于他本人在中国登陆，这本书成为了中国人进入互联网的入门证。

□（左）网络成了许多中国人新的生活空间。图为某网吧营业时的情景

□（右）网络博客是网民展示自我、相互交流的好地方，越来越受到大众的欢迎。你看，连这几个小家伙也对博客产生了兴趣

1996年早春，人们突然看到北京中关村南大门零公里处竖起了一块巨大的广告牌：中国人离信息高速公路有多远——向北1500米。这个广告牌被认为是中国互联网业兴起的一个里程碑。在中关村，这位中国科技大学第一位女学生会主席、33岁女子张树新，第一个扛起了北京瀛海威信息通讯公司的大旗。

1999年7月12日，中华网在纳斯达克首发上市，这也是在美国纳斯达克第一个上市的中国概念网络公司股。历史进入新千年，中国的网络公司同时揭开了纳斯达克登陆大赛的序幕，新浪、网易、搜狐、亚信、UT斯达康、空中网、TOM、掌上灵通、百度、携程、亿龙、前程无忧、分众等等，这些上市公司几乎包括了所有主流的互联网服务。互联网在创造新财富神话的同时，创造了一批创业精英与亿万巨富，张朝阳、丁磊、王志东、马云成为一代网络英雄。值得一提的是2001年“博客”网络日记写作方式进入中国，使中国网民的个人文化创造成为社会文化一大亮点与热点，博客中国网站是博客文化的先锋使者。

□ 网络的即时通讯功能得到广泛利用。图为采访“两会”的记者及时把采访内容传给自己供职的媒体

无论是总理上网了解民情，还是总书记在网络上与网民聊天，网络在改变经济形态、文化形态的同时，也正在改变着社会政治形态，在许多重大社会事件中，网络民意都能成为国家重要决策参考，特别是这次四川汶川大地震，网络在汇聚民意、组织志愿者、组织慈善捐赠方面功不可没。

网络不仅使世界变“平”，还使地球变成一个小小的村庄，网络信息资源成为全人类共享的文化资源，而无数网民在网络上无偿地提供资讯、无限地自由创作、无区域限制地交流，使网络成为另一个“生存空间”，这个生存空间尽管新生出许多问题与困扰，但它业已成为世界主流文化空间。任何一项人类的新创造、新成果、新信息不进入互联网，都会被视为一种“不在场”，无法检索的，就是网络上不存在的，网络上不存在的，就是无法共享的，也难形成网络社会的价值与意义。

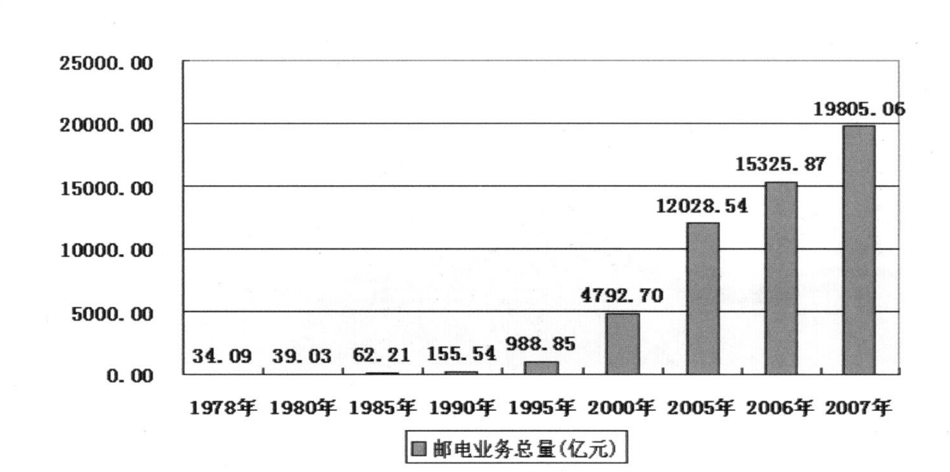

邮电业务总量

2008年7月24日，中国互联网络信息中心(CNNIC)在京发布《第22次中国互联网络发展状况统计报告》。数据显示，截至2008年6月30日，我国网民总人数达到2.53亿人，网民规模跃居世界第一位。中国网民中的28.9%在2008年上半年曾经使用手机上过网，手机网民规模达到7305万人。手机上网成为网络接入的一个重要发展方向。

谷歌推出 Chrome 浏览器

第十一章

全面小康在招手

人民生活

当代中国年轻人对30年前这样一种情景会感到惊愕：一个长长的队伍在商店门前站着，人人手里拿一种叫做“肉票”的东西。他们准备在菜店开门营业后买肉。送肉车来了，几大块肉卸在案上，人们一阵骚动。肉卖完了，没有买到的沮丧，买到的也不是全高兴——买到肥肉的喜笑颜开，买到瘦肉的哀叹可惜了肉票。这就是“票证时代”的一个场景。因为食物短缺，票证就像钱一样金贵；因为副食供应严重不足，人们喜欢肥肉胜过瘦肉。

□ 1989年6月，甘肃陇西的一对夫妻抱着孩子回娘家

□ 1975年，西安的大众饭馆

30年前,中国人听说苏联人对共产主义的梦想是“土豆加牛肉”;中国人自己梦想的共产主义是“楼上楼下,电灯电话”。那时,大部分中国人更现实的物质理想是拥有“四大件”:缝纫机、自行车、手表、收音机。一辆凤凰牌自行车,对于1978年的中国人来说,其分量不亚于今天的一辆奥迪轿车,骑着它在马

□1977年,陕西秦岭太白山,破庙前跪拜的乡民

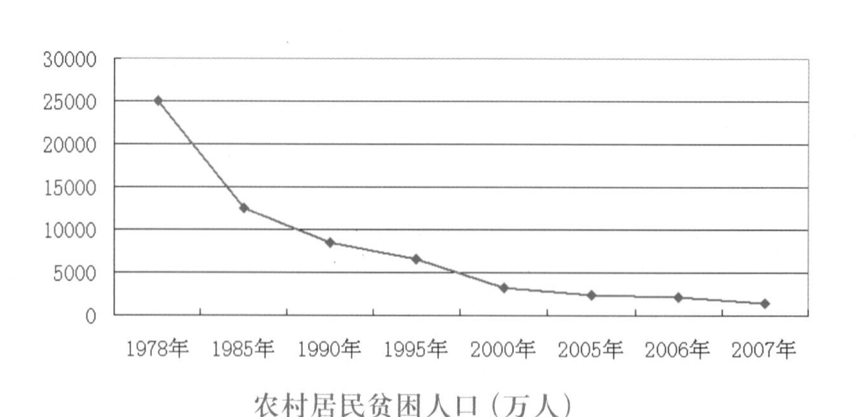

农村居民贫困人口(万人)

路上，那是一件何等荣耀的事情。一辆凤凰牌自行车，几乎要耗尽一个普通中国人一年的工资收入。

到上个世纪八九十年代，四大件又被定义为：彩电、冰箱、洗衣机、空调。进入了新世纪，手机、电脑、汽车、住房成了新“四大件”。

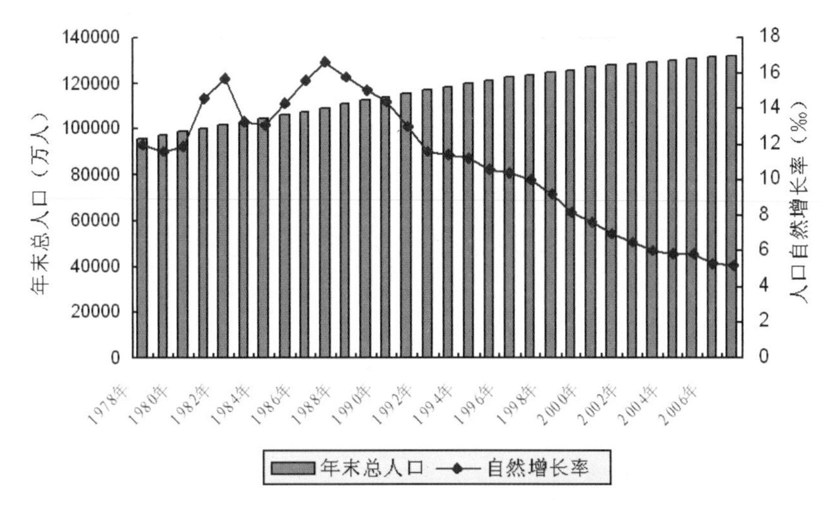

年末总人口和人口自然增长率

1980 年，广东省珠海斗门光明村农民的结婚喜宴。婚宴分批进行，一直到夜里，“吃”是其中的重要内容

今天中国的变化实在太快，超过了大多数人的想象。彩电、洗衣机早已普及到了农村。手机的普及率已经不分城乡，成人几乎人手一部。不仅是大城市，繁荣也开始进入小城镇和乡村，改革的巨大效应扩散开来。居民家庭拥有的财富也在快速增长。电视机、电冰箱、洗衣机、电话等，在城镇地区已经全面普及，汽车、电脑正成为新的消费热点。

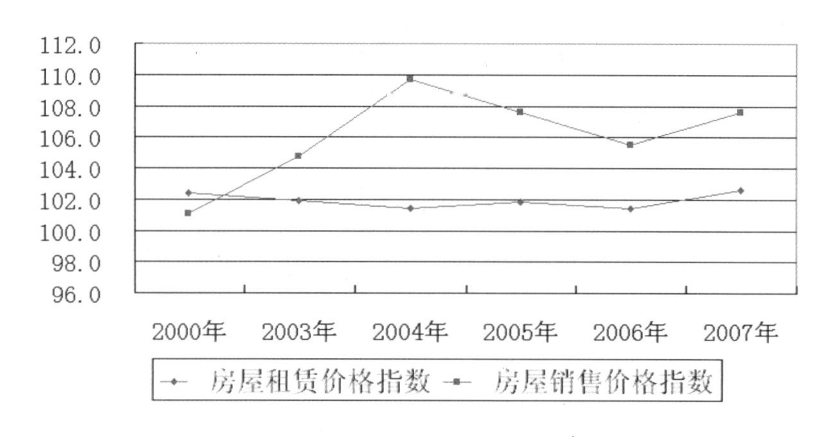

房屋销售价格指数与房屋租赁价格指数（上年＝100）

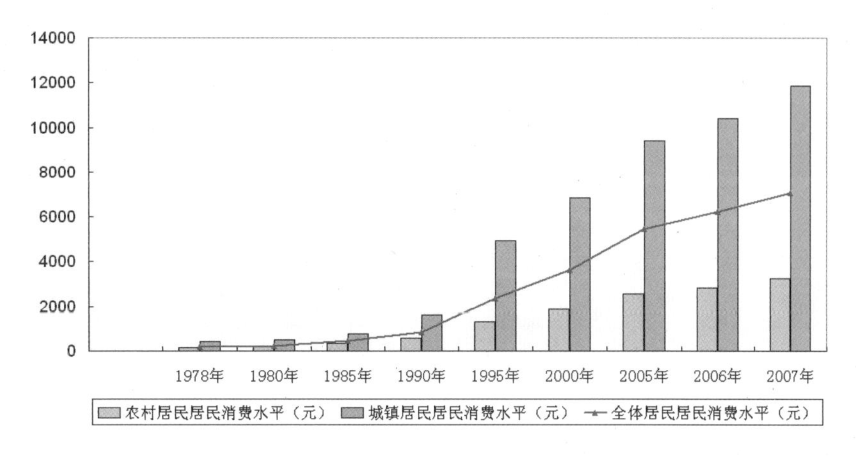

居民消费水平（元）

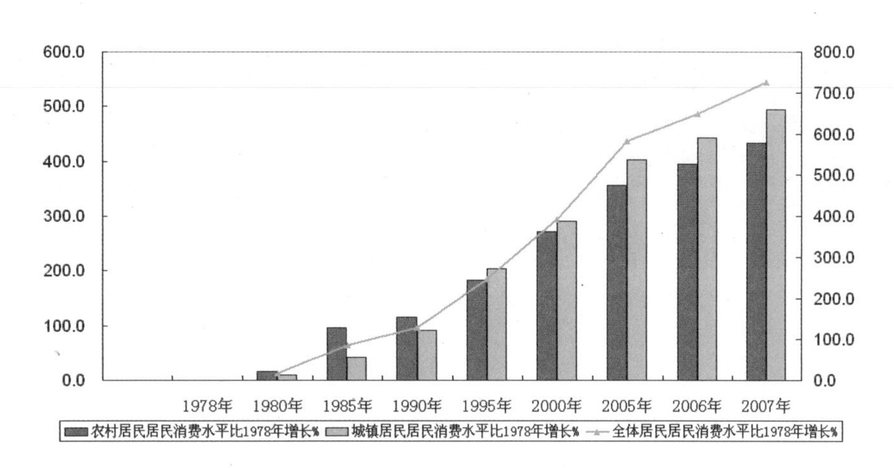

居民消费水平比 1978 年增长%

□（上）1982 年，陕西。在初开放的集市上买肉的老人

□（左页）1979 年，北京市民排队买生啤

改革30年，今天的中国人享受着历史上前所未有的繁荣，倘若以当年的标准衡量，今天的许多中国家庭早已达到了“共产主义”的标准。年轻的一代充满了活力，他们使用着笔记本，用MSN、QQ和全球各地的网友进行着交流，中午，他们在写字楼下吃着麦当劳，喝着星巴克。他们比父辈们有着更广阔的全球化视野。他们当中很多人享受着西方文明带来的好处，却又更加充满民族的自信心。

□ 1987年，浙江绍兴齐贤镇的几个女人在理发店窗外围观烫发的情景。20世纪80年代初，中国百姓的穿着、发型已打破70年代单调的样式

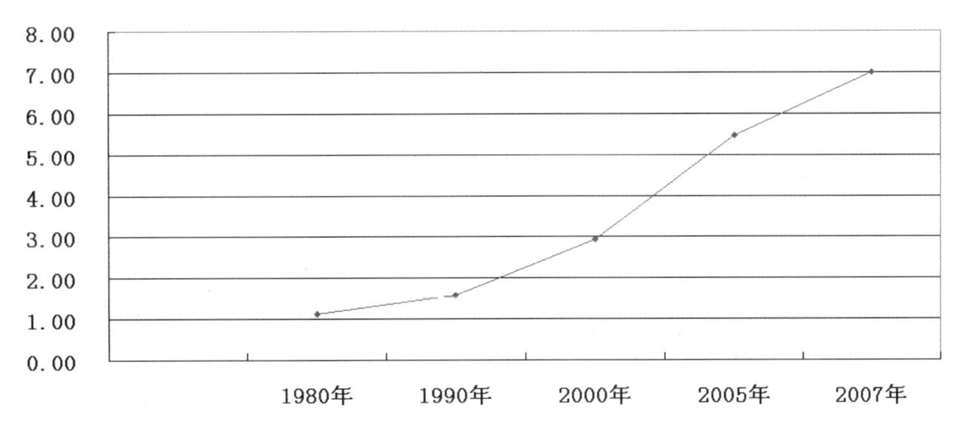

职工平均工资与1978年相比倍数（1978=1）

□(上)1980年，上海某公园的一对恋人。那时候青年人在谈情说爱时都颇拘谨

□ (下)20世纪80年代，青岛。新郎用自行车接新娘

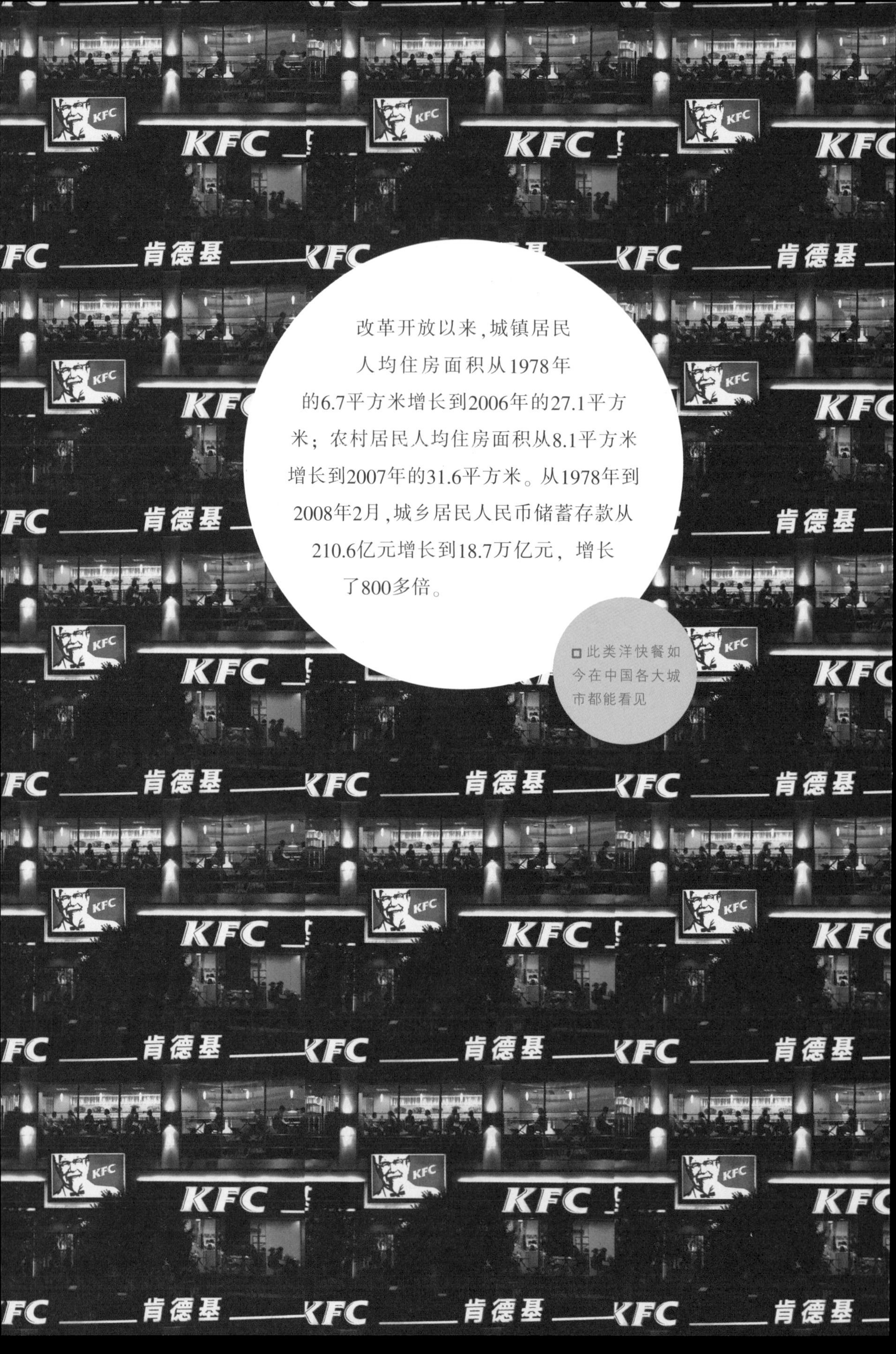

改革开放以来，城镇居民人均住房面积从1978年的6.7平方米增长到2006年的27.1平方米；农村居民人均住房面积从8.1平方米增长到2007年的31.6平方米。从1978年到2008年2月，城乡居民人民币储蓄存款从210.6亿元增长到18.7万亿元，增长了800多倍。

□此类洋快餐如今在中国各大城市都能看见

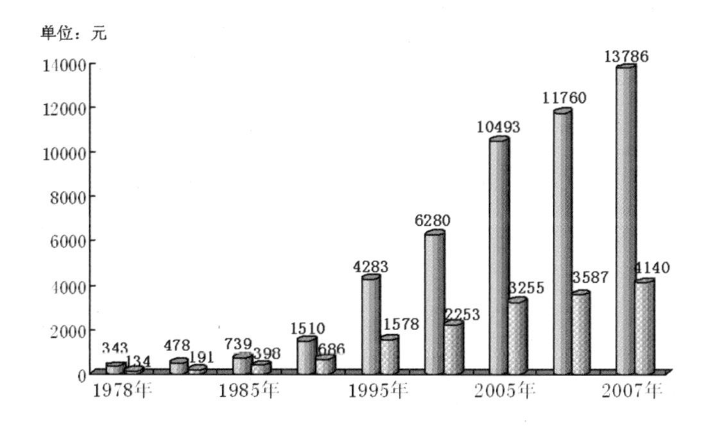

城乡居民年收入水平

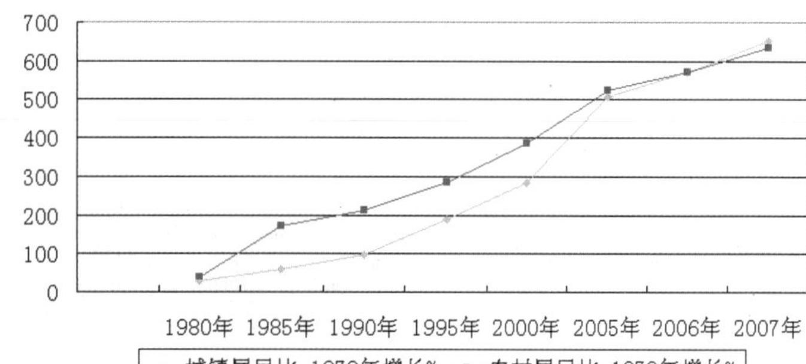

城乡居民收入水平比 1978 年增长（%）

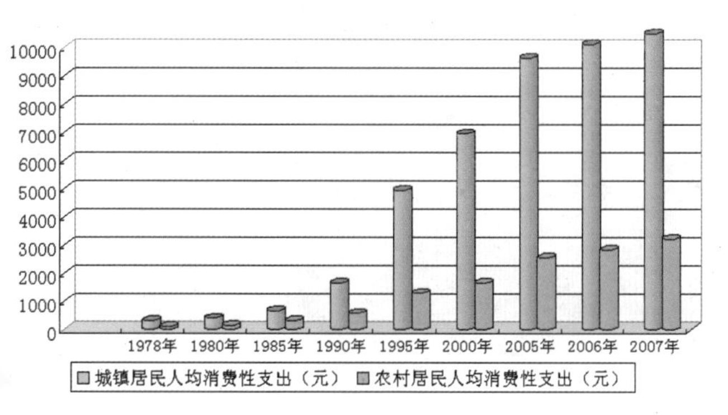

城乡居民人均消费性支出

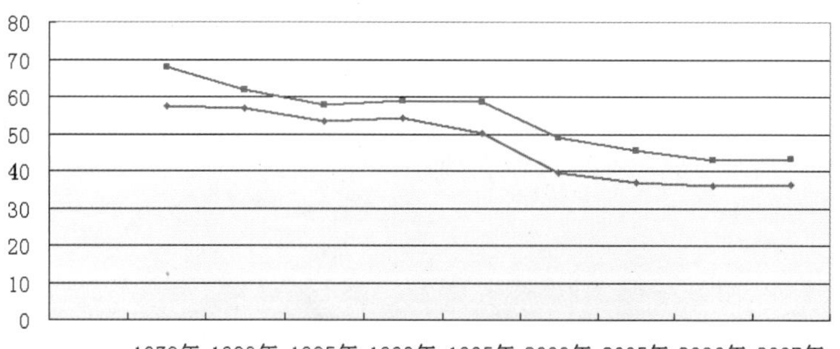

城乡居民恩格尔系数(%)

改革30年，中国已经建立起了全球最大规模的通信网络。2008年4月底，中国手机用户数增至5.835亿户，全国固定电话用户数总计3.6亿户。2007年底，中国互联网用户已经达到了2.2亿，比2006年增长了53.3%。2008年3月14日消息，总部设在北京的BDA咨询公司公布一项研究报告称，中国互联网用户的数量超过美国，跃居世界首位，到2008年底，中国互联网用户数量将有希望达到2.8亿。

□2008 年。南昌的一家粥店。生活好了想喝粥

改革30年，中国的国内生产总值(GDP)增长了67倍，2007年，中国GDP接近25万亿元。城镇居民消费水平由1978年的405元增加到2007年的11855元，扣除物价变动因素，增长5.9倍；农村居民消费水平由1978年的138元增长到2007年的3265元，扣除物价变动因素，增长5.45倍。

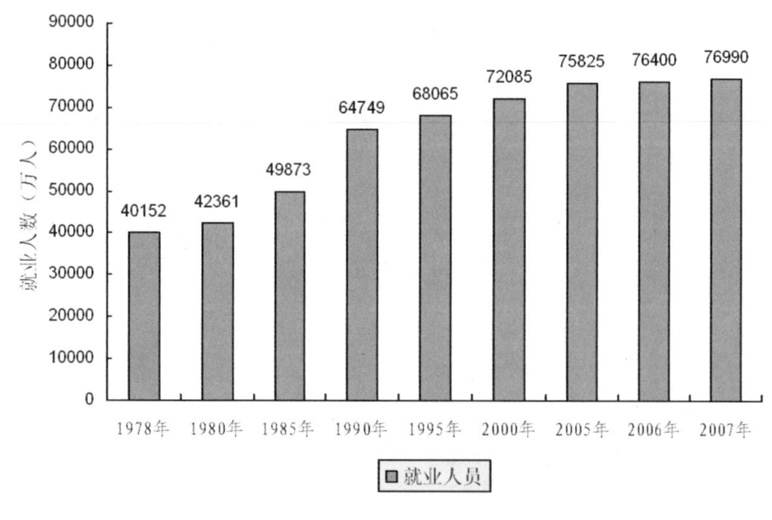

就业人员数

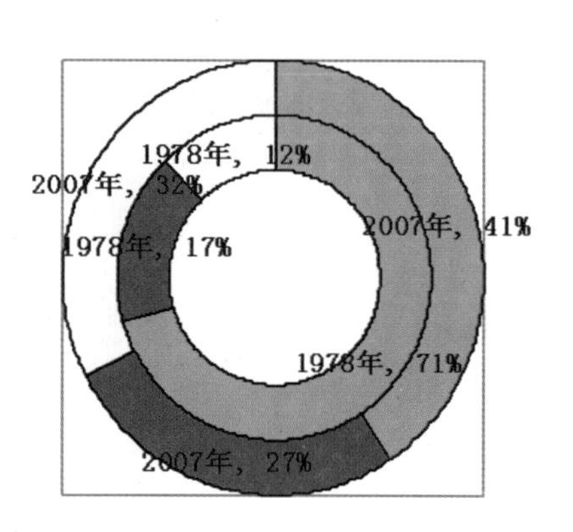

就业人员产业构成

反映居民家庭富裕程度的恩格尔系数(食品支出占总支出的比重),城市居民家庭从1978年的57.5%稳步下降到2007年的36.3%;农村居民家庭从67.7%下降到43.1%。恩格尔系数使城乡居民能够将更多的收入用于改善居住、出行、健康和娱乐条件,以享受更高质量的生活,实现人的全面发展。

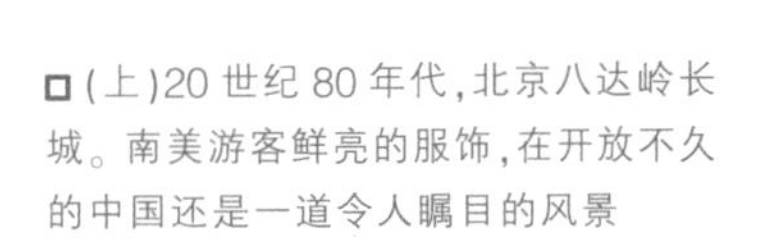

□(上)20世纪80年代,北京八达岭长城。南美游客鲜亮的服饰,在开放不久的中国还是一道令人瞩目的风景

□(下)1999年,深圳。追逐时髦的女孩。这在改革开放前是不可想象的

在承认我国人民生活发生巨大改变的同时，也要看到我们的不足之处。2007年，按照国家确定的年人均可支配收入785元为摆脱贫困的标准，我国贫困人口仍有1479万人，虽然比1978年的2.5亿贫困人口已经大幅度减少，但在绝对量上仍不是小数。此外，我国城乡居民收入差异很大，2007年，城镇人均可支配收入是农村居民人均纯收入的3.33倍。

□做奇异发型的男青年

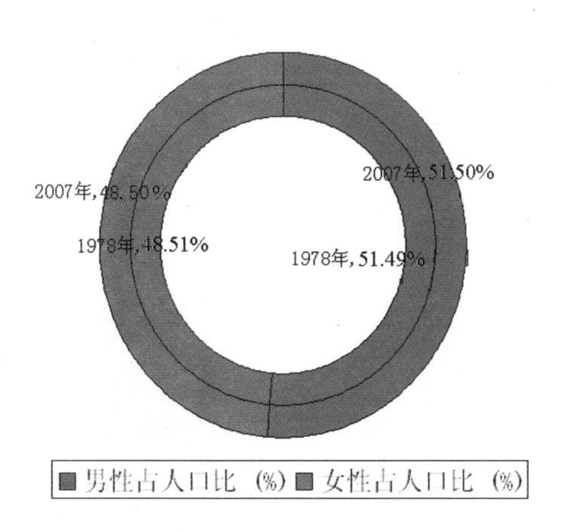

人口构成按性别分

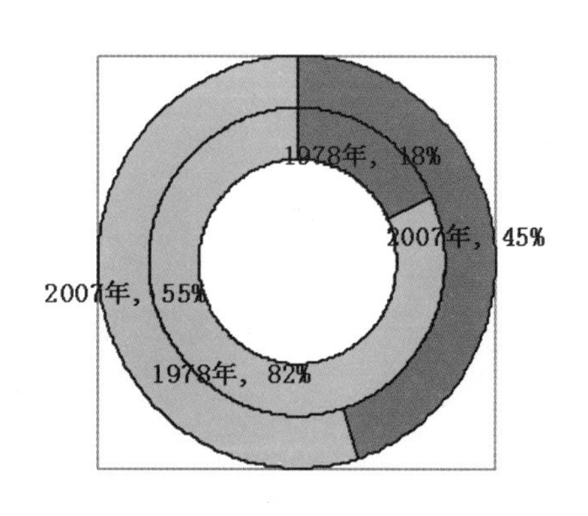

人口构成按城乡分

30年来，提高人民生活水平始终是党和政府工作的基本目标，为此，政府制定了以建设小康社会为核心目标的经济发展战略。改革之初，中央制定了国民生产总值在20世纪末翻两番的目标，要求国民生产总值超过1万亿美元，建成小康社会。这个任务已经超额完成，到2000年，我国GDP总量几近10万亿人民币。

□(上)2000年8月，北京王府井大街。当街接吻的情侣

□(右页上)1996年，广东乐昌农村。乡村姑娘结婚时穿西式婚纱已经很平常了

□(右页中)1986年，广州市泰康路乘花车的新人

□(右页)1996年10月，河南洛阳市举行大型集体婚礼，有100对新人参加

2002年，党的十六大立足于我国已经解决温饱、人民生活总体达到小康水平的基础，进一步提出了全面建设小康社会的构想，即在本世纪头20年，集中力量，全面建设惠及十几亿人口的更高水平的小康社会，使经济更加发展、民主更加健全、科教更加进步、文化更加繁荣、社会更加和谐、人民生活更加殷实。2007年，党的十七大更加明确地提出，要实现人均国内生产总值到2020年比2000年翻两番，使人民生活有更显著的提高。从过去的历程看，只要全党、全社会同心协力，坚定不移地走改革开放的道路，这个宏伟目标一定会实现。

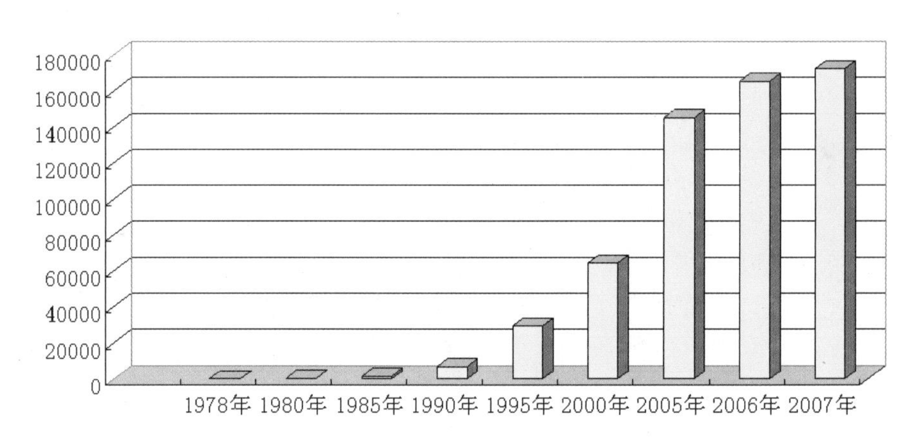

城乡居民人民币存款年末余额总计（亿元）

第十二章

要发展也要碧水蓝天

环保与能源

一、环境是我们共有的家园

“50年代淘米洗菜，60年代洗衣灌溉，70年代水质变坏，80年代鱼虾绝代”。

这首新民谣使我们看到了几十年来中国环境污染的严重性。一味地追求经济增长，带有掠夺性的粗放性经营开发，给国家生态安全埋下了隐患，也直接影响到人民群众的身体健康。

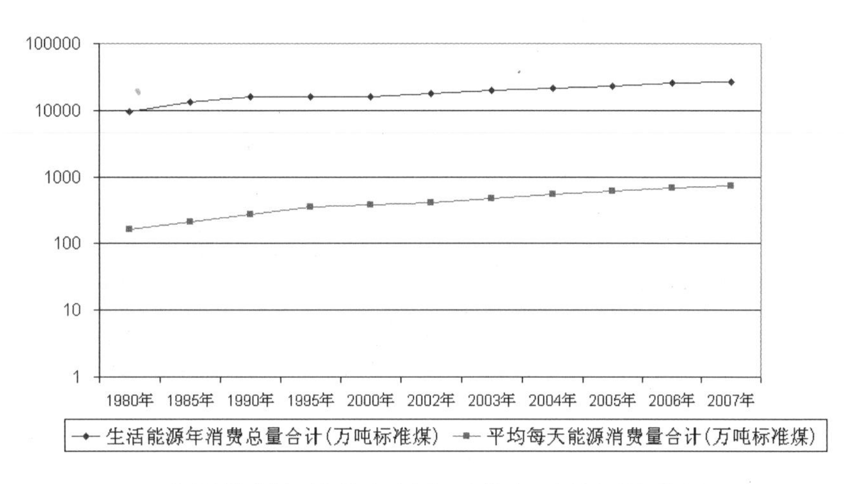

生活能源年消费总量与平均每天能源消费量

2003年，湖北省宜昌县黄柏河。人们在遭受污染的水中洗衣洗菜

据权威部门调查统计，城市中大气环境指数达到国家标准的只有40%左右，国土面积有30%以上出现酸雨现象。风沙还有造成酸雨的氮氧化物和硫磺氧化物等物质借风向流动。这些令人不安的数据还包括：二氧化碳排放量已占世界14%、七大水系中有70%存在重度污染、400多座城市为缺水状态、沙尘暴及黄沙所带来的环境污染等诸多问题，可以说中国的环境污染已经进入严重状态。

□1988年，从珠江中捞起的饮料罐。随着生活、生产废水排放量的逐年上升，珠江的水质受到严重威胁，污染使得栖息在这一海区的鱼、虾类连续出现大量死亡

□（上）沙漠化的西双版纳绿洲。西双版纳本是一片美丽富饶的绿洲，但由于乱砍滥伐，森林植被遭受了极大的破坏，局部地区甚至出现沙漠化。在景洪市的勐罕镇，每当狂风吹来，这个绿色的乐园就会变得面目狰狞

□（下）1991年，云南小煤窑上的矿工。云南除国有的煤矿外，还有许多集体和个体开采的小煤窑，工作环境简陋得令人吃惊。矿工们大部分是来自昭通、会泽一带的贫苦农民

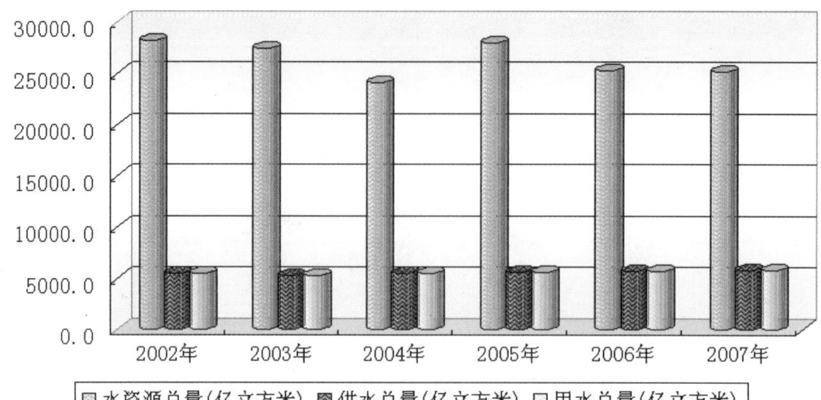

水环境

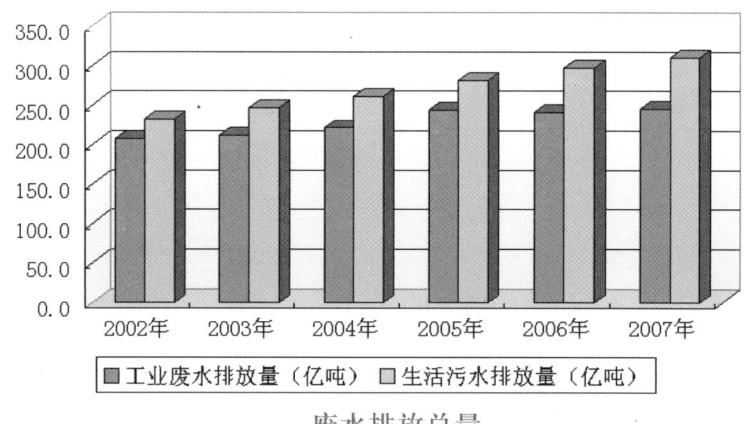

废水排放总量

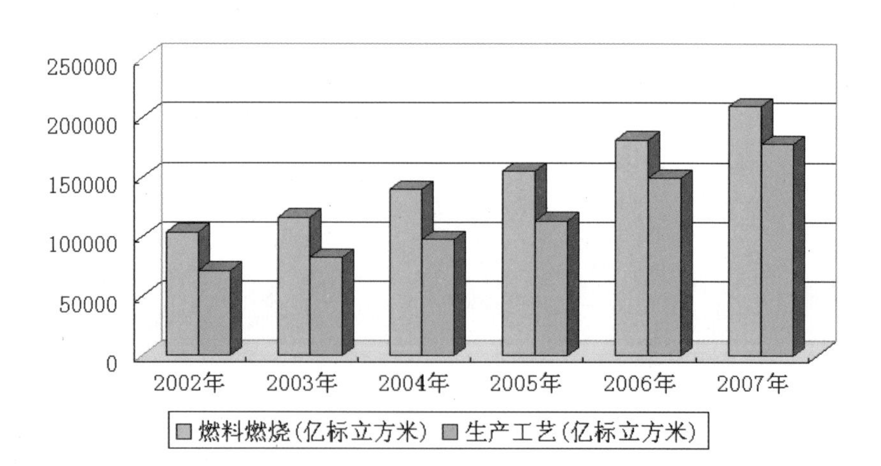

工业废气排放量

在这一背景下，中华人民共和国环境保护部于2008年3月27日上午正式挂牌。

1978年，中共中央批准了国务院环境保护领导小组关于《环境保护工作汇报要点》，历史上第一次以党中央名义对环境保护作出重要指示。1983年召开的第二次全国环保会议，成为中国环保事业的一个转折点，环境保护被确定为基本国策，奠定了环境保护在社会主义现代化建设中的重要地位，确定了“预防为主、防治结合、综合治理”，“谁

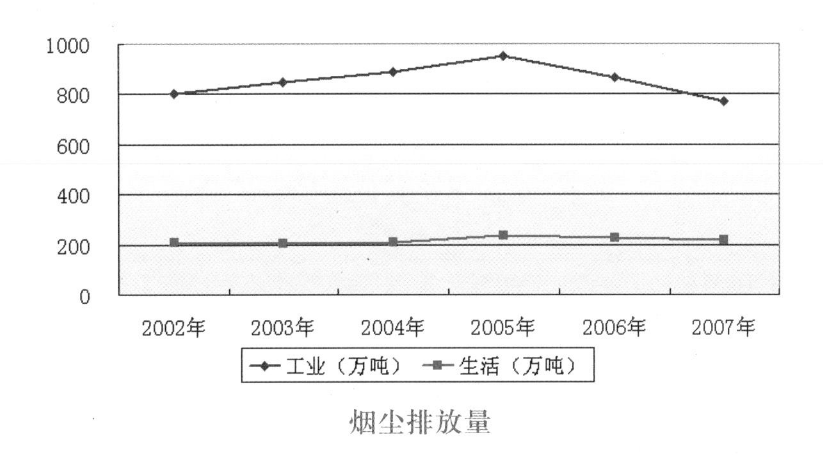

烟尘排放量

□2002年，北京。遮云蔽日的沙尘暴

污染谁治理"的符合国情的环境政策。2007年10月,"十七大"把生态文明首次写入了政治报告中,将建设资源节约型、环境友好型社会写入党章,把建设生态文明作为一项战略任务和全面建设小康社会目标首次明确下来,环境保护成为执政党的意志,此举无疑具有里程碑意义。

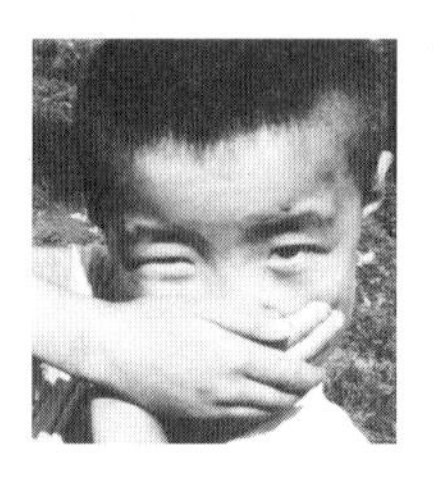

□(上)山东微山县常口。在被造纸厂污染的河边,小孩捂着鼻子看捞鱼

□(下)大庆某炼化企业的工业污染

尽管治污总在污染后，但近年来国家在治污制度建设与法律建设方面有了根本性的进步与转机，国务院向全国人民作出承诺，“十一五”主要污染物排放总量削减10%，并作为约束性指标必须完成。2007年，全国化学需氧量和二氧化硫排放量比2006年分别下降3.14%和4.66%，《人民日报》把这次的“双下降”评为2007年国内十大新闻之一。

□ 1994年，西藏某地。被宰杀动物的骨架

能源生产与消费总量

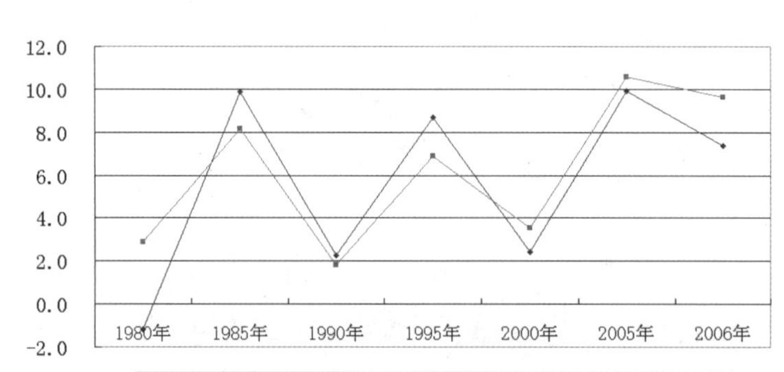

能源生产总量与能源消费总量比上年增长%

□20 世纪 90 年代。但愿牛羊永远有草吃

治水先治源，对集中式饮用水源保护区排污口进行了清理，保证城乡70%的饮用水源保护区达到了规范要求。截至2008年5月，淮河、海河、辽河、松花江、三峡库区及上游、丹江口库区及上游、滇池、巢湖流域水污染防治“十一五”规划和太湖流域水环境综合治理总体方案陆续经国务院批复实施。

采取环境准入作为宏观调控的重要手段，遏制“两高一资”产能过快增长。一方面提高了电力、钢铁、石化等13个高耗能、高排放行业建设项目的环境准入条件，否决了一批违法违规项目；另一方面对全国9000多个新开工项目进行专项清理检查，进一步严格企业上市环保核查，

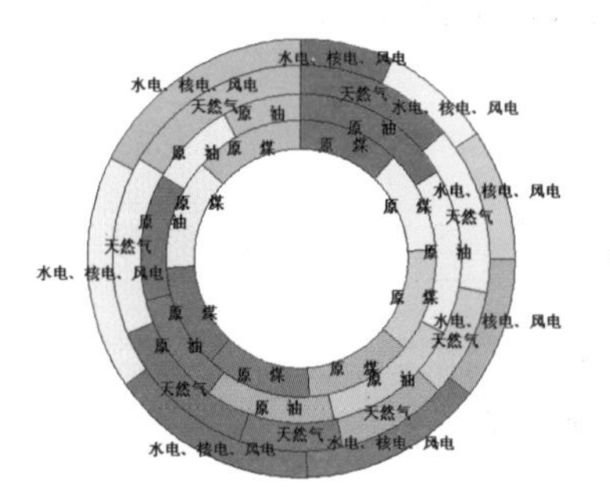

主要能源产品生产占总量的比重（%）

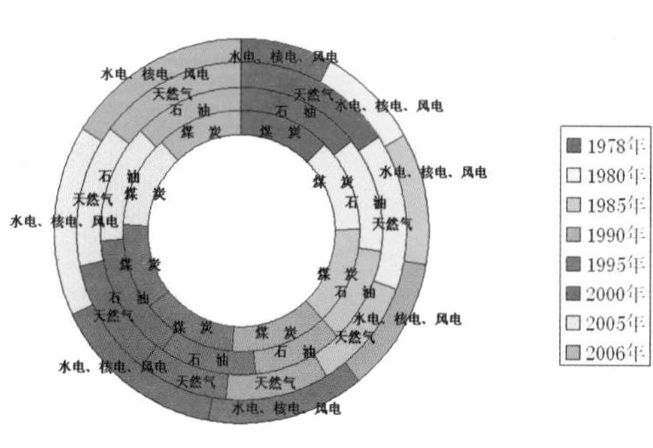

主要能源产品消费占总量的比重（%）

抑制了“两高一资”产业扩张。对环境污染严重、环境违法突出的行业和地区，依法采取“区域限批”、“流域限批”措施，极大遏制了环境违法行为。而事关民生的环保问题得到特别关注与处理，如昆明湖的水污染问题、太湖蓝藻危机等社会高度关注的突发环境事件得到了妥善处置，充分维护了人民的环境权益，生态文明的理念更深入人心。首次启动了全国土壤污染

□ 蓝藻打捞船正在无锡太湖进行蓝藻打捞作业

状况调查，为保障“米袋子”、“菜篮子”安全奠定基础。全国自然保护区面积已占陆地国土面积15%以上，初步形成了类型比较齐全、布局比较合理的自然保护区网络。更令人可喜的是，中国民间社会环保意识日益加强，特别是民间环保组织与环保志愿者在维护国家环境安全方面发挥的作用越来越大，在许多重大环保事件中，都有他们的身影。

□长江三峡。统计显示，经过环保治理的长江三峡，2007 年游客接待量超过 1000 万人次

二、能源是国家经济发展的血脉

中国能源种类很多，其中尤以水能与煤炭较为丰富，分别是世界第1位和第3位，但不足的是优质化石能源石油、天然气探明储量仅为世界第13位、17位，这与世界上人口最大国所需能源是不相符的，所以中国能源问题与环境问题一样，较为迫切。

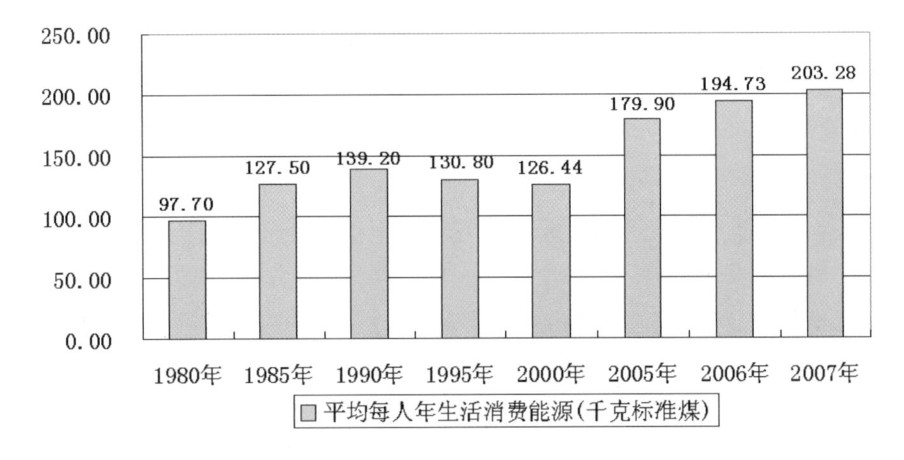

人均生活能源消费量

(左)海南省海口市最大的火力发电厂

(右)广东深圳沙角火力发电厂的控制室

中国能源问题在改革开放之初,主要表现为终端能源不足的问题,比如电力,1978年因供应短缺,造成了约20%的生产能力不能发挥。改革开放以后,国家对能源投资实行了重点倾斜的政策:在煤炭行业,重点建设以山西为中心的能源重化工工业基地,积极支持集体和个人办矿,提高煤炭产量;在石油产业方面,上世纪80年代实行了加大东部地区勘探开发力度,进一步扩大原油生产规模,90年代实行了"稳定东部、发展西部"等一系列政策、方针,同时有计划地扩大原油加工生产能力;而对于电力行业,提出了"能源工业以电力为中心"的发展思路。

天山下的风力发电站

从上世纪90年代中期以后，我国基本摆脱了长期困扰社会经济发展的能源“瓶颈”制约，供需形势出现了根本的好转。

20世纪90年代以来，中国一次能源生产总量翻了一番多，到2007年已成为世界第二大能源生产国。电力工业实现了跨越式发展，2007年底发电装机容量超过7亿kW，火电机组、水轮发电机组中的先进装备实现了国产化，一批大型现代化煤矿建成投产，石油和天然气勘探开采有了新突破。节能降耗取得积极进展，20世纪最后20年，中国以能源消费翻一番，支撑了经济总量翻两番，能源消费弹性系数为0.43。但中国能源利用效率相对较低，能源生产和使用仍然粗放。

□(上)上海外滩。中国纺织大学的学生们身穿用废纸制作的衣裙，向市民宣传环保意识

□(右页)大兴安岭。保护完好的护岸林

2001年中国能源消费占世界整体的10%，继美国之后居世界第二位，产量占世界整体的10%，继美国和俄罗斯之后居世界第三位，成为了世界上的一个供求大国。过去6年，中国原煤年产量增加了近12亿吨，2007年产量达到25.3亿吨，约占全球产量的40%。与此同时，煤炭大量生产和使用中存在一系列问题，如资源回采率低、浪费严重、安全事故多发、死亡率高、对地表生态和地下水系破坏大。此外，二氧化硫、烟尘、粉尘以及二氧化碳排放量也有所攀升，给生态环境治理带来了难度。2007年在全国掀起新一轮“节能减排”风暴，以确保实现“十一五”规划中确定的全国单位GDP能耗降低20%的目标，保护生态环境。

中国是世界上最大的煤炭生产国和消费国，在一次能源消费构成中，煤炭的份额比世界平均值高41个百分点，油气的比重低36个百分点，水电、核电的比重低5个百分点。

我们面临的现状是，清洁能源、可再生能源开发利用还不充分，风能、太阳能、生物质能发展尚处于起步阶段，调整和改善能源结构的任务十分艰巨。能源是一个国家的经济血脉，它既需要动力强大，又要不造成生态环境污染，所以国际间合作与国家科技潜力的挖掘，都非常重要。中国环境与能源与中国经济良性可持续发展充满悖论，政府政策制定与落实在其中发挥着重要作用。

第十三章

决定国家未来的事业

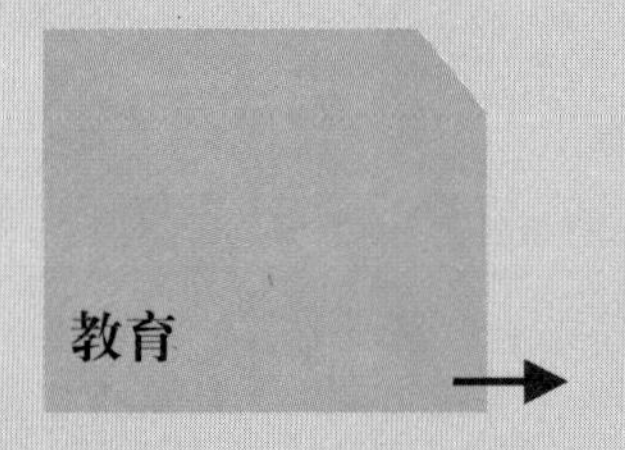
教育

一、中国教育拨乱反正时期

1977年8月6日，在全国科学教育工作会议上，武汉大学副教授查全性举手要求发言，他向在座的邓小平建议，应该尽快恢复高考，此言一出应声四起，邓小平随即拍板："既然大家要求，那就改过来。"

□(上)20世纪70年代初，下放在云南省西双版纳地区东风农场的知识青年

□(下)1975年，福建长乐。五七大队知识青年被组织来开政治批判会

影响数百万青少年命运的高考重新拉开大幕，压抑10年的学习热望被唤起，希望得到学习机会的青少年(一些已近壮年)找回书本，复习迎考。恢复高考彻底改变了一代人的命运，也深刻地影响着中国改革进程。

□(右)1977年，影响数百万青少年命运的高考重新恢复，渴望深造的青少年(许多已近壮年)走上考场

□(右页)恢复高考改变了一代人的命运，也深刻地影响着中国改革的进程。后来，这一代人成为改革的中坚力量

中国的政治改革进程直接影响着教育事业的发展，1977年至1985年是拨乱反正时期，标志性的事件是1977年11月《人民日报》发表专文正式否定了“四人帮”炮制的否定知识分子和十七年教育路线的“两个估计”，恢复中断10年的高考录取制度，在全社会树立尊重知识、尊重人才的风尚。在教育理念上提出培养四有新人（“有理想、有道德、有知识、有体力”）的目标，1983年邓小平为景山小学题词，提出了著名的三个面向教育指导方针：“教育要面向现代化、面向世界、面向未来。”

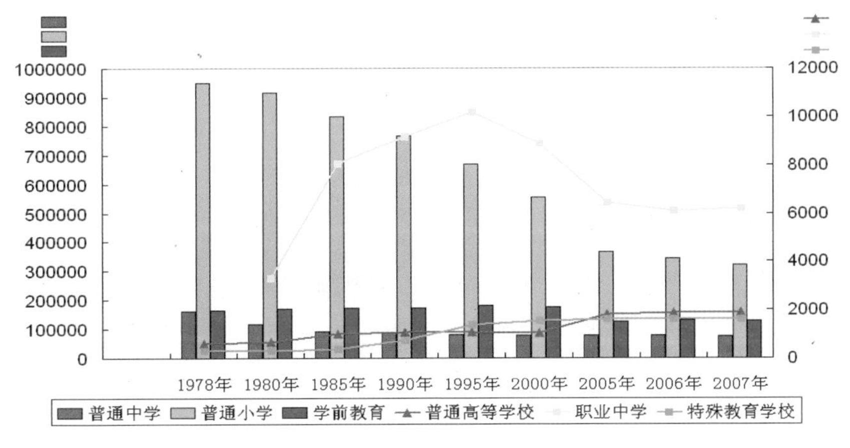

各级各类学校数（单位：所）

在这一过程中，以前进驻到大中小学里的“工宣队”全部撤出（1977年），中小学取消红卫兵、红小兵，恢复中国少年先锋队（1978年），恢复大规模派遣留学生。首次向美国派出留学生（1978年），恢复职称制度（1978年），恢复“文革”撤销的高校并新增28所高校，1980年，恢复60年代制定的大中小学全日制工作条例，整顿和恢复教学秩序，同年第五届全国人大通过了《中华人民共和国学位条例》，我国学位分学士、硕士、博士制度，第二年允许自费留学，自费出国留学潮因此形成。

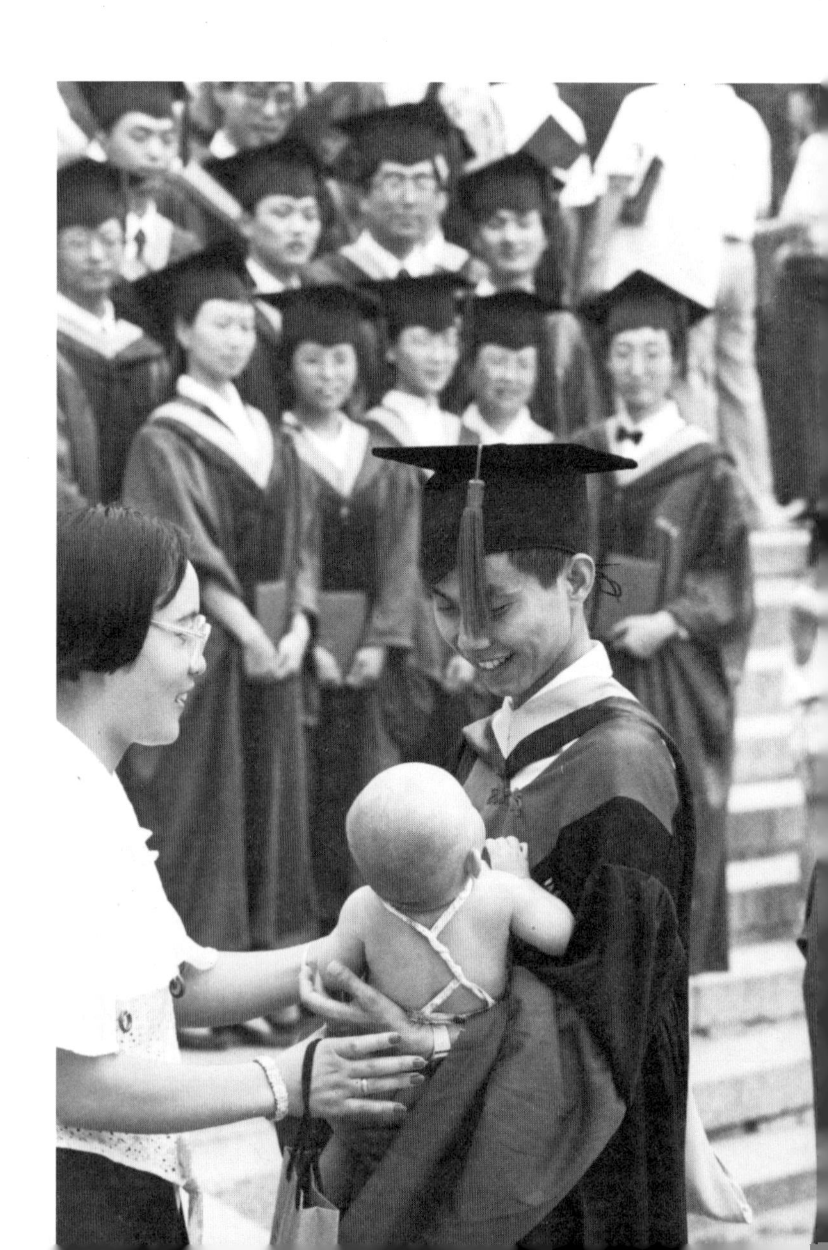

□（右）1994年，北京。清华大学博士结业仪式

□（右页）2008年6月7日上午，四川省会东县某高考考场。语文考试结束后，考生们走出考场。四川考区语文作文命题是“坚强”，显然与刚过去的“5·12”汶川大地震相关

我们看到，这一切都回到“文革”之前，回到建国之初的教育设计模式，谈不上制度创新与跟上国际教育形势，但中国教育从1977年开始就迅速回到常轨，对那些在“文革”中浪费青春时光的一代人是何等的重要，它使一代人找到了希望，也使一个民族开始了梦想。

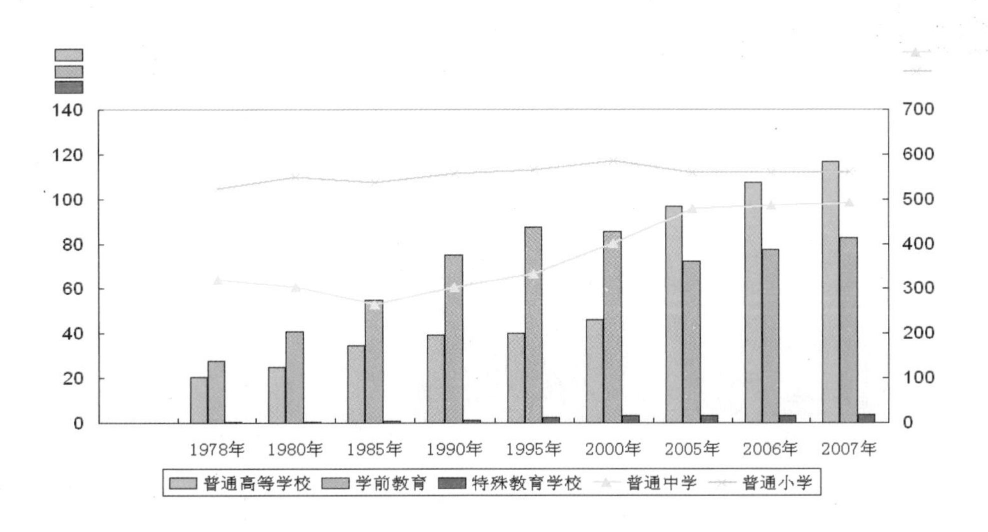

各级各类学校专任教师数(万人)

二、中国教育体制改革时期

中国的教育体制改革始于1985年，此年颁布的《中共中央关于教育体制改革的决定》(简称《决定》)是新时期教育的真正开始，主导方针是“教育必须为社会主义建设服务，社会主义建设必须依靠教育”。这对1958年提出并一直奉行的“教育为无产阶级政治服务”是一个否定，显示出巨大的历史进步意义。

□(上)1987年，宁夏西海固乡村小学。这所学校穷得连椅子也没有，小学生们只能站着上课

□(下)1993年11月，河南洛阳新安县石井乡小学。学生们紧挨着站在一起。花儿需要阳光，天气太冷了，他们也需要阳光

□ 1999 年，河南伊川县宋寨村。一位小学教师在家中为孩子们上早自习课。在乡村，像这样的教学方式是常见的，因为这样老师可以抽空做些家务

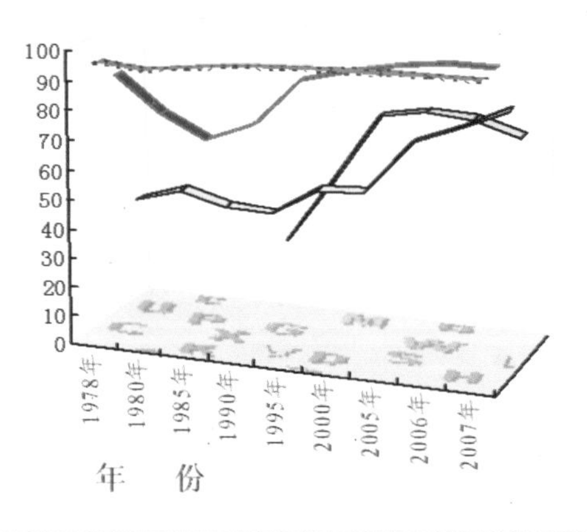

■ 学龄儿童净入学率(%) ■ 小学升初中(%) □ 初中升高级中学(%) □ 高中升高等教育(%)

入学率和升学率

《决定》对后来影响较大的改革内容包括：实施九年义务教育制度；将发展基础教育的权力下放给地方，以调动地方积极性；调整中等教育结构、大力发展职业技术教育；扩大高校办学自主权。而在经费保障方面，强调两个增长，即中央与地方教育拨款应与经济增长同步，地方可征收教育附加费，以增加义务教育资金来源。可惜的是，1989年政治风波中断了教育改革的进程，100余所试行校长负责制的高校陆续恢复了原有体制。

□（左）1990年，星星雨儿童孤独症康复中心创办人田惠平和孤独症患儿

□（右）孩子们坐在希望小学宽敞明亮的教室里

三、中国教育"大发展"时期

著名教育专家杨东平教授认为,20世纪90年代以来的中国教育有两大特征:一是发展大于改革,追求教育发展规模、数量与速度,呈现跨越式发展;二是教育走上了产业化之路。

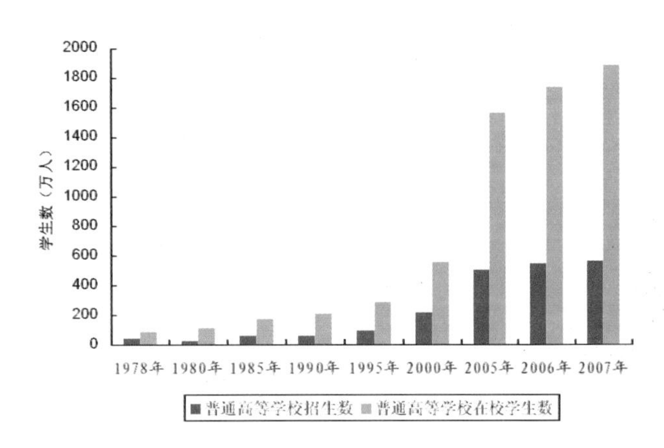

普通高等学校招生数与在校学生数

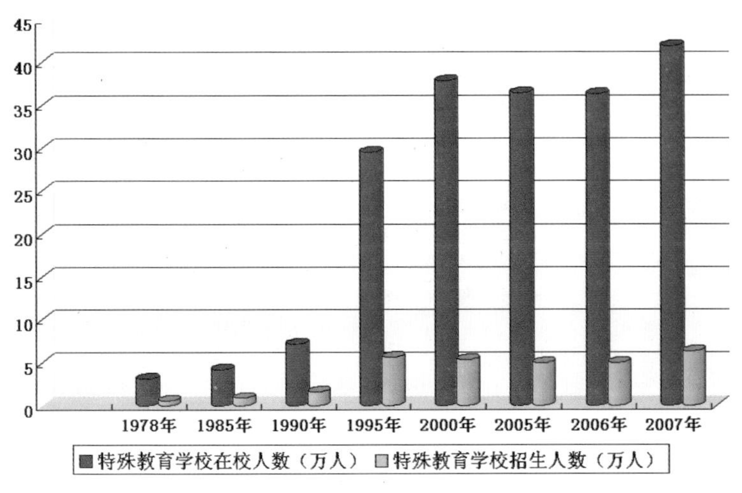

特殊学校在校学生数与招生数（万人）

1992年国务院颁发的《关于加快发展第三产业的决定》将教育定性为第三产业，成为生产力的一部分，教育产业化因此成立。1994年北京大学推倒南墙、经商开店是一个标志性事件，在举国经商大潮中，高校也被无情地卷入。这一时期教育政策有了多方面改变，例如农村义务教育实行多渠道集资办学、高等院校合并与院校

□ 河北廊坊东方大学城。2004年6月6日，廊坊市政府有关负责人宣布，因拖欠22亿元外债而引起广泛关注的河北廊坊东方大学城发生股权变更

调整、高校大规模扩招并实行收费制度、中小学校可改制成民办，还有就是名校办民校和高收费合法化，以及学校后勤社会化、高速扩建大学城等等，这些政策与措施使政府财政压力得以缓解，也使高等教育与名校资源得到充分利用，通过经济手段使许多人获得受教育的机会，但另一方面它又出现了新的问题，诸如教育为追求经济利益而忽视教育的本质与道德精神，使民生问题更加突出。而学生负担加重、学校应试化而忽略素质教育，成为公众诟病的大问题几乎不可求解。

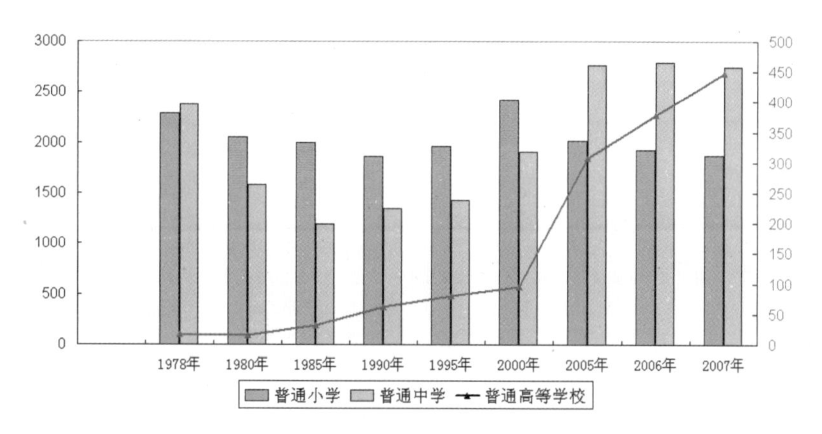

普通中小学校、高等学校毕业生数(万人)

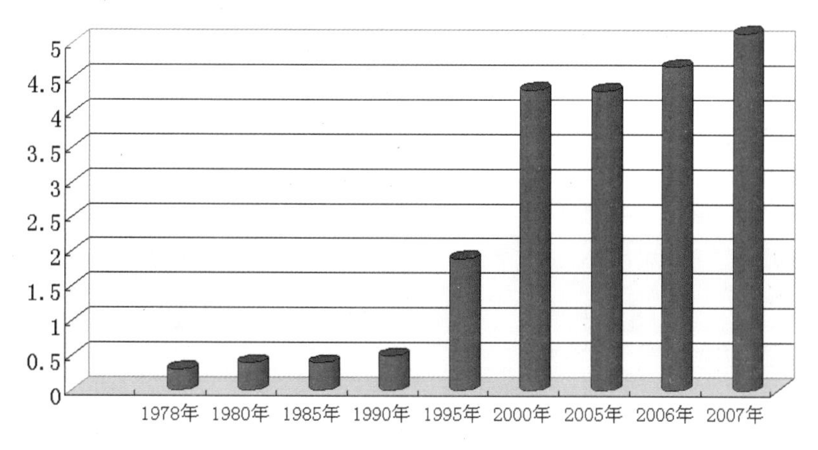

特殊教育学校毕业生数（万人）

四、科学地发展中国教育

科学发展观的提出与和谐社会的目标，使社会各界对教育产业化一片质疑，教育部也开始反思并批评教育产业化，2006年10月《中共中央关于构建社会主义和谐社会若干重大问题的决定》，郑重提出"坚持教育优先发展，促进教育公平"的方针，使教育宏观政策发生改变，农村实施了义务教育免费，促进义务教育均衡发展，整顿改制学校的政策，控制高校发展规模，重在提高教育质量，这些政策务实而追求社会公正性，可谓正本清源，让教育回归到教育本质，即教育是发展人、培养人，而不是发展产业、增加经济效益。

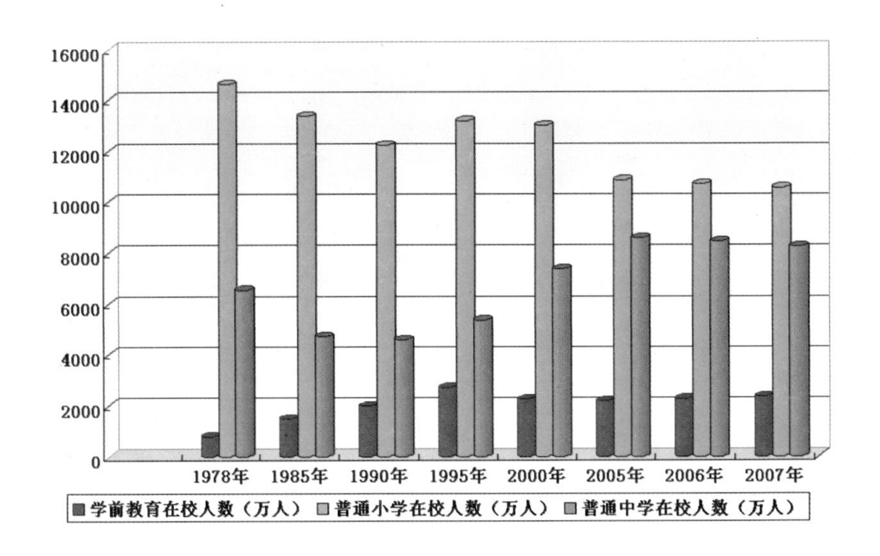

学前教育、普通中、小学在校学生数

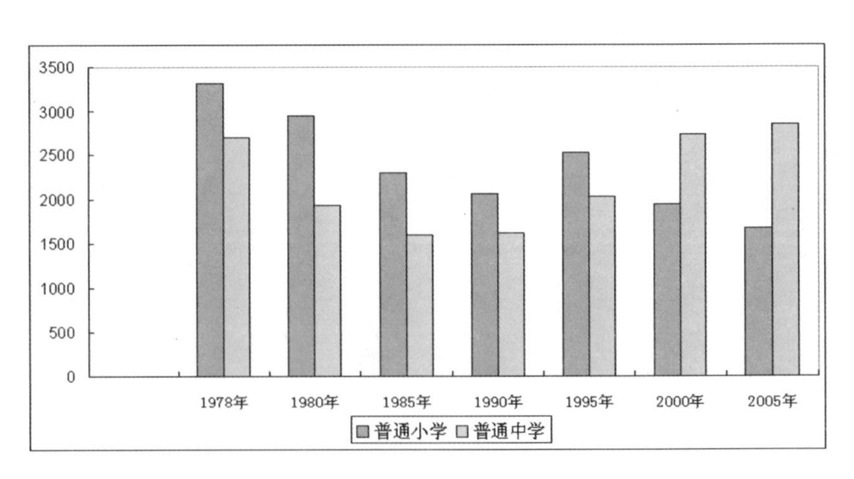

普通中、小学校招生数（万人）

2006年6月，全国人大通过了新修订的《义务教育法》，确立了各级政府分担义务教育经费的机制，以及促进义务教育均衡发展的方针，以法律形式展开了对应试教育与产业化教育的清理。2007年5月，国务院发布文件，建立对各类中高等院校贫困学生的资助政策体系，教育公平迈上新台阶。还有师范生免费教育、控制高等教育发展规模，使教育的人文精神得以回归。

□(上)在多方资助下，国家级贫困县山东冠县一中发生了可喜变化。图为师生们在多媒体教室里利用远程教育网络上课

□(中)2008年1月18日，山东邹平好生镇中心小学200余名学生领到新课本。遵照国家相关政策，山东在农村中小学建立免费教科书循环使用制度，学期结束时学生要把课本归还学校，供下一届学生使用

□(下)2008年9月18日，第10届中国科协年会科普主题广场活动暨"全国科普日"活动在郑州市绿城广场举行，小学生自制的机器人表演吸引了不少观众

2008年7月30日，国务院总理温家宝主持召开国务院常务会议，会议决定，从2008年秋季学期开始，在全国范围内全部免除城市义务教育阶段学生学杂费。对享受城市居民最低生活保障政策家庭的义务教育阶段学生，继续免费提供教科书，对家庭经济困难的寄宿学生补助生活费。这意味着，我国的义务教育，从这年秋起将成为名副其实的“义务”教育。

□(右)随着改革开放深入，外国教育机构不断扩大对华招生。图为中国家长和学生在咨询赴海外留学的相关事项。改革开放使广大青少年到海外求学成为比较简单的事情

□(右页)改革开放吸引了许多对中国以及中国文化感兴趣的外国青年来中国学习。图为汕头大学校园内的外国留学生

五、中国教育的成绩与问题

改革开放以来中国教育发展有目共睹,2000年我国已宣布基本普及九年义务制教育,到2006年,全国96%的县实现“两基”验收,小学学龄儿童净入学率达到99.27%,初中为100%,高中(包括各类职业、成人中专教育)75.7%。

中国教育部提供的数据显示,在恢复高考的30年间,大中专学校共录取了3600万人,高校录取率从1997年的4.7%上升到2006年的56.85%。中国自1999年起实施了大规模的高校扩招,1998年全国普通高校招生108万人, 到2002年全国高校计划招生已达321万人,增幅高达197.2%。2007年,全国计划招生566万人,高考报考人数首次突破千万。

教育领域的问题也同时存在,应试教育得不到根本扭转,教育行政化导致教育创新不足,教育资源分配严重不平衡、不公平,教育投入长期不足,民办教育举步维艰,贫困地区生源流失严重、教师待遇低等等,这些都亟需通过教育体制深化改革等措施来逐步解决。教育关系着国家民族的未来,它是一个国家的素质之本、人文之本,也是发展之本。

□北京师范大学珠海分校是在一片荒地上建成的新型大学,其“教师主导制、国际化”等新举措和“建成思想的圣殿、世界一流大学”的办学目标为社会广泛瞩目。图为该校2008年新学年开学新生报到时的热闹场面

第十四章

“第一生产力”的威力

科技

1978年，中国人迎来了科学的春天。

“日出江花红胜火，春来江水绿如蓝”。这是时任中国科学院院长的郭沫若，在1978年全国科学大会开幕式上发表著名讲话《科学的春天》中所引用的白居易的诗句。千古名篇佳句，在这样一个历史时刻却发出警世洪钟一样的声音，它荡去了人们心头的阴霾，揭示一个属于科学的时代的到来。“科学技术是第一生产力”也一时成为那个时代的最强音。重倡科学，就是尊重科学探索，尊重科学精神，也是尊重科学工作者。

□（上）对我国基础科学作出重大贡献的科学家华罗庚、陈景润、杨乐、张广厚

□（下）1978年3月18日至31日，中共中央、国务院在北京隆重召开了全国科学大会

中国科技30年，是学习西方先进科技的30年，也是追赶西方发达国家的30年，每年春天里，中国科技人都会纪念“科技之春”，但主题词之下，中国科学实力与竞争力在悄然发生着巨大的改变，中国科技体制在变，中国的科技计划与发展模式也在变，这些变化不但要跟上国际形势，还要面对中国科技与经济发展现实。

□（左）广东省茂名市高州“三高”农业吸引了国内外水果专家前来考察。图为各国水果栽培专家在高州龙眼基地做调查研究

□（右）袁隆平院士在芜湖县六郎镇东八村示范区考察。袁隆平是我国杂交水稻研究创始人，被誉为“杂交水稻之父”，先后获得“国家特等发明奖”、“首届最高科学技术奖”等多项国内奖项和联合国“科学奖”、“沃尔夫奖”、“世界粮食奖”等11项国际大奖。1991年受聘联合国粮农组织国际首席顾问

30年前，邓小平同志在《尊重知识，尊重人才》中指出："同发达国家相比，我们的科学技术整整落后了20年。"30年后的今天，我国工程科技的总体水平与世界先进水平的差距，已经缩小到10年左右，个别重要领域已经跻身国际先进水平。以航天为例，从1979年远程火箭发射成功，到2003年"神舟五号"升天，首次载人航天飞行成功，再到2005年神舟六号载人航天卫星顺利返回，中国一跃成为航天科技强国。2007年10月，我国首颗探月卫星"嫦娥一号"发射升空，中国人的奔月之梦成为现实。

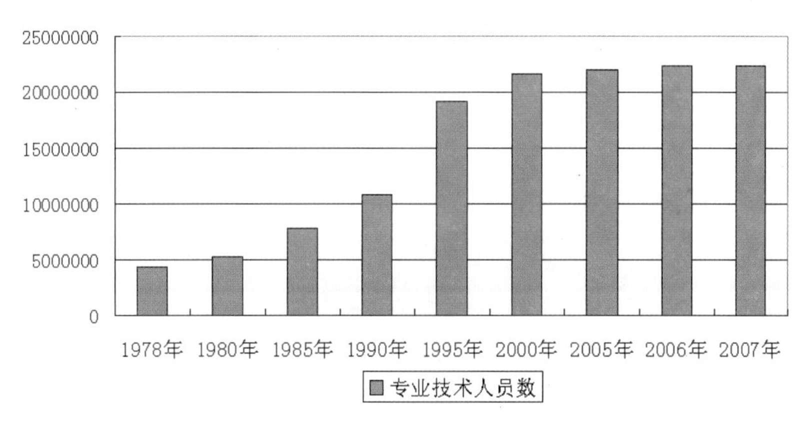

专业技术人员数（人）

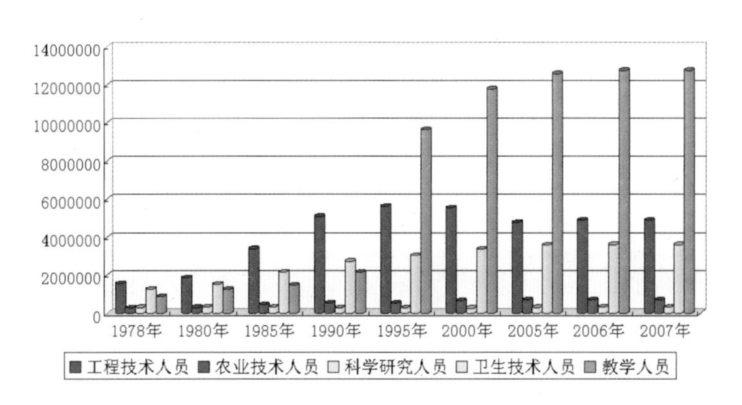

国有企业事业单位专业技术人员数
（年底数　单位：个）

□（左）2001年8月8日，在陕西杨凌中国克隆动物基地，世界首批体细胞克隆青山羊“阳阳”终于顺利产下一对“龙凤胎”——“欢欢”和“庆庆”。双胞胎的父亲系世界首批胚胎克隆安哥拉山羊“帅哥”。它们的诞生，证明了体细胞克隆羊、胚胎克隆羊具有与普通羊一样的生殖繁衍功能。这在世界尚属首例

□（右）太空龙果三号黄瓜，曾由神舟四号飞船搭载进入太空。该品种单果重200克左右，瓜皮绿色，有刺；果实脆甜，前期产量较原种高18%

科技是第一生产力，科技投入在一定意义上决定科技“产出”。我们通过政府对科技的投入也可以看到中国科技发展的足迹：1949年，中国政府的财政科技拨款为5600万元人民币，1960年科技投入增加到38.81亿元人民币。1978年以后，中国政府对科技的投入开始大幅度增加，财政科技拨款从1978年的52.89亿元人民币，迅速增加到1985年的102.59亿元人民币，1995年则达到302.36亿元人民币，2006年更增加到1688.5亿元人民币。

政府先后批准建立了53个国家高新技术产业开发区，可以说是占领中国经济版图，使科技在不同的地区、不同的领域获得经济政策与地方政府的支持。而后来随之制定的星火计划、863计划、火炬计划、攀登计划、重大项目攻关计划、重点成果推广计划等一系列重要计划，还有中国自然科学基金制度，则通过中央政策来具体扶持与促进科技的发展，并向社会经济领域转化。

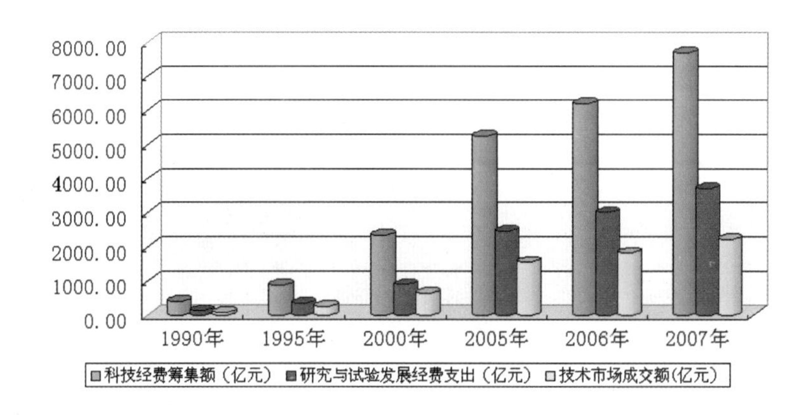

科技经费筹集、支出与技术市场成交额

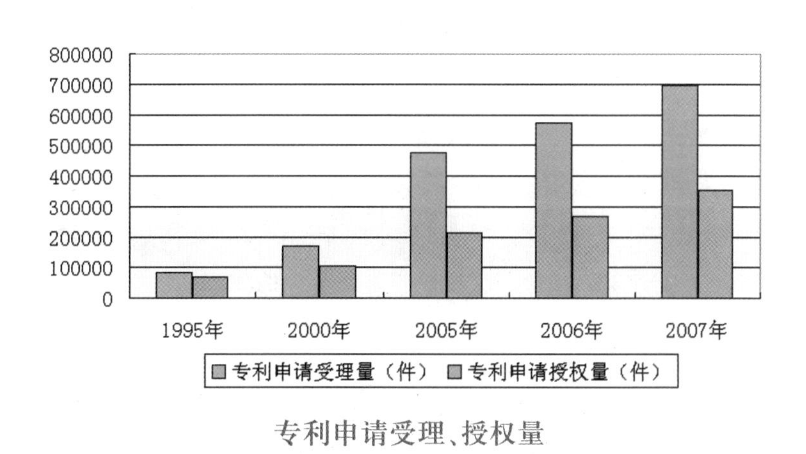

专利申请受理、授权量

在1995年5月召开的全国科学技术大会上，中共中央正式提出"科教兴国"战略。这是中国科技事业发展进程中又一里程碑事件。1997年，中国政府批准了中国科学院关于建设国家创新体系的方案，投资实施知识创新工程。1998年6月，中国成立国家科技教育领导小组，表明中国从更高的层次上加强对科技工作的宏观指导和整体协调。1999年8月，中国政府召开全国技术创新大会，提出要努力在科技进步与创新上取得突破性进展。

在国家的有效投入推动下，成绩骄人。建成了正负电子对撞机等重大科学工程，秦山核电站并网发电成功，银河系列巨型计算机相继研制成功，长征系列火箭在技术性能和可靠性方面达到国际先进水平。中国科学家完成了人类基因组计划的1%基因绘制图，在世界上首次构建成功水稻基因组物理全图；当今世界最大的水利枢纽工程——长江三峡水利枢纽工程许多指标都突破了世界水利工程的纪录；中国在国际上首次定位和克隆了神经性高频耳聋基因、乳光牙本质Ⅱ型、汉孔角化症等遗传病的致病基因；量子信息领域避错码被国际公认为量子信息领域“最令人激动的成果”；神舟五号载人飞船发射成功并顺利返回等等。

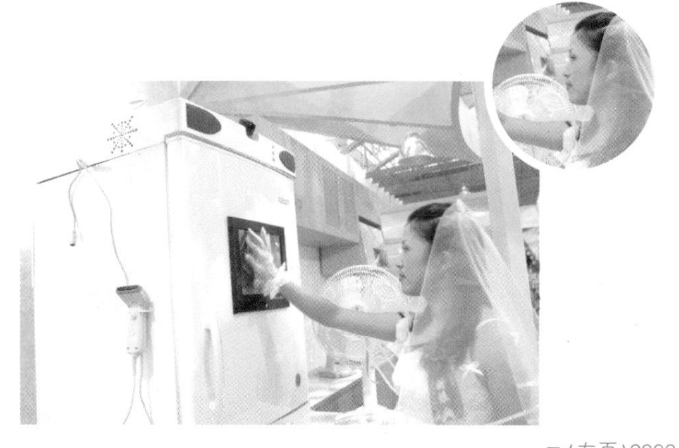

□(左页)2003年12月。夜。北京中关村灯光闪烁，传统老北京四合院、西方圣诞树、豪华商务大厦、IT科技的“e”标志相映生辉，勾勒出现代化新北京多元文化相互融合的盛景

□(上)在深圳第3届中国国际高新技术成果交易会上，展示了一批家用智能电器

政府提倡“经济建设必须依靠科学技术，科学技术工作必须面向经济建设”，政府科技机构、产业研究部门以及高等院校之间分工明确、良性互动的新型科技体制逐步形成。科技发展资金来源越来越广，以中央财政、银行贷款、企业投资为基础，又在中国当前经济市场背景下，风险投资、创业投资以及出台在即的创业板，都为我国科学技术更快更好地发展奠定了良好基础。这意味着中国的科技产业从单一依靠政府财政支出转变成为多元化的发展模式。

□(左)工作人员演示梦兰龙芯笔记本电脑

□(右页)2000年，北京。命名为“曙光—2000”的中国分布式大规模并行计算机系统

1991年企业投入的科技创新资金只有122亿元人民币，2000年急增至1296亿元人民币，2002年又增至1677亿元人民币，比1991年增加了12倍以上。随着企业经济实力的增强，其科技投入的增长速度也大大加快。1992年，企业的科技投入已经超过了政府资金。之后，它所占的份额越来越高。2002年，企业资金占全国科技经费投入的份额已达到57.07%(政府资金占26.4%)，企业投入成为科技经费投资的主体。

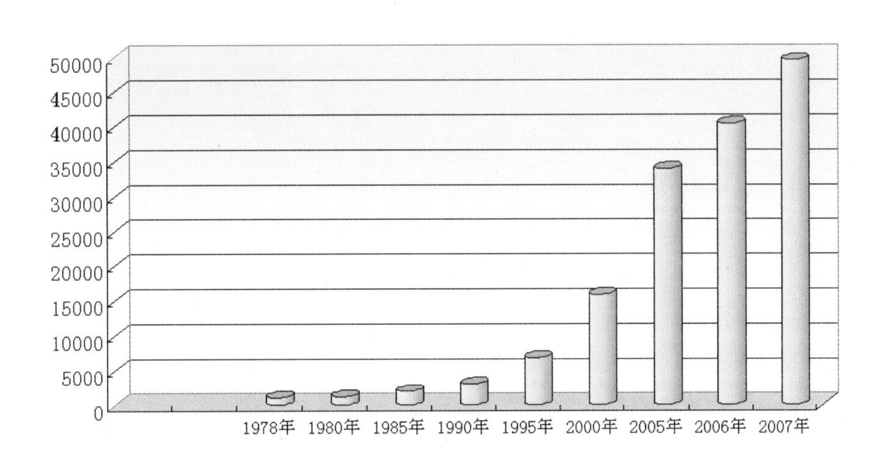

国家财政用于科学研究的支出（亿元）

“科技之春”活动的普及，不仅吸引了国内外资本对我国科技企业越来越浓厚的投资兴趣，也吸引了大批优秀科技工作人员直接下海进入到生产经营的第一线。他们用他们的智慧为我国科技产业的发展打开了一条崭新的通道，铸就了中国科技的另外一支重要力量——民营科技企业。中关村是我国第一个国家级高新技术产业开发区。1980年10月23日，中科院物理所研究员陈春先在中关村创办第一个民办科技机构——“等离子学会先进技术发展服务部”。经过几年发展，逐渐形成了以开发、经营电子产品的民营科技企业群体为主体的“中关村电子一条街”。1988年初，政府肯定了中关村高技术企业的方向，并提出了兴办中关村新技术开发试验区的建议。以中关村为龙头的新型科技产业模式正在辐射全国，到2002年底，中国民营科技企业总数为10.9万家，资产总额达到32910亿元人民币。在企业的研究开发投入中，民营科技企业占61.1%，占全国研究开发总投入的42.3%。

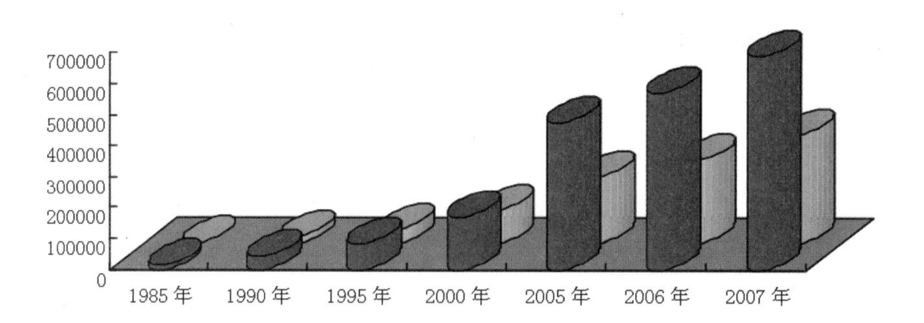

三种专利受理和授权量

20世纪90年代以来,我国电子信息技术及产业取得了突飞猛进的发展,总规模位居世界第二,程控交换机、微机、显示器、手机、彩电等重要产品的产量居世界第一,自主开发的TD-SCDMA移动通信技术已经成为国际三大技术标准之一,产业链也已基本形成,近年来相继成功开发出性能达到奔腾4水平的"龙芯"高端通用CPU和运算速度为每秒10万亿次的商品化"曙光"巨型计算机,向信息技术的核心领域发起冲击,在技术上已显著缩短了与国际先进水平的差距。

□神舟七号载人飞船发射成功,宇航员完成太空行走任务,标志着中国的航天事业取得新进展。此为中国宇航员舱外行走示意图

我国是一个人口大国，也是一个农业大国，农业科技长期以来主要依靠自主研究开发，已成功培育出以杂交水稻为代表的6000多个动植物新品种和新组合，取得了养殖、栽培和病虫害综合防治技术的一系列重大成果，保障了我国利用全球9%的耕地养活和养好了世界上22%的人口。袁隆平院士在杂交水稻研究方面功勋卓著，受到社会普遍尊敬。

□承载神舟七号载人飞船的火箭升空

第十五章

生生不息的精神河流

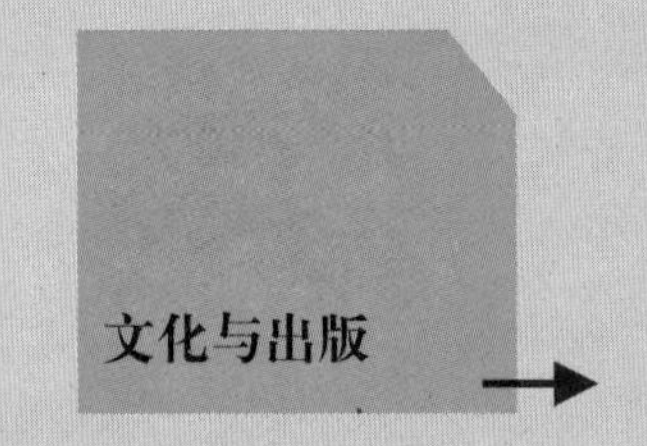
文化与出版

一、文化事业

文化体制改革的过程也是摸着石头过河，从1979年提出“调整事业，改革体制”，1983年推行“承包制”改革，1988年探索国办艺术院团与民办艺术院团“双轨制”，到1994年实施艺术院团布局结构调整和考评聘任制改革，都在致力于激活艺术市场，促进文化繁荣，在一定程度上使文化事业获得了较大发展。

□（左）“文革”时期，中国文艺被“一本小说八个样板戏”统领。图为20世纪70年代初山西农村某公社的社员们在观看样板戏《智取威虎山》

□（右）1990年，河南某县剧团的演员们演出之后回到住地。和此时全国各县的剧团一样，他们送戏下乡的生活是艰苦的

2003年开展的文化体制改革试点工作为改革向面上逐步推开提供了典型示范，奠定了工作基础。2006年进一步向面上扩大，向纵深拓展，文化体制改革进入一个新的阶段。文化系统紧紧围绕加强公共文化服务、培育文化市场主体、发展文化产业、完善市场体系、改善宏观管理、转变政府职能等重点环节，大力推进文化体制改革。一批艺术院团通过转企改制，焕发出生机和活力。北京儿童艺术剧院转企改制4年来实现了多项重大突破：演出场次从改制前每年100多场提高到400多场，演出收入由每年不足80万元上升到逾5000万元。

改革开放30年间，国家对文化事业投入明显加大，文化事业费从1978年的4.4亿元增加到2007年的198.7亿元，人均文化事业费从0.46元增加到15.04元。文化基建投资1985年为6.45亿元，2007年增加到40亿元。公共文化服务体系建设初见成效。我国的公共图书馆从1978年的 1218 个增加到 2007 年的 2799 个，公共图书馆的总藏量从1979年的18353万册（件），增加到2007年的52053万册（件）。文化馆、文化站等公共文化机构不断加强，服务能力和水平不断提高，“十五”末期基本实现了县县有图书馆、文化馆的目标。城乡六级公共文化服务网络基本建立，公共文化服务体系进一步健全。全国文化信息资源共享工程、送书下乡、流动舞台车等重大文化项目的实施，全面提升了公共文化服务能力。

□（上）1990 年，四川成都。在纪念毛泽东诞辰 97 周年的活动中，几位老人化妆成红军表演节目

□（左页左）1983 年，河北青县。看梆子戏的群众

□（左页右）1992 年，河南太康乡村。一位说书的民间艺人吸引了不少观众

十五届五中全会将“文化产业”列入中央文件之后，文化产业加速发展，众多省市文化产业发展速度连续几年保持两位数增长，北京、上海、广东等省市文化产业占GDP比重已经超过5%，逐渐成为国民经济的支柱产业之一。

文化是一个国家的形象名片，文化交流促进国家软实力向外拓展。我国在世界78个国家设有89个使领馆文化处(组)，与145个国家签订了政府间文化合作协定和近800个年度文化交流执行计划。已在海外设立文化中心7个，文化交流重要阵地建设取得突破性进展。随着“中国文化美国行”、“中俄文化年”、“中法文化年”、“中华文化非洲行”、“中日文化体育交流年”、“中韩交流年”等国际文化活动的开展，我国对外文化交流活动逐渐为世界瞩目。

□(上)1990年2月，西双版纳勐海县布朗族村。村民们第一次看到电视，也是第一次从电视中看到香港武侠片。虽然听不懂片中语言，但精彩的打斗场面居然吸引着屋外100余人冒雨站立了两个多小时

□(中)1983年，当时收看电视节目每家都要在户外竖一根天线。这是广东东莞某村为了收看香港电视竖起的“鱼骨天线”

□(下)如今，香港的电视制作深入到内地来了。图为香港凤凰卫视“一虎一席谈”北京拍摄现场

历史文化遗产保护成绩显著。中国艺术研究院成立了国家文化遗产保护中心，对文化遗产保护从理论研究到具体实施都上了新台阶。国家设立了"文化遗产日"，清明、端午、中秋三大传统节日成为国家法定假日，诸项国家文化遗产也得到联合国认定，成为世界文化遗产。

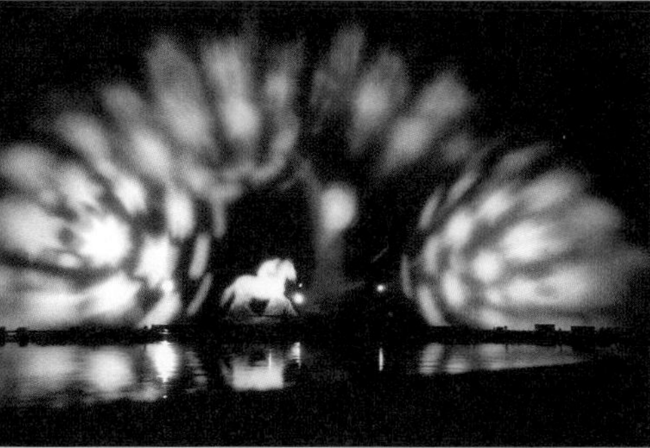

□（上左）1985 年，陕西。群众抢购电影票。那时在中小城市生活过的人们恐怕都有这种经历

□（上右）浙江温岭市邮政局开展"邮政走进打工者群体，送电影下乡活动"，打工者在太平街道三星桥村的马路边免费观看露天电影

□（下左）今天，方便舒适的高品质影院随处可见。图为上海一家现代化影院

□（下右）南京。正在放映的露天水幕激光电影

二、出版事业

1978年12月21日，国务院批转了国家出版局、教育部等7个部门《关于加强少儿读物出版工作的报告》，对少儿出版，对整个出版界的思想解放，出版品种的不断丰富，出版质量稳步提高，都起到极大的推动作用。

1979年12月，在长沙举行的全国出版工作座谈会，认为地方出版社应从出版的"地方化、群众化、通俗化"调整为"立足本地，面向全国"，极大调动了地方出版社的积极性，也使他们获得了更大的出版空间与市场空间。

1983年6月，中共中央发出《关于加强出版工作的决定》，明确规定：出版工作要在统一领导下，发挥中央和地方出版部门的积极性；废除"以阶级斗争为纲"的提法，出版方针不再提"为政治服务"，改为"为人民服务，为社会主义服务"。

□（左）2003年12月12日，在大型摄影展览"中国人本——纪实在当代"开幕式上，不少民工手里都拿着相机。普通相机这时已是寻常物件

□（右）1982年，广东蕉岭县。毛里求斯华侨徐长人先生回乡探亲时带来一部傻瓜相机，山村的农民们兴致勃勃地相互拍照。当时相机是稀有的奢侈品

□(上)1988年12月27日，北京举办"油画人体艺术大展"。人们冒着严寒排队买票，其中不少人是从外地专程赶来的

□(中)2000年12月，陕西西安举办人体摄影展。这位参观者面对作品惊诧不已

□(下)改革开放后，人体写生成为美院教学的正常课程

□(右页)今天人们对人体摄影不像过去那样少见多怪了。图为摄影师在自然环境中拍摄人体作品

从1987年开始举办的北京图书订货会与每年换一个举办地的全国书市(现为全国图书交易博览会)、北京国际图书博览会并称中国出版业年度三大盛会。三大图书盛会持续至今仍然办得红火，说明它的旺盛的生命力与强大的市场价值。

1988年5月，中宣部和新闻出版署出台《关于当前出版社改革的若干意见》及《关于当前图书发行体制改革的若干意见》，前者指出，“在发展社会主义有计划的商品经济条件下，出版社必须由生产型向生产经营型转变”，“出版社既是图书出版者，又是图书经营者”。这个意见对出版业具有划时代意义：在出版方面，扩大了出版社自主权，选题自主，允许自办发行，改革图书定价机制等；在发行方面，实行一主(以新华书店为主)、三多(多流通渠道、多经济成分、多种购销形式)，出版业改革日益符合文化市场发展规律。

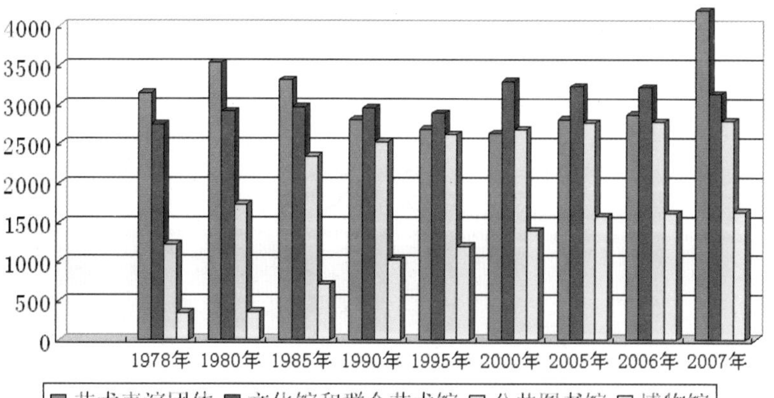

文化、文物单位数（单位：个）

接着，1992年以后发行业的零售向民营资本开放、组建出版发行集团，在性质不变的条件下，吸引社会资金，共同谋求发展。2006年总署出台的《关于深化出版发行体制改革工作实施方案》，明确提出鼓励出版集团公司和发行集团公司相互持股，进行跨地区、跨部门、跨行业并购、重组，鼓励非公有资本以多种形式进入政策许可的领域，同年10月，上海新华传媒股份有限公司"借壳上市"，这是我国首家出版发行企业上市公司。接着，四川新华文轩连锁股份有限公司在香港联合交易所主板挂牌上市，辽宁出版传媒股份有限公司登陆上海证券交易所，是国内首家编辑业务和经营业务整体上市的文化国企，成为中国出版传媒第一股。

中国出版业在改革开放的30年里成就卓著，从1978年到2006年，我国的出版社从105个发展到573个，增加4.5倍；报纸从186种增加到1938种，增加9.6倍；期刊从930种增加到9468种，增加9.2倍；图书产品从1.5万种增加到23万种，增加14.5倍；印数从37亿册增加到64亿册，增加0.73倍。

□（上）1980年，江苏乡村。赶早集的女孩抽空拿出书来读

□（下）在2008年第14届国际图书博览会上，外国同行来江西展台洽谈版权贸易

□（左页）1991年，广州举行第4届全国书市。人们争先恐后地入场

出版体制也发生了根本性的变化：出版方面23个集团已经或正在变成企业集团公司，100多家图书出版社改制到位，上千种经营性报刊转企改制，40多家报业集团实现企事分开，面向市场经营。29个省、自治区、直辖市的新华书店系统完成了转企改制，有些已经完成了股份制改造。出版物全国连锁经营企业已达29家，23个省级新华书店实现了省内或跨省连锁经营；全国建成 10 万平方米

□ 湖北恩施，电子图书阅览室。土家族姑娘在浏览相关信息

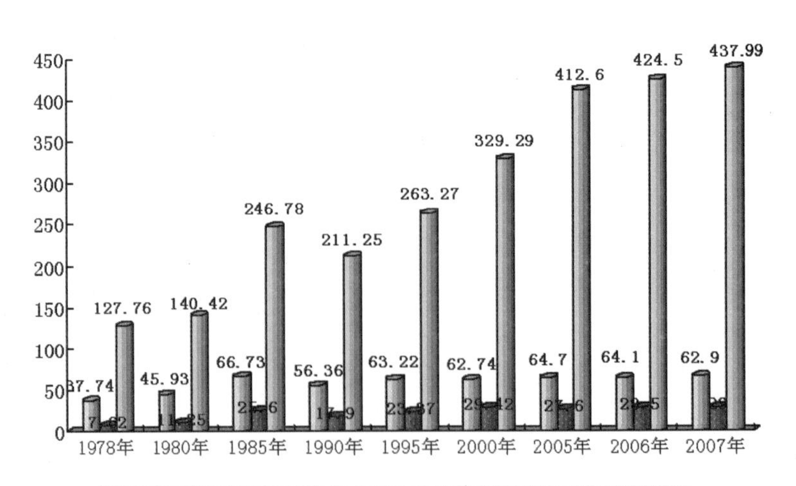

图书、杂志和报纸总印量

□（上）国家图书馆是仅次于美国和法国的世界第三大国家图书馆。在这里，读者可以浏览60万册开架图书，享受自助借还书、电子图书随身阅读、网络互动咨询等高效便捷的服务。图为国家图书馆的管理人员在查看书架摆放情况

□（下）国家投入巨资加强文化建设，许多博物馆免费开放。图为人们排队参观上海博物馆

以上图书物流中心5个，年赢利水平千万元以上的10个；全国性民营连锁经营企业8家，民营发行网点达10万个，中外合资、合作或外商投资书报刊发行企业40多家；一批网络发行企业快速成长；出版传媒业上市公司9家，市值2000多亿，净融资达180多亿。

2005年以来,数字出版成为新的经济增长点,市场上流通的电子书有30多万种。2002年,我国数字出版产业整体规模只有15.9亿元,到2006年已经达到了200亿元,5年间产值增长超过了10倍,它的市场前景不可估量。

狮子舞

第十六章

民族精神风貌的展示

体育

改革开放的30年，中国体育日新月异，可以说是在用国家意志与力量，来发展体育事业，要使世界重新认识中华民族的内在精神与品格。从1984年中国实现奥运会金牌零的突破，到2000年悉尼奥运会中国代表团取得了金牌榜和奖牌榜名列第三的佳绩，再到2004年雅典奥运会中国代表团位列金牌榜第二位，每一次刷新纪录都使世界瞩目，都为国家体育史留下一座里程碑。更令人振奋的是2008年，奥林匹克运动会在北京举办，通过这次体育盛事，向世界全面展示了东方古国的人文风貌。

□ 1980 年，云南楚雄。人们在围观两个人扳手腕

□ 1986 年春节，陕西凤翔县。60 岁的农民荡起秋千，身轻如燕

第一阶段　1978年—1984年

中国改革开放之初，需要的不仅仅是体育，而是通过体育重振民族精、气、神，通过体育向世界展示中国人民新的精神面貌，以此重塑中国的国际形象，并鼓舞国民的自信，为改革开放创造昂扬向上的精神氛围，所以体育成为国家的事情，也成为政治任务。女排精神是上世纪80年代我国人民精神风貌的象征。

□（上左）1981年，北京朝阳门小街。练足球的父子和围观的市民

□（上右）1999年，山东青岛10号大院。两个男孩在土制乒乓球台前玩得正欢

□（下）1976年，陕西西安。民生百货大楼职工在做工间操。20世纪50年代至"文革"期间，工间操在政府机关、厂矿企业十分普及，现在已很少见

在1978年的全国体育工作会议上，我国就已经拟定出“8年内大部分运动项目的成绩接近和达到世界先进水平”、“本世纪内拥有世界第一流的体育队伍、世界第一流的运动技术水平，成为世界上体育最发达的国家之一”的目标，体育运动被视为为国争光的伟大政治任务。1979年，中国奥林匹克委员会在国际奥委会的合法席位得到恢复。

□ 广东梅州号称“足球之乡”，出过不少足球名将，球迷看球也很有风度，既热情洋溢又秩序井然

调整思路、完善后备队伍、紧盯国际水准、保障物质供应，效果很快显现：1981年，中国女排在第3届世界杯中获得冠军，“女排精神”成为80年代的精神象征，这种精神确实激励了一代人，它使中国人看到了某种希望，中国人通过世界性的比赛来证明自己的毅力与不屈的精神意志，女排精神燃起了中国人“必胜”的雄心。

□（左）1988年，陕西西安举行老年人门球大赛。门球是从外国引进的休闲球类运动项目。在我国离、退休人员中这项活动较为普及

□（右）1989年，北京。踢花毽的市民

□ 1989 年 1 月，甘肃文县农家院子里的桌球

1982年，中国选手在第9届亚运会上赢得金质奖章第一，中国体育从此成为亚洲强国。1984年奥运会，中国队获金牌总数第四。1983年9月，在上海举办的第5届全国运动会上，有两人 3 次破两项世界纪录，影响最大的是跳高选手朱建华，他在预赛和决赛中两次刷新世界纪录。

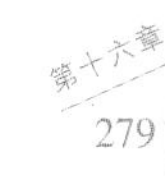

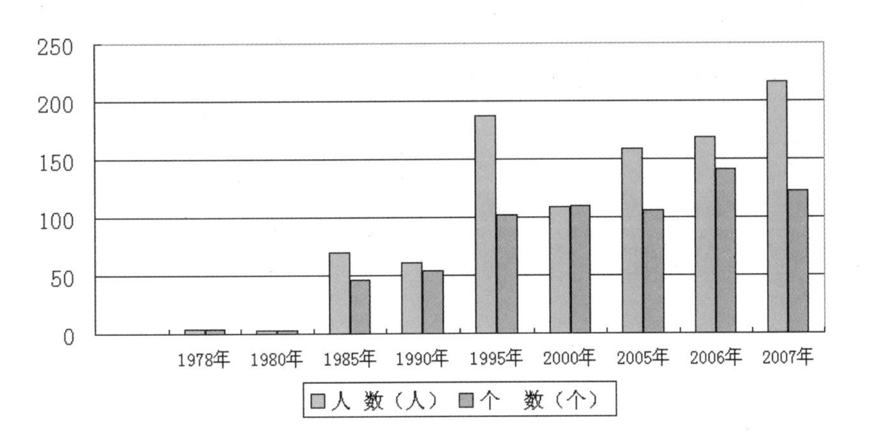

中国运动员获世界冠军个数与人数

第二阶段 1984年—1990年

这是中国体育的第二个时期,一方面中国体育在世界竞技运动中一路高歌,成为中国经济崛起前的精神象征;另一方面中国足球总在临门一脚与最后的3分钟无法坚挺,无法冲出亚洲走向世界,使国人痛心不已,更为重要的,是文化新闻界对中国体育人文精神滞后的反思与诟病,体育不再像80年代初那样具有特殊的政治使命,人们开始将体育还原到体育本身,让它承担社会责任而非政治任务。

2004年是中国体育运动史上值得大书特书的一年,自从许海峰实现中国奥运金牌零的突破后,中国军团屡建奇功。巾帼英雄吴小旋成为我国第一位女子奥运冠军,江苏姑娘栾菊杰连闯三关杀出重围,成为第一个获得女子花剑冠军的亚洲人。

1999年,谭氏健身所。72岁的杨慧仪女士和弟子合影。杨慧仪女士是健身教练,她主持的谭氏健身所创办于1948年,创始人是她的先生谭文虎

体操王子李宁一人独得男子自由体操、鞍马和吊环3块金牌，是中国第一个在奥运会上一人夺得3枚金牌的选手，成为本届奥运会夺得奖牌最多的运动员。“体操王子”征服了世界，他被西方媒体誉为“力量之塔”和“令人倾倒的小巨人”。第一次全面出征奥运会的中国，金牌总数位居第四。从此，中国人开始迈向世界奥运的荣誉之巅，有了自己崇高的一席之地。

中国体育在1984年和1988年两届奥运会中，成绩显著，女排五连冠、汉城亚运金牌再居榜首、李琰夺得第15届冬奥会表演项目金牌，可谓一路风光。当金牌数直线上升的时候，体育人文精神却日益淡漠，为金牌而金牌的体育体制弊端重重，1986年4月15日国家体委下发了《关于体育体制改革的决定（草案）》，其中最核心的是改善领导与管理体制，实现由国家包办体育到国家办与社会办相结合的转变。这一课题至今仍然困扰着中国体育事业。

□1984年，北京。奥运冠军李宁、马燕红和许海峰在接受表彰

1989年8月29日，中国奥委会主席、国际奥委会执委何振梁在第95届国际奥委会大会上，当选为副主席。何振梁成为当选为国际奥委会副主席的第一位亚洲人。在何振梁的背后，是一个国家体育实力与综合国力的强力支撑。

这一时期，随之而来的是中国文坛一批报告文学对竞技体育的猛烈批评。文化文学界反思的主要方面是：竞技体育与群众体育、爱国主义与狭隘民族意识、运动员和教练员文化水平低等，这些问题尖锐而直接，但它仍然停留在人文讨论层面，并没有真正触及中国体育运动的国家模式，国家意志仍然在发挥着巨大作用。

□ 2001年7月13日中国申奥成功，举国欢腾。图为上海市民欢庆申奥成功的情景

第三阶段　1990年—2004年

这一时期中国体育继续创造着自己的神话，有里程碑意义的首推亚运会在北京成功举办，它奠定了中国在亚洲体育运动中的重要地位，也为日后中国申办奥运会打下了基础。奥运会经历第一次申办失败之后，经过不懈努力，终于获得了2008年奥运会主办权，这无疑是中国体育史或文明史上最具华彩的篇章，而在申办奥运与迎接奥运的过程中，中国体育也在经历着产业化的创新与探索。

□ 2008年6月25日，湖南邵阳县五峰铺镇白旗村。104岁的老人张修祁听说奥运圣火传递到了长沙，心情非常激动

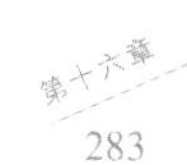

1990年的北京工人体育场，第11届亚运会开幕式上，当跳伞运动员带着五星红旗从空中降落到工人体育场时，数万名观众为之欢腾。而闭幕式上韦唯的一曲《亚洲雄风》，那昂扬的旋律则唱响了东方国度的雄心壮怀。中国体育代表团共获得 341 枚奖牌，其中金牌183枚、银牌107枚、铜牌51枚，金牌和奖牌总数、总分均列第一位，中国成为亚洲第一体育强国已成不争的事实。

在1992年的巴塞罗那奥运会上，中国队在奖牌榜上名列第四；1996年的亚特兰大奥运会乒乓球女单决赛中，邓亚萍成功卫冕，当时的奥委会主席萨马兰奇为她戴上金牌，邓亚萍成为萨翁眼里的中国巨人。

□ 在 2008 北京奥运会上，我国选手成绩优异，金牌总数第一。图为举重选手张湘祥一举夺金的雄伟气势

1993年，国家体委通过了《国家体委关于深化体育改革的意见》和五个相关文件。提出了中国体育“面向市场，走向市场，以产业化为方向”的改革发展思路。第二年这一举措就得到经济回报：万宝路全国足球甲级联赛正式揭幕，中央电视台出资1000万元购买了联赛转播权。这标志着中国体育开始在足球领域里探索职业化和市场化的道路。1995年，足球联赛的改革开始扩大到篮球，我国篮球首次实行主客场赛制。而1996年，国务院批准发行1996年、1997年度体育彩票。体育彩票的发行，使社会资金进入体育事业，现在城市社区中的体育设施多得益于体育彩票的发行收益。1997年，中体产业集团股份有限公司成立，国家体委控股50%，开始了自上而下的中国体育产业化改革的尝试。

□8月18日，2008北京奥运会乒乓球男团决赛，中国队与德国队的较量在北京大学体育馆展开，中国队凭借出色的表现，以3:0击败德国队夺冠。领奖台上，王皓、王励勤、马琳把3块金牌都戴在他们的主教练刘国梁身上

1999年1月6日，中国奥委会在中国奥委会全体会议上审议并通过北京申办2008年奥运会的决议，正式拉开了北京申办2008年奥运会的序幕。

第四阶段 21世纪

上世纪80年代初，中国体育以政治的姿态进入国际竞技场。中国奥运申办成功之后，复杂的国际力量却也使奥运政治化，将奥运与人权、民族宗教等问题联系在一起，向中国政府施加压力，奥运面临着全方位的考验，中国政府明确反对将奥运政治化。

2001年7月13日，国际奥委会第112届全体会议以不记名投票方式选出了2008年奥运会主办城市，国际奥委会主席萨马兰奇庄严宣布：2008年奥运会的主办权属于北京！为了奥运盛宴，中国集国家力量，为此准备了整整7年。不仅是为了世界的奥林匹克，更是为了国家荣誉。

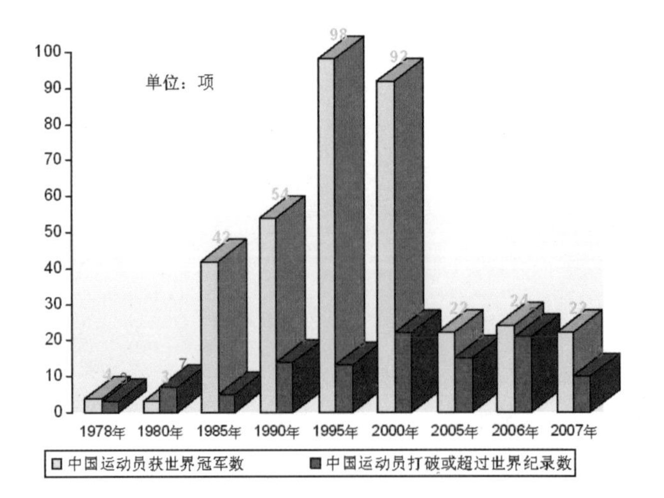

中国运动员获世界冠军和创纪录情况

奥运申办成功，举国欢腾，中国借奥运向世界展示综合实力与国际形象，同一个世界同一个梦想，中国传统的大同理念通过体育精神向世界传播，中国需要世界认同，中国也希望与世界同一个梦想，在共同的价值体系中获得世界尊重，并进一步提升自己的国际地位。

□ 1980年，安徽。壮观的龙舟大赛场面

2000年9月15日,第27届奥运会在悉尼开幕。中国体育代表团在金牌榜和奖牌榜上均排第三位。这是中国首次进入奥运会金牌榜前三名。2004年雅典奥运会上,中国军团金牌总数排在第二位。

中国足球照样没有冲出亚洲，但中国运动员姚明却走向了世界，中国开始成为体育输出国,2005年2月2日,NBA官方公布全明星投票结果,姚明获得2,558,278张选票,超越乔丹,成为NBA全明星历史上得票数最多的球员。电影《姚明年》在全球上映,而刘翔也以飞人的形象让世界对中国田径运动刮目相看。他们的形象成为无数国内外“粉丝”追捧的对象,这种无形力量是新世纪最令人不可思议的体育文化现象。

2008年8月8日晚8点，北京奥运会盛大的开幕式隆重举行,共有204个国家派运动员参赛,并有80多个国家元首与政要观看了奥运会开幕式,全球观看奥运开幕式直播的人数达到1/3,这次运动会中国共获得金牌51枚,银牌21枚,铜牌28枚。北京奥运会向世界展示了中国体育史最辉煌的篇章，也是中国综合国力与文化实力的一次见证。

□ 2008 年 8 月 24 日晚,第 29 届夏季奥运会闭幕式在北京国家体育场“鸟巢”举行,为北京奥运会画上了圆满句号

第十七章

体制健康了，生命健康才有保障

医疗

“医疗改革,就是要你提前送终”。“今天攒,明天攒,攒了一把大雨伞,病如一阵大风来,一下全部都吹翻”。在中国老百姓当中流传的这些顺口溜，反映出公众对中国医疗改革的不满。中国医疗改革与中国经济改革进程同步,但医疗改革却步履蹒跚。

□20世纪60年代，广东高州。赤脚医生在制作中药

□1969年,广东。高州县人民医院巡回医疗队举着毛主席画像，跋山涉水为山区群众治病

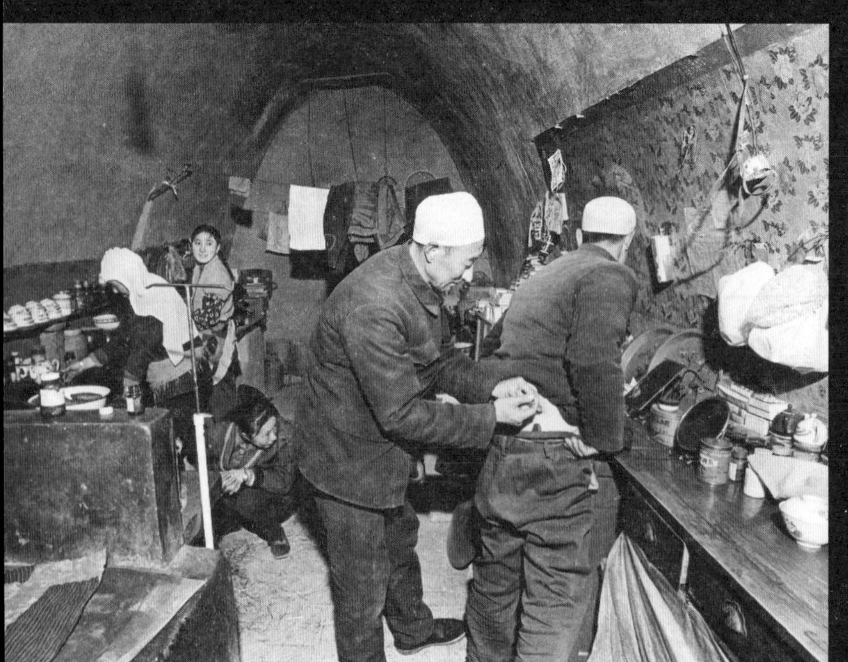

□ （右）1978 年，福建省建阳县。医务人员送药下乡

□ （左）1998 年，宁夏同心乡村诊所。医生在给病人打针

则上升到1.22亿人。1981年，国务院以国发(1981)25号文件的形式批转了卫生部“关于解决医院赔本问题”的报告，同意“公费医疗和劳保医疗实行按成本收费的办法，各地或先进行试点，待取得经验后逐步推行”。

1978至1984年，医疗改革主要针对十年浩劫对卫生系统的损害进行调整与改进，从人员培训到管理体系建设都提到日程，并且开辟了多元化医疗主体的体制。1980年个体开业行医被允许，这一时期主要是管理制度上得到改进与回到常轨，并没有涉及到制度上的改革。

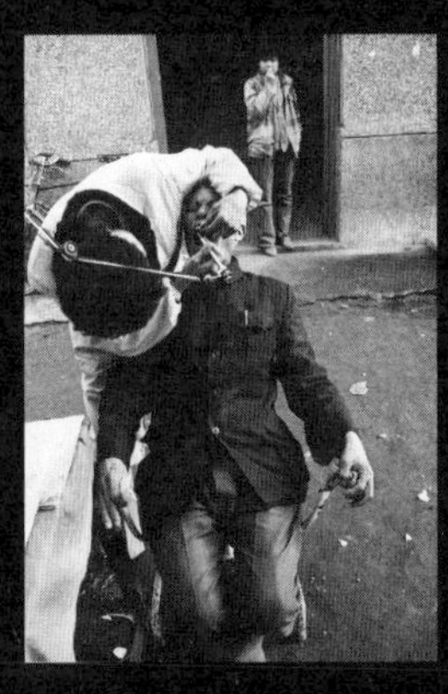

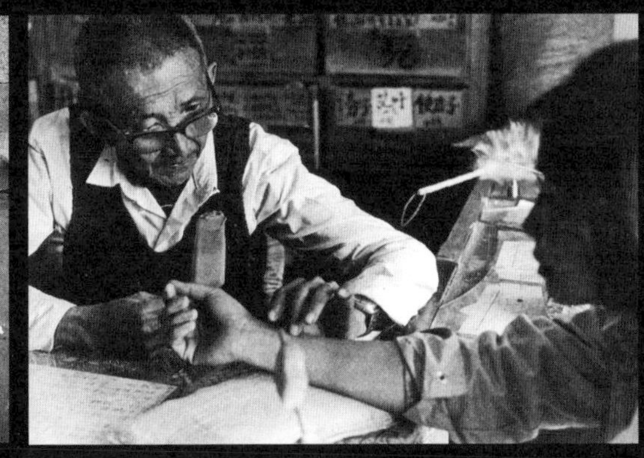

□(左)在偏僻的秦岭和大巴山区，正规的牙医很少，离城里医院又远，百姓的牙病一般求江湖游医诊治。图为1984年，陕西勉县的一位牙医为患者治病

□(右)1986年，江西。老中医为患者把脉

1985年以后,各地政府开始进行医疗制度改革,这一年被视为医改元年。中共十二届三中全会通过的《中共中央关于经济体制改革的决定》标志着城市经济体制改革开始,医改正是在这一背景下展开的。

□(上)2008年5月22日,海拔4000多米的堆龙德庆县德庆乡邱桑村热闹非凡,由堆龙德庆县委宣传部、卫生局、司法局、农牧局联合举办的文化、法制、科技、卫生"三下乡"活动在此隆重举行,标志着该县的"三下乡"活动全面展开。图为"三下乡"工作组人员为农牧民义诊

□(下)1989年,皖南的乡村医生

河北石家庄6县市开展了离退休人员医疗社会统筹试点，北京东城某公司开创了大病医疗费用统筹的办法，这些方式不久在四川、河北等地推广实施。但结果差强人意，究其原因，是因为医疗保障多头管理，没有一个权威机构来进行统筹决策安排。有鉴于此，1988年3月，国家成立了由卫生部牵头，体改委、财政部、劳动人事部、总工会、组织部、医药管理局、人民保障公司等8部门参加的医疗制度改革小组，并于同年7月向国务院提

□ （左）2006年10月19日，河南省滑县留固镇杨庄村张守义老人领到医疗补助。为把新型农村合作医疗制度真正落到实处，给患者提供优质高效的服务，滑县人民医院采取了垫付资金、简化报销手续、延长工作时间等便民措施

□ （右）2008年1月16日上午，内江市顺河镇中心学校1000多名留守学生，每人领到一张"爱心义诊卡"。凭着"爱心义诊卡"，留守学生每年可以在当地公立医院免费体检，门诊时免交挂号费和注射费，因病住院还可减收住院费

交了改革设想草案，总的设想是，建立国家、单位、个人共同负担的社会化的医疗保险制度，具体方案是：建立职工医疗保险金制度，经费由国家、单位与个人共同按比例负担；职工看病由本人支付门诊和住院药费的15%至20%等；制订国家基本用药名录，规范保险用药范围等；还有建立政事公开的医疗与保险机构，药品收入与医院职工资金标准脱钩，这一方案第二年3月由国务院批准，在吉林、辽宁、湖

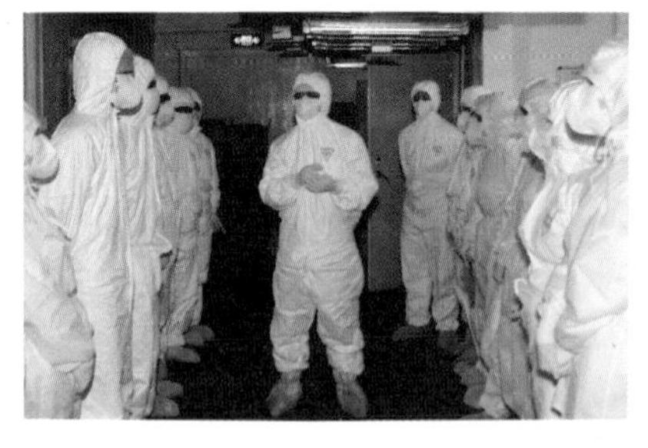

□（上）2008年5月25日上午11时，载着272名汶川大地震受伤人员的专列驶入郑州火车站。河南省卫生厅调来100多辆救护车，及时把伤员转送到省内10余家医院接受治疗。这是全国人民抢救在汶川地震中受伤同胞的一个缩影

□（下）2003年5月，"非典"肆虐，无数白衣天使奋不顾身，勇斗病魔。图为医务人员在集中救治患者的北京小汤山医院

北、湖南等省一些市县试行。直到1991年，全国人大七届四次会议批准的《中华人民共和国国民经济和社会发展十年规划和第八个五年计划纲要》，奠定了后10年中国医疗保险制度改革的方向与任务：要努力改革医疗保险，继续推进合作医疗。

□（上）2008年5月12日，四川大地震发生后，中国工程院院士、解放军总医院骨科教授卢世璧不顾年高、癌症病痛，在震区救治危重伤员，每天工作10余小时。他是这次抗震救灾中年龄最大、级别最高、救治伤员人数最多的医疗队员。图为卢世璧与医务人员为地震伤员做手术

□（下）山东省聊城市朱老庄乡卫生院治好了许洪敏多种顽疾，病人住院28天，花费2004.43元，按照新型农村合作医疗制度，他报销了848.35元，这使他非常感激，于是请了唢呐队，带上锦旗来表示感谢，事后逢人就说，参加新型合作医疗好

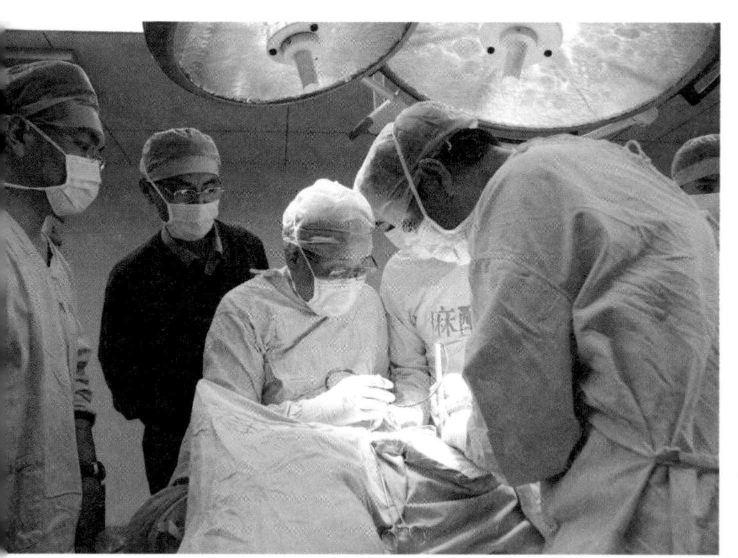

1985至1992年，改革涉及到管理体制与运行机制方面的问题，政府的主导思想是“给政策不给钱”，将卫生领域的改革与其他经济领域的改革等而齐观。

1992年9月，国务院下发《关于深化卫生医疗体制改革的几点意见》，卫生部在传达文件时提出“建设靠国家，吃饭靠自己”，而卫生部门工作会议则要求医院要在“以工助医以副补主”等方面取得效益。这样的政策直接鼓励医院创收，但它完全背离了医疗机构的公益性，它解决了自身的经费问题，但却引发了医疗公德等社会问题，使医患矛盾激化，也引发医疗卫生部门与社会各界的大讨论。1997年1月中共中央和国务院出台《关于卫生改革与发展的决定》，要求改革城镇职工医疗保险制度、改革卫生管理体制、积极发展社区卫生服务等等，这些对日后改革都有积极意义。

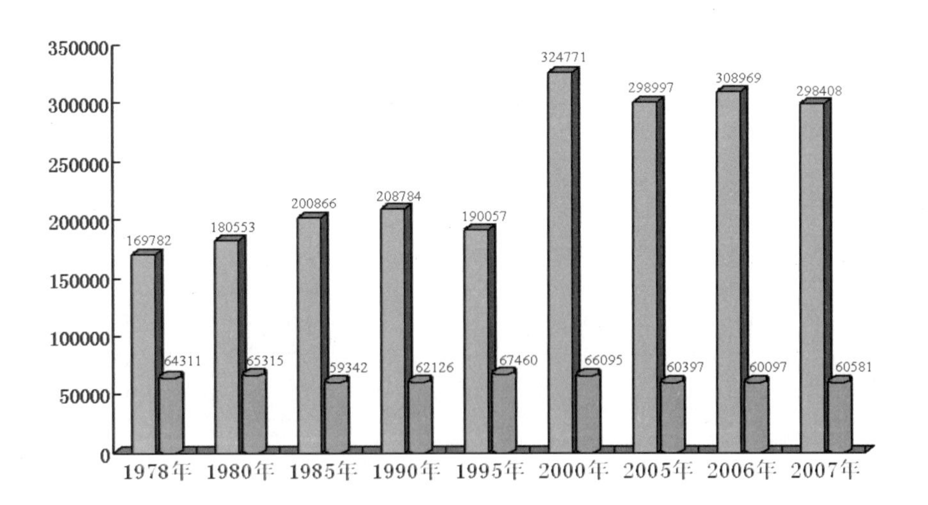

卫生机构数

2000年以后，社区卫生事业受到重视，卫生部印发了《城市卫生服务机构设施原则》以及相应的标准，2001年又印发《城市卫生服务基本工作内容(试行)》以及相应的规定。2003年中共十六届三中全会提出的科学发展观、以人为本的人文理念、和谐社会的追求，使中国医疗改革有了正确的方向。前阶段政府对医疗投入不

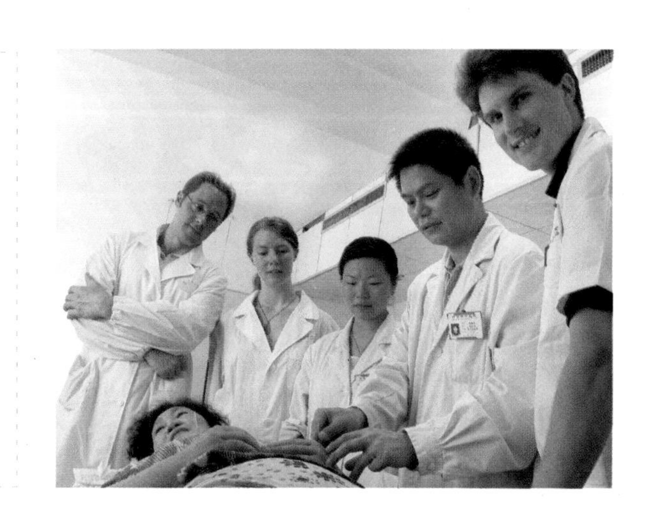

□南京中医药大学培训中心。慕名前来学习针灸的外国学生

足，卫生政策失当，看病难、看病贵困扰普通民众，加之2003年SARS事件，迫使政府对医疗卫生事业改革痛下决心。2006年初国务院发布的《关于发展城市社区卫生服务的指导意见》及配套措施，使城市社区卫生工作得到支持与发展。2006年9月至2007年，国家成立了由11个有关部委组成的医改小组，新一轮医改正式启动。十七大报告中也首次完整提出中国特色卫生医疗体制的制度框架，包括公共卫生服务体系、医疗服务体系、医疗保障体系、药品供应保障体系四个重要部分，它的全局性、系统性、科学性和前瞻性都使人们看到中国医疗改革的新希望。

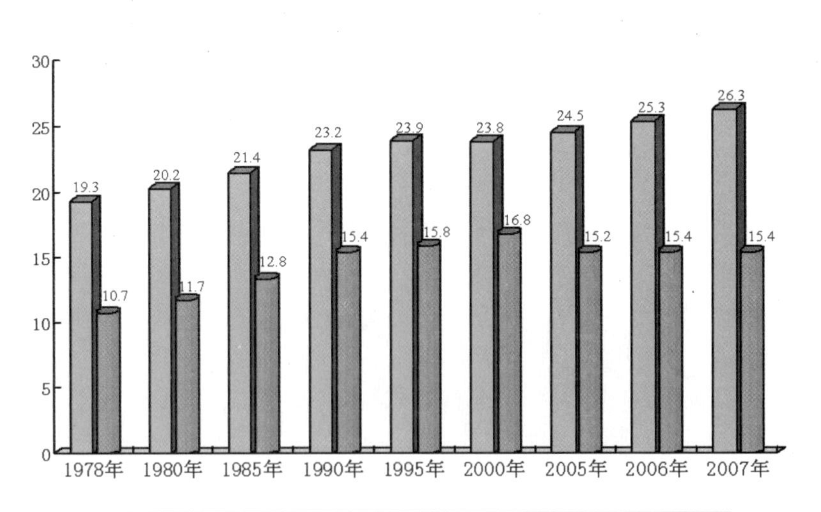

每万人口拥有的卫生人员和床位数

30年来，中国医疗卫生事业取得了显著的成绩，总体说来重大疾病防治工作进步显著，处理传染病和公共突发事件应急能力不断上升，公共卫生服务和保障能力得到提高，2007年全国卫生信息直报系统试运行，信息公开化与快速直报的处理与国际接轨，社区卫生服务加快发展，新型城市卫生服务体系正在形成，2007年全国卫生服务中心达到2.4万个，服务人员8万人，医疗服务也更加规范，新型农村合作医疗制度覆盖面扩大，农村卫生工作得到加强，农民

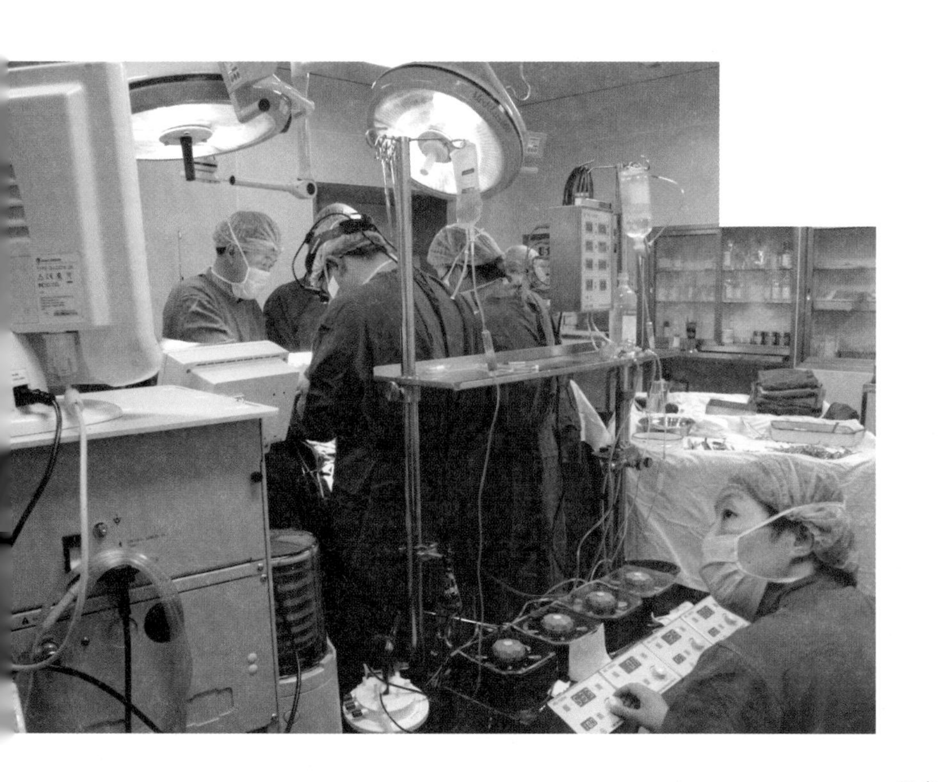

□医务人员在为先天性心脏病患者做手术。威海市红十字会和解放军四〇四中心医院共同发起，对先天性心脏病贫困患者进行医疗救助。凡年满2周岁、体重在12公斤以上、家庭贫困的先天性心脏病患者，都可享受减免1万元医疗费的救助。军民结合，救死扶伤，是我国的优良传统

参加合作医疗人数达7.3亿，中医药事业得到保护与发展，国务院制定了《中医药创新发展规划纲要(2006—2020)》，加大了对中医药事业的投入，中医药体系建设也进一步落实，中央与地方对医疗卫生的投入显著增加，其中2007年比2006年增长了277%。

正是这一系列的政策措

□(左)环境优美的浙江温岭市第二人民医院

□(右页)“5·12”国际护士节的庆祝活动。白衣天使手捧烛火，祈祷天下人健康平安

施出台与指导，医药卫生体制改革继续深化，社会保障制度继续完善。2008年6月底，31个省份全部实现了新型农村合作医疗制度全面覆盖，提前实现了当年全覆盖的目标。养老保险制度方面，顺利完成2008年调整企业退休人员基本养老金工作；稳步推进扩大做实个人账户试点，将天津等6个省份做实个人账户比例提高到4%；加快推进省级统筹工作，目前已有18个省份实现省级统筹；在5个省市进行事业单位养老保险制度改革试点。医疗保险制度方面，目前，全国229个基本医疗保险扩大试点城市和地区中，已有142个出台实施方案。城镇职工社会保障覆盖面继续扩大。农民工参加基本医疗、工伤保险人数分别为3574万人、4539万人。

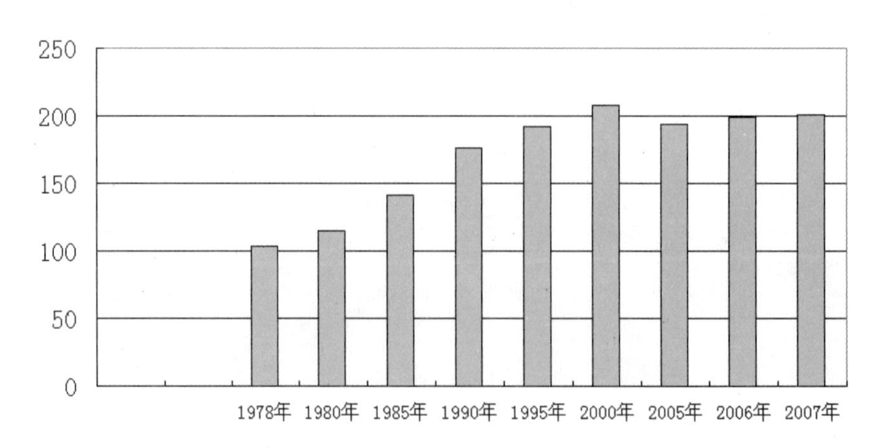

执业（助理）医师（万人）

第十八章

比一比是有好处的

经济、社会统计指标同世界主要国家和地区比较

1985年，国家放宽了中国公民赴海外探亲的条件，有亲戚在国外居住的人，可以探亲的名义出国。曾经招致灾祸的海外关系，此时却成了一种可以四处炫耀的资本。没有海外关系的人也千方百计地寻找途径出国，涉外婚姻成为一些女性出国的捷径。

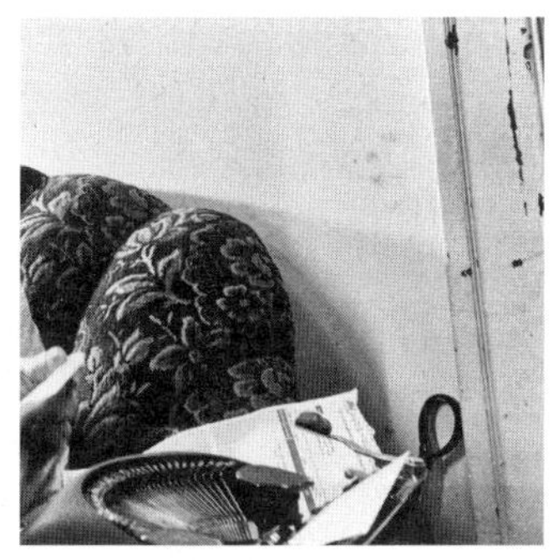

□美国。阅读信件的老华侨

改革30年，随着中国经济的飞速崛起，中国与国外经济的巨大差距正在逐渐缩小。今天，特别是在大城市，经济繁荣丝毫不亚于国外的大都市。倘若以评价购买力来计算的话，很多中国高收入人群的生活已经与国外接近，越来越多的中产阶级有了自己的住房和汽车。

□（右）20世纪80年代初，广东一户富裕人家乔迁新居后的合影。这户人家的两个儿子在香港做工补贴家用

□（左）改革开放初期的中国人

改革开放，为普通的中国人带来了空前的机遇，很多中国人开始自主创业，巨大的市场空白造就了无数百万富翁的崛起。那些曾经为出国自豪的人们，突然开始发现自己的生活其实并不如意，他们留在国内的同学、亲友，如今却突然梦幻般地拥有了数不尽的财富。

过去曾经有很长一段时间，很多中国人担忧大量人才外流。可是转眼之间，这种担忧不复存在，过去的出国潮流，开始变为了“海归”潮。从2003年开始，每年回国人数均超过两万人。该数字正以每年13%以上的速度递增，部分地区更高达28%。

海外归来的游子

改革30年，中国经济和社会的变化是惊人的。由于人口基数大，所以按照全国人均GDP来看，中国还是比较落后，可是在大城市里，这个差距已经大大缩小了。正是经济差距的快速缩小，使得中国的人才流向也发生了变化，越来越多的留学人员开始回归祖国，这也折射出中国改革30年所取得的巨大成就。

2003年，高盛全球经济研究主管吉姆·奥尼尔在他的研究报告中，创造了“金砖四国”这一重要名词，他把巴西、俄罗斯、印度和中国四国称作“BRICK(砖)”，与中、印、俄、巴四国英文名首字母拼出的BRIC同音，而BRIC一词也已成为代表未来增长机遇的代名词。吉姆·奥尼尔预言，“很可能在2035年，中国就要成为比美国更大的经济体”。

□ 五星级宾馆前为顾客开车门的“洋人”

改革30年，中国的国家竞争力大幅度提高。根据世界经济论坛公布的《2007—2008年全球竞争力报告》显示，在131个主要国家和地区的全球竞争力指数排名中，2007年中国竞争力指数居全球第34位，比2006年上升1位。

2007年，中国竞争力分类指数均居全球前50位。中国的竞争力优势在于拥有巨大的国内外市场，稳定的宏观经济、低债务、低通货膨胀率和高储蓄率也都是中国的竞争力强项。与全球排名第一的美国相比，中国的竞争力指数得分比美国(5.67)低19%。从3个分类指数来看，基础设施指数是美国(5.41)的89%，差距最小；其次是提高效率指数，是美国(5.77)的80%；差距最大的是创新与成熟度指数，中国得分是美国(5.68)的68%。

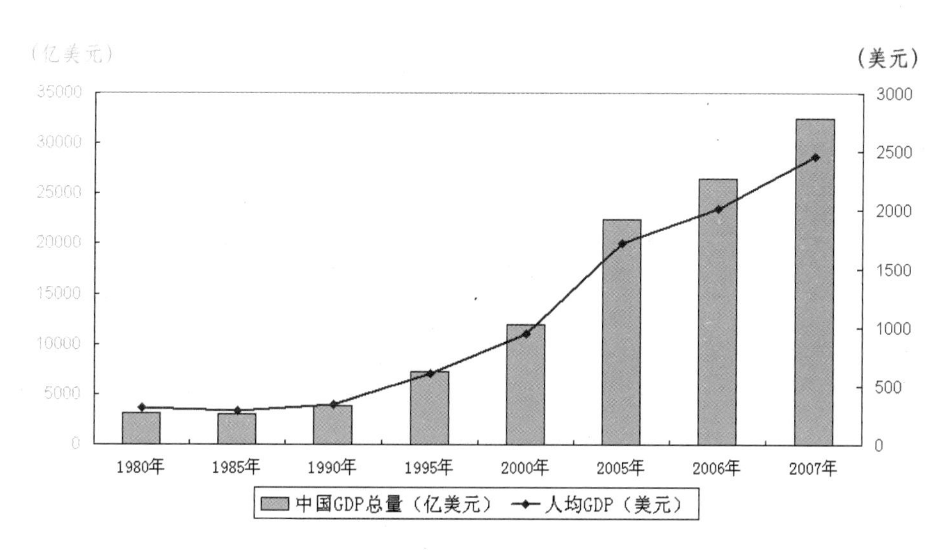

中国 GDP 总量与人均 GDP

恩格尔系数是比较国民生活水平的重要指标。2007年我国城镇居民家庭恩格尔系数(食品开支占总开支的比重)为36.3%,比1978年的57.5%下降了21.2个百分点;农村居民家庭恩格尔系数为43.1%,比1978年的67.7%下降了24.6个百分点。按国际标准,我国居民的生活水准已经越过温饱阶段,开始向富裕阶段转化。

□楼群新旧对比(黑白片拍于1998年8月,1999年11月原地取景拍摄)

2006年，我国工农业产品产量继续保持世界领先地位。工业产品中，钢、煤、水泥、电视机和棉布的产量继续保持世界第一，发电量继续位居世界第二，糖产量居世界第三，原油产量居世界第六。农业产品中，谷物、肉类、棉花、花生、油菜籽、水果及茶叶的产量继续保持世界第一，甘蔗产量位居世界第三，大豆产量位居世界第四。

改革开放使中国迅速成为一个贸易大国。2006年，我国的贸易总量达到17604亿美元，排在美国和德国之后，居世界第三位。多年的贸易顺差给中国带来大量外汇结余，2007年外汇储备已经超过1万亿美元，居世界之首。

□北京望京新区

我国经济的总量指标高，人均指标比较低，但改革开放以来的增速超过世界平均水平。2007年，中国国内生产总值高达24.95万亿元，是1978年的67倍。人均GDP则由381元升为18934元，是1978年的49倍；中国国内生产总值占全球的比重由1978年的1%上升到2007年的5%以上，总量的位次由1978年的第10位上升到2007年的第4位。1978年至2006年，中国国内生产总值年均增长9.67%，远高于同期世界经济3.3%左右的年均增长速度。

□20世纪后期，南昌一个普通知识分子家庭

□(右页)笔记本电脑批发市场

2006年，我国人均国民收入为2010美元，是当年低收入国家平均水平（650美元）的3.1倍，是中等收入国家平均水平(3051美元)的66%。1978年，在当时188个国家和地区的排序中，我国人均国民收入水平位居第175；2006年，在209个国家和地区中，我国位居第129。

在国民经济的比较中，通常是按照官方汇率折合成一种货币单位来比较，其实还有更科学的比较办法，就是用“购买力平价”做依据来比较。按照世界银行的研究报告，在2007年末，按照两种货币的购买能力做比较的基础，中国人民币与美元的比价应该是3.4:1。按照这个比较，2007年我国人均国民收入已经达到5600美元，超过了中等收入国家人均水平的80%。

当然，在国际比较中，我们不能过于陶醉自己的成绩。我们的突出问题是城乡差距和地区差距很大，收入分配很不平均。2007年，城镇居民的可支配收入是农村居民可支配收入的3.3倍。我们有一些大城市的人均收入已经达到中上等国家的水平，而一些落后地区的居民收入平均每天还不到1美元，按国家标准仍处于贫困状态。即使按照“购买力平价”做比较的基准，且按照最乐观的估计，中国和美国的人均收入分别按10%和3%的速度增长，中国人均收入要达到美国的水平，也要近40年的时间。中国要进入发达国家的行列还要付出艰苦努力。

世博会召开之前，上海市开展海外华人看上海活动

30
第十九章
迈向社会主义政治文明

政治

30年中国的改革尽管以经济改革为主线，但政治发展并没有停顿，甚至可以说政治的变革是全部改革的先导；在更长的时间里，经济发展不断地提出政治关系变化的要求，改革的行动必然在政治领域有所表现。

□（上）“文革”时期，高州县根子公社南邦大队的社员们举行集体戴毛主席像章仪式

□（下）“文革”时期，广东高州山区根子公社南邦大队的小娃娃们手捧语录，胸戴毛主席像章，唱着“忠”字歌

1966年至1976年间中国发生的“文化大革命”是一场政治灾难，它使中国社会陷入了全面危机。1976年10月，在当时党的主要领导人华国锋、叶剑英等人的主持下，党内坚持极左路线的以“四人帮”为首的政治势力被赶下了中国政治舞台，邓小平很快成为新的党的领导核心。这个巨大的高层人事变动为此后中国的改革与发展基本扫清了政治道路。1978年12月18日，中国共产党第十一届中央委员会第三次全体会

1976年10月，北京东单街头。老百姓把“四人帮”(王洪文、张春桥、江青、姚文元)的模拟像挂在树上

议在北京开幕。这是中共历史乃至中国历史上具有里程碑意义的重要会议。这个会议确定了改革、开放、搞活的方针，从此，中国这条大船驶离了以阶级斗争为纲的政治旋涡，拨正船头，朝向新的目标前进。1978年因此被看作中国改革开放的起始之年。

30年来，中国政治发展在两个方面有突出变化，一是中国共产党的治国理念发生了巨大变化，二是中国社会逐步走向法治社会。

30年来，中国政治发展始终面对三个难题，并在向三个难题挑

□ 1976年10月，粉碎“四人帮”，“文革”结束。西安各界举行庆祝大游行，打出“坚决拥护以华主席为首的党中央”等横幅标语

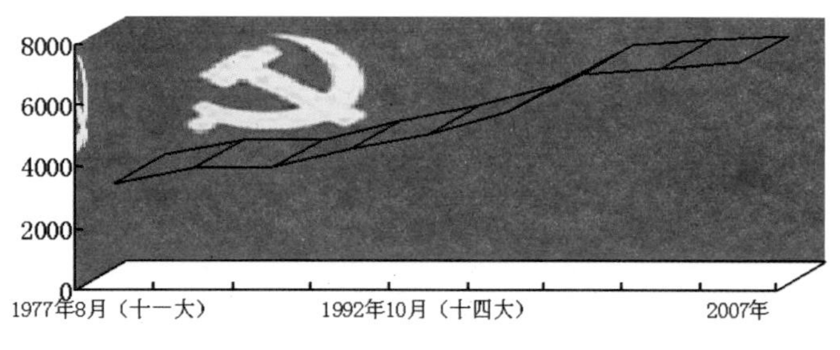

十一届三中全会以来中国共产党党员人数

战中取得了重大进步。第一个难题是确立对私人财产权和公民劳动权的同等保护，以公正的原则处理劳资关系；第二个难题是约束国家权力，确立社会主义公民权，以民主政治原则处理国家和社会的关系；第三个难题是打破传统的中央集中控制体制，以效率和自治的原则处理中央和地方的关系。

两方面的变化和三个难题的克服构成了30年来中国政治变迁的主要内容。

实践是检验真理的唯一标准

本报特约评论员

检验真理的标准只能是社会实践

理论与实践的统一，是马克思主义的一个最基本的原则

（下转第二版）

□1978 年，《人民日报》发表著名社论——实践是检验真理的唯一标准

□（右页）1999 年，北京天安门广场。

一、树立以人为本的核心治国理念

改革开放30年来，新一代中国共产党人逐渐形成了自己的系统的治国理念，这就是坚持邓小平理论和“三个代表”重要思想，坚持科学发展观。这一套治国思想的核心是以人为本。

1987年10月，在中国共产党第十三次全国代表大会上，时任中共中央总书记的赵紫阳作了《沿着有中国特色的社会主义道路前进》的报告，报告阐述了社会主义初级阶段理论，提出了党在社会主义初级阶段“一个中心、两个基本点”的基本路线。1997年9月，中国共产党第十五次全国代表大会系统、完整地提出并论述了党在社会主义初级阶段的基本纲领：走有中国特色的社会主义的道路。

2001年7月1日，江泽民总书记在中共中央举行的庆祝中国共产党成立80周年大会上发表了讲话。这个讲话阐述了“三个代表”重要思想的基本内涵，由此被称为新世纪共产党的政治宣言。

2002年，党的十六大产生了新的领导人，胡锦涛当选为中央总书记。2003年4月，胡锦涛总书记在广东考察时提出要坚持全面的发展观。同年10月中旬召开的党的十六届三中全会上，胡锦涛提出要坚持以人为本，树立全面、协调、可持续的发展观，促进经济社会和人的全面发展。至此，中国共产党开始有了一套全新的治国政治思想。

2007年，中共十七大召开，胡锦涛的报告要求加强公民意识教育，树立社会主义民主法制、自由平等、公平正义理念。这一表述的产生，说明在中国共产党人的辞典中正式有了“民主”、“自由”、“公平”这些反映人类普遍文明价值的政治术语。

□1979年9月，在北京“民主墙”看画展的市民

中共十七大报告陈述：必须坚持以人为本。全心全意为人民服务是党的根本宗旨，党的一切奋斗和工作都是为了造福人民。要始终把实现好、维护好、发展好最广泛人民的根本利益作为党和国家一切工作的出发点和落脚点，尊重人民主体地位，发挥人民首创精神，保障人民各项权益，走共同富裕道路，促进人的全面发展，做到发展为了人民、发展依靠人民、发展成果由人民共享。

□（上）20世纪80年代，浙江温州苍南县。人民代表的基层选举在进行中

□（下）1981年，北京大学学生竞选活动

二、以法治国

改革开放之初，党中央就确定了依法治国的政治理念。1978年的中央工作会议对民主和法制问题进行了认真讨论。同年召开的中共十一届三中全会指出："宪法规定的公民权利，必须坚决保障，任何人不得侵犯。为了保障人民民主，必须加强社会主义法制，使民主制度化，法律化，使这种制度和法律具有稳定性、连续性和极大的权威……要保证人民在自己的法律面前人人平等，不允许任何人有超于法律之上的权威。"(见《中国共产党第十一届中央委员会第三次全体会议公报》，《三中全会以来重要文献选编》中共中央文献研究室选编，人民出版社1982年8月出版)

十一届三中全会以来，全国人大常委会共制定300多部法律和有关法律问题的决定。目前，我国有效法律达到229件，涉及宪法、行政法、经济法、民商法、社会法、诉讼与非诉讼程序法及刑法等。

□(左)1982年4月23日,《中华人民共和国宪法修改草案》公布后,北京市群众争相购阅

□(右)1997年3月15日，中国消费者协会在北京街头举办消费者维权活动，一位来自天津的妇女在活动现场跪下，向首都的媒体申诉其权益受损

20世纪90年代中后期，我国立法机关开始逐步实行“开门立法”，其主要形式是召开立法听证会，广泛征询人民群众对有关法律的意见。2008年4月，全国人大常委会委员长会议决定，今后全国人大常委会审议的法律草案，一般都予以公开，向社会广泛征求意见。

三、保护私人财产权，维护公民劳动权

保障劳动者的就业权利和收益权利，维护私人财产权及投资者的公平投资权利和收益权利，是市场经济的基础制度，也是民主社会的基础制度。

改革进程中，我国逐步确立了私营业主的合法性，并逐步放开了私营经济的经营范围。1999年3月，九届全国人大二次会议通过了中华人民共和国宪法修正案，明确非公有制经济是我国社会主义市场经济的重要组成部分。

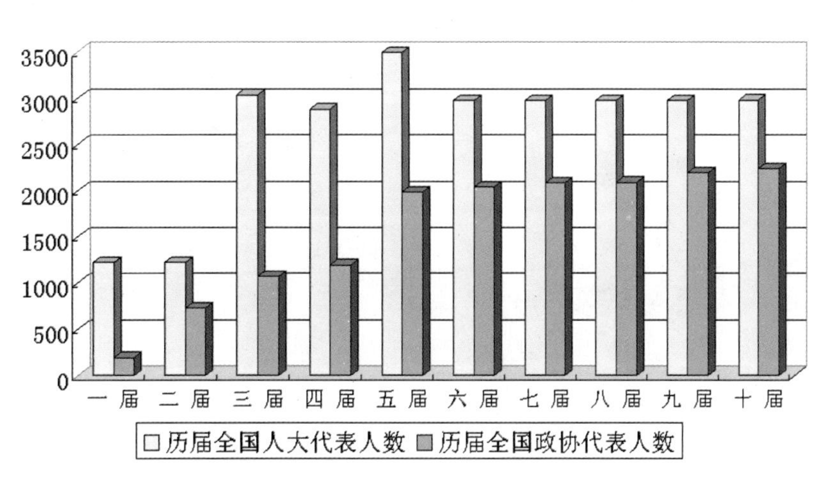

历届全国人大代表人数与政协代表人数

2001年7月1日,中共中央在人民大会堂隆重举行庆祝中国共产党成立80周年大会上,江泽民发表讲话,提出允许吸收私营企业主中的优秀分子加入中国共产党的意见,这表明中国共产党人从此将把资本家看作自己建设社会主义和谐社会的同盟者。这个讲话被西方观察家称作“新世纪共产党的政治宣言”。

2004年3月,十届全国人大二次会议审议通过了第四次宪法修正案,“公民的合法的私有财产不受侵犯”、“国家尊重和保护人权”等内容写入宪法。这个新的宪法原则加强了对公民的合法私有财产的保护,开辟了私营经济发展的更大空间,有利于鼓励人民群众发挥创造力。2007年3月16日,《中华人民共和国物权法》由十届全国人大第五次会议通过,成为我国立法史上的又一件大事。这部法律为完善社会主义市场经济体制提供了基本规范,也为更多其他经济立法提供了基本准则。“物权法”相当于一部经济宪法,它将在未来长时期内为我国政治改革提供经济制度的支撑,其意义十分重大。

维护公民的合法劳动权利，是30年中国改革的一项重要工作。这方面的重大成就是2007年6月由中华人民共和国第十届全国人民代表大会常务委员会第二十八次会议通过的《中华人民共和国劳动合同法》。这部法律对调节劳资关系、维护劳动者获取合法收益权、防止雇佣方恶意解雇劳动者，有重要现实意义。

四、逐步实现社会主义民主政治

改革开放前，由于长期的左的政治思想的影响，我国公民的基本自由权利常常受到各种限制，公共决策权的配置过于集中，公民的政治参与很不充分。必须承认，改变这种状况有一定难度。但是，如果我们不去把社会主义民主政治仅仅看作选举制度，而是把民主政治看作公民在公共生活领域里的自由表达意见、自主选举主持政府事务官员、充分享受多元化的社会生活的各项权利的综合性的制度结构，那就必须承认改革30年来我国民主政治方面取得了重要进步。

□ 湖南邵阳。一位老农向孩子们讲他学到的法律知识

□ （左页）2007 年 3 月 23 日，广州市北京路商业步行街。获得中国“第二届我最喜爱的十大人民警察”之一的女警察和广州市民在一起

20世纪70年代末至90年代初，是中国当代社会迈向多元化的起步时期，经济领域里的突出标志是国家放松了对农村和农民的控制。放活了农民，就放活了这个国家的多数人口。食品供应迅速增加，工业品日渐丰富，城市中出现了农民工，社会有了活力。多元化的另一个标志是大学教育开始吸收和传播新思想，新一代大学生给正在扩张的媒体服务业、法律服务业提供了源源不断的工作人员。尽管这些服务业大多受到政府的控制，但本质上这些行业的工作人员具有自由职业的特点，这种职业特性决定了他们最容易保持独立意识。1990年以后，中国社会的多元化进程大大加

□1999年，温州泰顺叶山村。正在进行的村干部选举。这种选举已成为我国基层农村政治生活的常态

速了。最能表现社会生活多元化的特征是社会就业结构的变化。劳动者有了更大的自主择业空间，并更多地进入了私营部门工作。

中国民间组织的力量也迅速成长壮大了。农村新型合作社和农产品行业协会总数已经达到20万个左右，比较规范的农业专业合作组织超过16万个。城市里正在兴起各种形式的志愿者组织，特别是环境保护方面的志愿者组织十分活跃，引起国际机构的关注。

中国政府推动的“村民自治”尽管遇到一定困难，但总体看成就显著。上世纪80年代初，中国农民创造了村委会这种自我管理的方式，1982年宪法对此予以确认。1988年6月1日，村民委员会组织法（试行）开始实施。经过10年努力，这部法律于1998年11月正式颁布实施。目前，中国的村委会选举已经走向“常态化”，进入“平稳期”。据民政部的不完全统计，2005—2007年，全国31个省份应参选

□ （上）1988年3月28日，人大代表黄顺兴在七届全国人大一次会议上公开发表反对意见，这是全国人民代表大会历史上首次出现的不同声音

□（下）北京洗衣机总厂招标竞选厂长，受到工人群众高度关注

村委会626655个，占村委会总数的98.4%；其中623690个村已完成选举，全国平均选举完成率达99.53%。

中国地方政府在推进民主政治发展中的努力也可圈可点。地方政治中不时冒出有创新意识的政治家，向社会显示他们的魄力和智慧。不少地方党组织或政府开展了"乡镇长直选"等政治改革实验，取得了良好效果。地方政府还创新了村民自治的不同形式。

改革30年，中央安排了不同层次上的政府机构改革、党政领导岗位的职数设置改革以及领导干部任期制改革等。中央在实施反腐倡廉的制度建设方面也做了许多重要工作，出台过大量约束领导干部行为的党内文件。

大力推动全社会的民主政治建设成为新一届党的领导集体的共识。党的十七大报告指出，要抓紧制定并着力形成权责一致、分工合理、决策科学、执行顺畅、监督有力的行政管理体制。发展基层民主，保障人民享有更多更切实的民主权利。人民依法直接行使民主权利，管理基层公共事务和公益事业，实行自我管理、自我服务、自我教育、自我监督，对干部实行民主监督，是人民当家做主最有效、最广泛的途径，必须作为发展社会主义民主政治的基础性工程重点推进。发挥社会组织在扩大群众参与、反映群众诉求方面的积极作用，增强社会自治功能。在胡锦涛总书记的报告中，"民主"一词出现了60多次，海内外为之瞩目。在中共十七届二中全会上，胡锦涛继而提出发展社会主义民主政治是中共始终不渝的奋斗目标。2008年6月20日，中共中央总书记、国家主席胡锦涛亲临

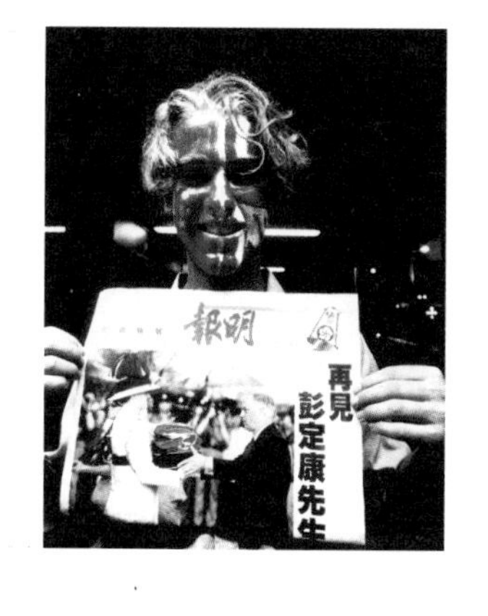

□1997年7月1日香港回归祖国。6月30日，香港街头，一位英国青年用油彩把中国和英国国旗画在自己脸上，手拿"再见，彭定康先生"专题报纸

□（左页）1987年，北京广济寺。十世班禅大师主持"首都佛教界祈祷世界和平法会"，旁边穿西装者是佛教协会会长赵朴初。改革开放以来，中国的多元化进程大大加速

人民网“强国论坛”，通过视频直播同广大网民在线交流，在广大网民中引起强烈反响。互联网已经成为党和政府了解民意、汇聚民智的重要渠道。

五、理顺中央和地方关系，扩大地方自主权

正确处理中央和地方的关系，始终是我国政治生活的一件大事。毛泽东主席曾经想在这方面有所作为，但实际没有做好。改革30年来，中央和地方的关系不断调整，总体上向着积极的方向发展。改革的努力主要从两个方面展开，一是通过分税制改革扩大地方经济自主权，二是建立多元(层次)的立法主体结构，扩大地方的立法自主权。

1994年，我国展开了以“分税制”为主要特征的财税体制改革，使中央和地方之间的利益分配关系趋于科学、合理。1978年，在

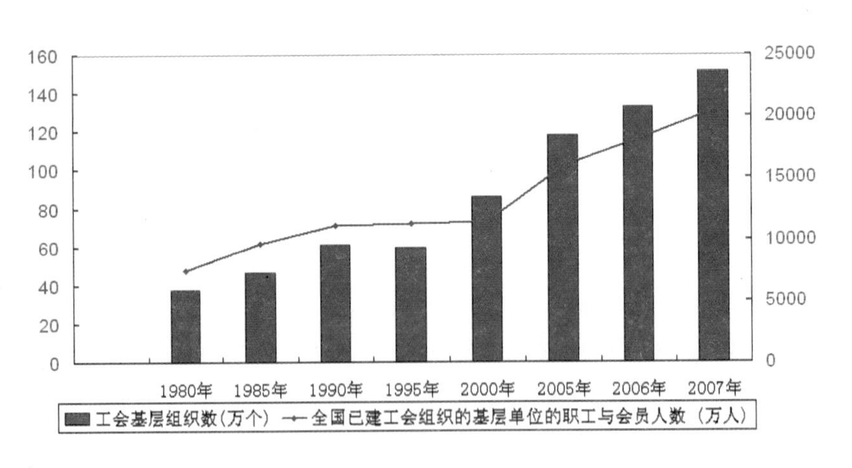

工会基层组织数与全国已建工会组织的基层单位的职工与会员人数

国家财政收入中,中央和地方的比例为15.5:84.5;但在国家财政支出中,中央和地方的比例为47.4:52.6。这反映了当时地方财政收入大量上交中央的情形。这种状况通过改革有了显著变化。2007年,在国家财政收入中,中央和地方的比例为54:46;但在国家财政支出总量中,中央和地方的比例为23:77。这表明我国地方政府通过改革获得了更大的可支配财力。

改革开放以来,我国地方的立法权力有所规范和加强。目前,我国省、省会市、较大市的人大及其常委会行使制定地方法规的职权;经济特区的人大及其常委会根据全国人大及其常委会的特别授权行使制定经济特区法规的职权;民族自治地方人大行使制定自治条例和单行条例的职权,可以变通法律和法规;特别行政区行使特区的立法权。

1997年7月1日,中国政府开始对香港恢复行使主权,香港回到祖国怀抱。香港回归后,中国政府执行"一国两制"、"港人治

□ 1999年12月20日,澳门市政厅前。人们热烈庆祝澳门回到祖国怀抱

港”、高度自治的基本方针，保持香港原有的社会、经济制度和生活方式不变，法律基本不变。中国政府依照邓小平的“一国两制”思想顺利解决了香港问题，得到了世界舆论的高度赞许，也为今后解决台湾统一问题提供了一个可供参考的思路。

中国的政治体制改革还处在艰苦探索的过程中，深化改革的任务还很艰巨。我们坚信，今后的政治体制改革在中共科学发展观的引导下，将通过渐进改革方式逐步走向深入，一个具有充分自由和高度民主的国家将立于世界民族之林。

□美丽的鄱阳湖。大潮涌动，鸥鸟腾空。衷心祝愿祖国明天更美好

30 附录

改革开放30年经典数据

国民总收入、国内生产总值、人均国内生产总值

年 份	国民总收入(亿元)	国民总收入年增长率(%)	国民总收入累计增长倍数(1978年为1)	国内生产总值(GDP)(亿元)	国内生产总值年增长率(%)	国内生产总值累计增长倍数(1978年为1)	人均国内生产总值(元)	人均国内生产总值年增长率(%)	人均国内生产总值累计增长倍数(1978年为1)
1978年	3645.2	11.7		3645.2	11.7		381.2	10.2	
1979年	4062.6	7.6	1.076	4062.6	7.6	1.076	419.3	6.1	1.061
1980年	4545.6	7.8	1.16	4545.6	7.8	1.16	463.3	6.5	1.13
1981年	4889.5	5.2	1.22	4891.6	5.2	1.221	492.2	3.9	1.175
1982年	5330.5	9.2	1.333	5323.4	9.1	1.331	527.8	7.5	1.262
1983年	5985.6	11.1	1.482	5962.7	10.9	1.476	582.7	9.3	1.379
1984年	7243.8	15.3	1.708	7208.1	15.2	1.7	695.2	13.7	1.568
1985年	9040.7	13.2	1.9	9016.0	13.5	1.929	857.8	11.9	1.755
1986年	10274.4	8.5	2.099	10275.2	8.8	2.1	963.2	7.2	1.882
1987年	12050.6	11.5	2.341	12058.6	11.6	2.343	1112.4	9.8	2.066
1988年	15036.8	11.3	2.606	15042.8	11.3	2.607	1365.5	9.5	2.263
1989年	17000.9	4.2	2.714	16992.3	4.1	2.713	1519.0	2.5	2.319
1990年	18718.3	4.1	2.8	18667.8	3.8	2.817	1644.0	2.3	2.373
1991年	21826.2	9.1	3.082	21781.5	9.2	3.076	1892.8	7.7	2.556
1992年	26937.3	14.1	3.515	26923.5	14.2	3.514	2311.1	12.8	2.884
1993年	35260.0	13.7	3.996	35333.9	14	4.004	2998.4	12.7	3.249
1994年	48108.5	13.1	4.52	48197.9	13.1	4.528	4044.0	11.8	3.633
1995年	59810.5	9.3	4.9	60793.7	10.9	5.023	5045.7	9.7	3.986
1996年	70142.5	10.2	5.445	71176.6	10	5.526	5845.9	8.9	4.339
1997年	78060.8	9.6	5.969	78973.0	9.3	6.039	6420.2	8.2	4.694
1998年	83024.3	7.3	6.406	84402.3	7.8	6.512	6796.0	6.8	5.014
1999年	88479.2	7.9	6.915	89677.1	7.6	7.009	7158.5	6.7	5.349
2000年	98000.5	8.6	7.5	99214.6	8.4	7.599	7857.7	7.6	5.755
2001年	108068.2	8.1	8.111	109655.2	8.3	8.23	8621.7	7.5	6.187
2002年	119095.7	9.5	8.885	120332.7	9.1	8.978	9398.1	8.4	6.704
2003年	135174.0	10.6	9.831	135822.8	10	9.878	10542.0	9.3	7.331
2004年	159586.7	10.4	10.854	159878.3	10.1	10.874	12335.6	9.4	8.022
2005年	184088.6	11.2	12.1	183217.5	10.4	12.008	14053.0	9.8	8.807
2006年	213131.7	11.8	13.5	211923.5	11.6	13.407	16165.0	11	9.778
2007年	251483.2	12.2	15.1	249529.9	11.9	15.007	18934.0	11.4	10.888

国内生产总值中三次产业结构、贡献率、对 GDP 增长率的拉动

年 份	第一产业	第一产业贡献率	第一产业对GDP增长率的拉动	第二产业	第二产业贡献率	第二产业对GDP增长率的拉动	第二产业中(工业)	工业贡献率	工业对GDP增长率的拉动	第三产业	第三产业贡献率	第三产业对GDP增长率的拉动
1978年	28.2			47.9			44.1			23.9		
1979年	31.3			47.1			43.6			21.6		
1980年	30.2			48.2			43.9			21.6		
1981年	31.9			46.1			41.9			22.0		
1982年	33.4			44.8			40.6			21.8		
1983年	33.2			44.4			39.9			22.4		
1984年	32.1			43.1			38.7			24.8		
1985年	28.4			42.9			38.3			28.7		
1986年	27.2			43.7			38.6			29.1		
1987年	26.8			43.6			38.0			29.6		
1988年	25.7			43.8			38.4			30.5		
1989年	25.1			42.8			38.2			32.1		
1990年	27.1	41.7	1.6	41.3	41.0	1.6	36.7	39.7	1.5	31.6	17.3	0.6
1991年	24.5	7.1	0.6	41.8	62.8	5.8	37.1	58.0	5.3	33.7	30.1	2.8
1992年	21.8	8.4	1.2	43.4	64.5	9.2	38.2	57.6	8.2	34.8	27.1	3.8
1993年	19.7	7.9	1.1	46.6	65.5	9.2	40.2	59.1	8.3	33.7	26.6	3.7
1994年	19.8	6.6	0.9	46.6	67.9	8.9	40.4	62.6	8.2	33.6	25.5	3.3
1995年	19.9	9.1	1.0	47.2	64.3	7.0	41.0	58.5	6.4	32.9	26.6	2.9
1996年	19.7	9.6	1.0	47.5	62.9	6.3	41.4	58.5	5.9	32.8	27.5	2.7
1997年	18.3	6.8	0.6	47.5	59.7	5.6	41.7	58.3	5.4	34.2	33.5	3.1
1998年	17.6	7.6	0.6	46.2	60.9	4.8	40.3	55.4	4.3	36.2	31.5	2.4
1999年	16.5	6.0	0.4	45.8	57.8	4.4	40.0	55.0	4.2	37.7	36.2	2.8
2000年	15.1	4.4	0.4	45.9	60.8	5.1	40.4	57.6	4.9	39.0	34.8	2.9
2001年	14.4	5.1	0.4	45.1	46.7	3.9	39.7	42.1	3.5	40.5	48.2	4.0
2002年	13.7	4.6	0.4	44.8	49.7	4.5	39.4	44.4	4.0	41.5	45.7	4.2
2003年	12.8	3.4	0.3	46.0	58.5	5.9	40.5	51.9	5.2	41.2	38.1	3.8
2004年	13.4	7.8	0.8	46.2	52.2	5.3	40.8	47.7	4.8	40.4	40.0	4.0
2005年	12.2	6.1	0.6	47.7	53.6	5.6	42.2	47.0	4.9	40.1	40.3	4.2
2006年	11.3	5.2	0.6	48.7	53.1	6.2	43.1	46.6	5.4	40.0	41.7	4.8
2007年	11.3	3.6	0.4	48.6	54.1	6.5	43.0	48.2	5.8	40.1	42.3	5.0

注：产业贡献率指各产业增加值增量与 GDP 增量之比。产业拉动指 GDP 增长速度与各产业贡献率之乘积。三次产业总和应为 100，如没有精确达到 100 则是因为小数点仅保留两位，四舍五入的结果。

三大需求对国内生产总值增长的贡献率和拉动

年份	最终消费支出贡献率	拉动(百分点)	资本形成总额贡献率	拉动(百分点)	货物和服务净出口贡献率	拉动(百分点)
1978年	39.4	4.6	66.0	7.7	-5.4	-0.6
1979年	87.3	6.6	15.4	1.2	-2.7	-0.2
1980年	71.8	5.6	26.5	2.1	1.8	0.1
1981年	93.4	4.9	-4.3	-0.2	10.9	0.5
1982年	64.7	5.9	23.8	2.2	11.5	1.0
1983年	74.1	8.1	40.4	4.4	-14.5	-1.6
1984年	69.3	10.5	40.5	6.2	-9.8	-1.5
1985年	85.5	11.5	80.9	10.9	-66.4	-8.9
1986年	45.0	4.0	23.2	2.0	31.8	2.8
1987年	50.3	5.8	23.5	2.7	26.2	3.1
1988年	49.6	5.6	39.4	4.5	11.0	1.2
1989年	39.6	1.6	16.4	0.7	44.0	1.8
1990年	47.8	1.8	1.8	0.1	50.4	1.9
1991年	65.1	6.0	24.3	2.2	10.6	1.0
1992年	72.5	10.3	34.2	4.9	-6.8	-1.0
1993年	59.5	8.3	78.6	11.0	-38.1	-5.3
1994年	30.2	4.0	43.8	5.7	26.0	3.4
1995年	44.7	4.9	55.0	6.0	0.3	
1996年	60.1	6.0	34.3	3.4	5.6	0.6
1997年	37.0	3.4	18.6	1.7	44.4	4.2
1998年	57.1	4.4	26.4	2.1	16.5	1.3
1999年	74.7	5.7	23.7	1.8	1.6	0.1
2000年	65.1	5.5	22.4	1.9	12.5	1.0
2001年	50.0	4.1	50.1	4.2	-0.1	
2002年	43.6	4.0	48.8	4.4	7.6	0.7
2003年	35.3	3.5	63.7	6.4	1.0	0.1
2004年	38.7	3.9	55.3	5.6	6.0	0.6
2005年	38.2	4.0	37.7	3.9	24.1	2.5
2006年	38.7	4.5	42.0	4.9	19.3	2.2
2007年	39.4	4.7	40.9	4.9	19.7	2.3

注:1.三大需求指支出法国内生产总值的三大构成项目,即最终消费支出、资本形成总额、货物和服务净出口。
2.贡献率指三大需求增量与支出法国内生产总值增量之比。
3.拉动指国内生产总值增长速度与三大需求贡献率的乘积。

平均每天主要社会经济活动

指 标	1978年	1990年	2000年	2006年	2007年
每天创造的财富					
国民总收入(亿元)	9.99	51.28	268.49	580.30	689.00
国内生产总值	9.99	51.14	271.82	577.73	683.64
其中:第一产业	2.82	13.87	40.94	67.77	76.97
第二产业	4.78	21.14	124.81	282.64	332.55
第三产业	2.39	16.13	106.07	227.32	274.12
国家财政收入(亿元)	3.10	8.05	36.70	106.19	140.60
国家财政支出(亿元)	3.07	8.45	43.52	110.75	136.40
粮食(万吨)	83.50	122.26	126.62	136.30	137.43
棉花(万吨)	0.59	1.23	1.21	1.85	2.09
油料(万吨)	1.43	4.42	8.10	8.38	7.04
肉类(万吨)			16.78	22.06	18.81
奶类(万吨)			2.52	9.05	9.95
水产品(万吨)	1.27	3.39	11.72	14.49	13.01
布(万米)	3021.92	5172.60	7589.04	16398.63	18500.27
原煤(万吨)	169.32	295.89	355.89	650.14	692.05
原油(万吨)	28.51	37.89	44.66	50.62	51.05
天然气(万立方米)	3761.64	4191.23	7452.05	16041.92	18969.86
发电量(亿千瓦小时)	7.03	17.02	37.14	78.51	89.91
粗钢(万吨)	8.71	18.18	35.21	114.84	134.05
钢材(万吨)	6.05	14.12	36.02	128.47	154.96
水泥(万吨)	17.87	57.45	163.56	338.84	372.92
每天消费量					
最终消费支出(亿元)	6.13	33.12	168.54	302.50	351.90
其中:居民消费	4.82	25.89	125.63	219.51	255.66
政府消费	1.32	7.23	42.91	82.99	96.24
能源消费量(万吨标准煤)	156.56	270.42	379.60	674.71	727.62
社会消费品零售总额(亿元)	4.27	22.74	107.14	209.34	244.41

指　标	1978年	1990年	2000年	2006年	2007年
每天其他经济活动					
资本形成总额(亿元)	3.78	18.48	95.46	257.82	305.25
固定资产形成总额	2.94	13.23	92.72	246.99	288.28
存货增加	0.83	5.26	2.74	10.83	16.98
全社会固定资产投资总额(亿元)		12.38	90.19	301.36	376.23
其中：城镇		8.97	71.84	255.80	321.82
农村		3.40	18.34	45.56	54.41
能源生产总量(万吨标准煤)	171.97	284.72	353.36	605.63	645.05
客运量(万人)	695.87	2116.94	4050.88	5545.64	6103.46
货运量(万吨)	682.04	2659.18	3722.42	5583.27	6235.13
邮电业务总量(亿元)		0.43	13.13	41.99	54.26
货物进出口总额(亿美元)	0.57	3.16	12.99	48.23	59.55
其中：出口总额	0.27	1.70	6.83	26.55	33.36
进口总额	0.30	1.46	6.17	21.68	26.19
外商直接投资(亿美元)			1.12	1.90	2.05
国际旅游外汇收入(亿美元)			0.44	0.93	1.15
每天人口变动和婚姻					
出生(万人)	4.81	6.60	4.87	4.35	4.40
死亡(万人)	1.65	2.09	2.24	2.45	2.50
结婚(万对)	1.64	2.61	2.32	2.59	2.72
离婚(对)	780.82	2191.88	3322.91	5186.30	5747.95

注：价值指标除邮电业务总量按不变价格计算外，其余均按当年价格计算。邮电业务总量2000年及以前按1990年不变价格计算，2001年起按2000年不变价格计算。

城市公用事业基本情况

指　标	1990年	1995年	2000年	2005年	2006年
城市建成区面积(平方公里)	12856	19264	22439	32521	33660
城市人口密度(人/平方公里)	279	322	442	869.7	2238
年末实有房屋建筑面积(亿平方米)	39.8	57.3	76.6	164.5	174.5
年末实有住宅建筑面积(亿平方米)	19.96	31	44.1	107.7	112.9
全年供水总量(亿立方米)	382.3	481.6	469.0	502.1	540.5
其中生活用水	100.1	158.1	200.0	243.7	222
人均生活用水(吨)	67.9	71.3	95.5	74.5	68.7
用水普及率(%)	48	58.7	63.9	91.1	86.7
人工煤气供气量(亿立方米)	174.7	126.7	152.4	255.8	296.5
其中家庭用量	27.4	45.7	63.1	45.9	38.2
天然气供气量(亿立方米)	64.2	67.3	82.1	210.5	244.8
其中家庭用量	11.6	16.4	24.8	52.1	57.3
液化石油气供气量(万吨)	219.0	488.7	1053.7	1222.0	1263.7
其中家庭用量	142.8	370.2	532.3	706.5	693.7
供气管道长度(万公里)	2.4	4.4	8.9	16.2	18.9
燃气普及率(%)	19.1	34.3	45.4	82.1	79.1
集中供热面积(亿平方米)	2.1	6.5	11.1	25.2	26.6
年末实有道路长(万公里)	9.5	13.0	16.0	24.7	24.1
每万人拥有道路长度(公里)	3.1	3.8	4.1	6.9	6.5
年末实有道路面积(亿平方米)	8.9	13.6	19.0	39.2	41.1
人均拥有道路面积(平方米)	3.1	4.4	6.1	10.9	11.0
城市排水管道长度(万公里)	5.8	11.0	14.2	24.1	26.1
城市排水管道密度(公里/平方公里)	4.5	5.7	6.3	7.4	7.8
年末公共交通运营数(万辆)	6.2	13.7	22.6	31.3	31.6
每万人拥有公交车辆(标台)	2.2	3.6	5.3	8.6	9.1
出租汽车数(万辆)	11.1	50.4	82.5	93.7	92.9
城市绿地面积(万公顷)	47.5	67.8	86.5	146.8	132.1
人均公园绿地面积(平方米)	1.8	2.5	3.7	7.89	8.3
公园个数(个)	1970	3619	4455	7077	6908
公园面积(万公顷)	3.9	7.3	8.2	15.8	20.8
生活垃圾清运量(万吨)	6767	10671	11819	15577	14841
粪便清运量(万吨)	2385	3066	2829	3805	2131
每万人拥有公厕(座)	3	3	2.7	3.2	2.89

中国 GDP 排名变化

年 份	中国 GDP 总量(亿美元)	中国 GDP 排名	赶超简况	人均 GDP (美元)	中国人均 GDP 排名	赶超简况
1980 年	3075.99	7	排在美、日、德、英、法、意后,加拿大前	311.634	129	排在莱索托之后,印度为 130 位
1981 年	2910.31	8	排在加拿大后	290.821	131	
1982 年	2797.67	8		275.215	133	在印度和莱索托之后
1983 年	3003.78	8		291.607	129	在印度和卢旺达之后
1984 年	3090.89	8		296.185	124	超过印度,排在乌干达之后
1985 年	3052.59	8		288.385	126	超过乌干达
1986 年	2954.77	8		274.844	130	当年印度排 124
1987 年	3213.91	8		294.045	127	当年印度排 123
1988 年	4010.72	8		361.241	124	当年印度排 121
1989 年	4491.04	8		398.481	120	当年印度排 123
1990 年	3877.72	10	被西班牙、巴西超过	339.16	128	当年印度排 124
1991 年	4060.9	10		350.613	128	当年印度排 130,从此甩开印度
1992 年	4830.47	9	超过巴西	412.258	130	当年印度排 137
1993 年	6132.23	7	超过加拿大、西班牙	517.413	124	当年印度排 140
1994 年	5592.25	9	被巴西、加拿大超过	466.604	127	
1995 年	7279.46	8	加拿大落到中国和西班牙之后	601.007	127	
1996 年	8560.02	7	超过巴西	699.411	123	
1997 年	9526.49	7		770.589	118	排在格鲁吉亚之后
1998 年	10194.81	7		817.147	114	排在乌克兰之后
1999 年	10832.85	7		861.212	112	排在几内亚之后
2000 年	11984.78	6	超过意大利,排美、日、德、英、法之后	945.597	115	
2001 年	13248.14	6		1038.04	111	
2002 年	14538.33	6		1131.80	109	
2003 年	16409.63	6		1269.83	108	
2004 年	19316.44	6		1486.02	107	
2005 年	22436.87	5	超过法国	1715.93	109	
2006 年	26446.42	4	超过英国	2011.93	109	
2007 年	32508.27	4		2460.79	106	

中国主要指标居世界位次

指标	1978年	1990年	2000年	2004年	2005年	2006年	2007年
国内生产总值	10	11	6	7	4	4	4
人均国民总收入	175(188)	178(200)	141(207)	132(208)	128(208)	129(208)	132(209)
进出口贸易额	27	16	8	3	3	3	3
主要工业产品产量							
钢	5	4	1	1	1	1	1
煤	3	1	1	1	1	1	1
原油	8	5	5	6	5	6	5
发电量	7	4	2	2	2	2	2
水泥	4	1	1	1	1	1	1
化肥	3	3	1	1	1		
化学纤维	7	2	2				
棉布	1	1	2	1	1	1	1
糖	8	5	4	3	3	3	3
主要农业产品产量							
谷物	2	1	1	1	1	1	1
肉类	3	1	1	1	1	1	1
籽棉	2	1	1	1	1	1	1
大豆	3	3	4	4	4	4	4
花生	2	2	1	1	2	1	1
油菜籽	2	1	1	1	1	1	1
甘蔗	7	4	3	3	3	3	2
茶叶	2	2	2	2	1	1	1
水果	9	4	1	1	1	1	1

注:括号中所列数为参与排序的国家和地区数。

编后记

2008年，中国改革开放走过了30年风雨历程。作为这30年翻天覆地变化的亲历者，我们感慨无限。回顾历史，面对现实，展望未来，无不令人激情涌动。而作为出版人，我们想以不大的篇幅，较为全面地展示改革开放30年的伟大成就。经反复琢磨研讨，我们找到了一个合适的角度，决定以文字、数字和影像三者结合的形式，反映改革开放30年祖国的经济发展和社会进步。

江西美术出版社领导对此高度重视，作为创意人员之一的陈政社长抽调骨干成立编辑组，亲历亲为，全程指挥本选题的具体实施。

这一创意得到国家新闻出版总署的充分肯定，被列为改革开放30年国家重点选题。

江西省新闻出版局和江西省出版集团领导对本选题的组织实施给予了充分支持。江西省新闻出版局局长黄鹤同志应邀担任本书总策划，组织专家学者对本选题进行深度策划。

法国普瓦提埃大学孔子学院的中法方学者满怀激情地参与了本书的策划，他们认定这是向西方世界介绍开放中国的有效途径。专家观点、民间立场，是本书的文字特色。

数据权威、准确，不遗漏重大数据，突出与民生相关的内容，是本书数据的采用原则。

时空对比，集体记忆，用较大篇幅展现改革前和改革过程中的情景，是本书图像追求的艺术效果。

经过多方合作，齐心协力，本书终于与读者见面了。

著名经济学家党国英先生、著名摄影家袁毅平先生担任本书主编；中国经济体制改革研究会会长、中国企业改革与发展研究会会长、联合国发展政策委员会委员高尚全先生为本书撰写序言；中国社会科学院经济研究所王砚峰先生、靳丹丹女士为本书提供数据；本书文字部分，第1、2、3、4、5、7、8、9、11、18、19章及前言由党国英先生主笔、许力平先生协助完成，第6、10、12、13、14、15、16、17章由中国艺术研究院吴祚来先生撰写。

谨向为此书付出心血的人们致以崇高的敬意！

对于书中可能存在的错误或缺陷，敬请读者提出批评。

图书在版编目(CIP)数据

数字·影像:中国改革开放30年/党国英,袁毅平主编.—南昌:江西美术出版社,2008.11

ISBN 978-7-80749-443-0 Ⅰ.数… Ⅱ.①党…②袁… Ⅲ.改革开放—成就—中国 Ⅳ.D61

中国版本图书馆CIP数据核字(2008)第171846号

书名:数字·影像——中国改革开放30年

主编:党国英 袁毅平

出版:江西美术出版社 社址:南昌市子安路66号 网址:www.jxfinearts.com 邮编:330025

发行:全国新华书店 印刷:恒美印务(广州)有限公司

版次:2008年11月第1版第1次印刷 开本:787×1092 1/16 印张:22.5

ISBN:978-7-80749-443-0 定价:78.00元